Jonathan Falke

Die Feuermenschen

Für meine ehemalige Lehrerin Frau Baumgartner.
Und für alle, die im Grunde ihres Wesens, Drachenreiter sind.

Über den Autor:

Jonathan Falke wird einmal ein erfolgreicher Autor sein. Hoffentlich. Er wird wahrscheinlich irgendwo, irgendwas studiert haben. Vielleicht. Zu seinen großen Erfolgen werden einmal die Surve-Bücher, als auch seine A-little-Secret-Trilogie zählen. Wahrscheinlich. *Anmerkung*: Die Autorenbeschreibung wurde von Navajo vorhergesagt. Es muss zur Kenntnis genommen werden, dass der Paco-Magier neu auf dem Gebiet der Wahrsagerei ist. Auch deswegen sind diese Angaben ohne Garantie!

Die Feuermenschen

Jonathan Falke

epubli

INHALT

Impressum

Verantwortlich

für den Inhalt: Jonathan Falke
c/o Block Services
Stuttgarter Str. 106
70736 Fellbach

Druck: epubli – ein Service der Neopubli GmbH, Berlin

Es ist nicht gewiss wie es passierte.

Doch durch die Flammen, der Feuermensch existierte.

Als der Feuermensch geboren, war er noch nicht im Zorn.

Feuer ist Begeisterung und Leidenschaft,

Mut und Willenskraft.

Die Macht hat der Königsmann: Stimmt er freundlich oder facht er an?

Man muss klar denken, um das Element zu lenken.

Friedlich haben sich Jahre schon Mensch und Edan verhalten,

doch dann verschwand der Königsohn - die Freundschaft fing an zu erkalten.

Erst war alles gut, doch der Schmerz brachte die Wut.

So schwappte der Zorn über den Rand des Flammenkessels,

und das Band des Friedens riss wie eine Fessel.

Der Krieg kam, doch der Sieg blieb fern.

Der Zorn, der Rote, brachte viele Tote.

Er gab ihm nicht zurück seinen Sohn, er starb und es gab für ihn keinen Lohn.

Es wurde ein neuer König entschieden, der brachte zurück den Frieden.

Man muss zwischen Gut und Böse trennen: Das Feuer kann wärmen oder verbrennen.

Der Sohn tauchte wieder auf – keinem schien's zu behagen.

Und die Flammen begannen wieder höher zu schlagen...

PROLOG

EINE VERLASSENE BURG

Ein schmaler Spalt Licht fiel durch das Zimmer. Der Vorhang war noch halb zu gezogen. Es war ja erst ganz in der Früh. Es war nicht irgendein Vorhang und es war auch nicht irgendein Zimmer. Der Vorhang war rot und hatte ein silbernes Muster aufgestickt. Außerdem war er groß, denn das Fenster, das er bedeckte, war entsprechend hoch. Außer den verschlungenen Ornamenten an Wand und Decke gab es nur einen Tisch mit einem Stuhl, ein Gemälde einer jungen Frau und ein Bett. In dem Bett schlief ein kleiner schwarzhaariger Junge. Er schlief unruhig und warf sich hin und her. Er war der Sohn eines Fürsten. Kein anderes Kind auf dieser Burg hätte es verdient, in so einem Zimmer zu schlafen.

Doch irgendetwas mit der Burg stimmte nicht. Normalerweise wäre selbst in diesen frühen Morgenstunden einiges los. Es war nicht der größte Hofstaat, im Gegenteil! Doch es gab immer noch genug Knappen und Stallburschen, die mit dem Pferdegeschirr unten auf dem Hof herum lärmten. Es gab auch viele Mägde, die eilig die Gänge entlangschritten. Und auch einige Köche, die für das leibliche Wohl sorgten. Spätestens, wenn der Hahn schrie, wurde man wach. Doch all dies war an diesem Tag nicht zu hören…

Der Junge schreckte hoch. Ihm standen alle Haare zu Berge. Er hatte schlecht geträumt. Jemand hatte die Burg überfallen.

Alle hatten vor Panik geschrien. Trotz einiger Bilder von Rittern, die man überall herumhängen sah, gab es keine Kämpfer. Das Land genoss Frieden. Es gab zwar eine gute Waffe, eine sehr große und lebendige, doch die war gerade ausgeflogen! Schreckliche Vorstellung. Aber: Es war nur ein Traum, nichts was je passieren könnte, redete sich der Junge ein. Er kroch aus dem Bett. Doch dann verlangsamte sich seine Bewegung. Er spürte etwas. Auf allem ruhte eine undurchdringliche Stille. Hastig schlüpfte der Junge in seine Kleider. Eine beigefarbene Stoffhose, ein Oberteil, ein Amulett, das an einer Kette hing und ein kleiner Mantel. Dann schritt er zum einzigen Fenster im Raum. Er schlug den Vorhang zur Seite. Da war der Innenhof zu sehen. Ein Brunnen, ein Stall. Kein einziges Lebewesen. Alles lag unberührt da. Ein Buch lag zerfleddert auf dem sandigen Grund. Eine Menge Fußspuren zeichneten sich auf ihm ab. „Alle verschlafen?“, fragte der Junge in die Stille hinein.

…

Poch. Poch. „Hallo! Aufmachen!“, rief der kleine Junge. Er stand vor dem Gemach seines Vaters. Er stemmte sich dagegen, aber sie war abgeschlossen. Keiner machte auf. *Verdammt!* Er ließ sich an der Tür hinuntergleiten, rutschte auf den Boden. Beunruhigt blickte er den menschenleeren Gang hinunter. Die Sache wurde ihm langsam zu unheimlich… Er sprang wieder auf die Füße. Er musste etwas tun. Er durfte nicht am Boden sitzenbleiben! Dann würde seine Angst nur noch größer werden.

Leise, möglichst kein Geräusch verursachend, schlich er durch die Burg. Egal wo er hinkam: Nichts. Dann durchfuhr es ihn: Vielleicht waren alle im großen Saal! Vielleicht gab es irgendeine dringende Neuigkeit!?

Ja, so musste es sein! Es war sicher irgendein anderer Fürst, Baron oder sogar der König angereist! Der war erst letztens da gewesen. Er hatte sich mit seinem Vater, dem Fürsten, besprochen. Der Junge hatte nicht dabei sein dürfen. Das hatte ihn damals fuchsteufelswild gemacht. Die Besprechung schien wichtig gewesen zu sein. Sein Vater hatte nach ihr ein besorgtes Gesicht gemacht! Was konnte es sein, dass er, sein eigener Sohn, nicht erfahren durfte? Normalerweise durfte er immer dabei sein.

Der Junge flitzte die Flure und eine Wendeltreppe hinunter. Eine Tür, noch eine und: Da war er! Der große Saal! Keuchend lehnte er sich gegen die schwere Holztür und stieß sie auf.

Zuerst blendete ihn die Morgensonne. Der große Saal war in der Burg der Raum mit den meisten Fenstern, was ihn gleichzeitig zum hellsten machte. Viele Gemälde von vornehmen Frauen (und ja - auch Rittern) hingen an den vergoldeten Wänden. Es war kühl, im großen Kamin brannte kein Feuer. Viele Bänke standen vor einem erhöhten Stuhl. In dem saß immer sein Vater. Doch – alles war verlassen.

Die Dielen knarrten unter den Schritten des Jungen. „Hallo? Sebastian? Noah?“ Keine Antwort.

Er rannte los, sprang die Stufen einer Treppe hinunter mit der heißen Erkenntnis, dass alle fort waren.

Die anderen Kinder, sein Vater, sein Lehrer! Alle waren nicht mehr auffindbar.

„Hallo? Hört mich jemand?" Er rannte und rannte bis er schließlich in den Hof kam. Dort blieb er abrupt stehen. Die rote Fahne auf der silbern eine Burg prangte mit dem Schriftzug *Torquil* darunter, die normalerweise fröhlich im Wind auf dem höchsten Turm flatterte, war zerfetzt. Schweigend hob der Junge das zerfledderte Buch auf. Sein Titel lautete: *Verhalten bei Überfällen aller Art.*

Es hatte seinem Lehrer Noah gehört. Es war das einzige Buch gewesen, dass der Junge selbständig gelesen hatte, freiwillig. Obwohl Noah es als Schwachsinn abgetan hatte. Der Junge hob es auf und legte es ordentlich auf die oberste Stufe der Treppe, die zu der Tür, durch die er gerade in den Hof gekommen war führte. Sein Blick fiel auf das Burgtor. Es stand sperrangelweit offen. Was hatte das schon wieder zu bedeuten? Er stapfte zu dem Tor hinüber. Wenn es so weit geöffnet ist, sollte es schleunigst wieder geschlossen werden. Sonst könnte ja jeder hereinspazieren! Also drückte er es wieder zu. Das war eine große Leistung für einen Sechsjährigen. So ein Tor war schwer.

Als er es gerade verriegelte, sah er es: Auf das Tor hatte jemand mit einer Fackel oder etwas Ähnlichem ein riesiges pechschwarzes *E* gebrannt. Der Junge sprang zurück. Das *E* schien ihm gefährlich. Eine Brandmarke. Schließlich ließ er sich auf den Boden nieder. Was sollte er bloß tun? Alle waren verschwunden. Allein auf einer Burg… Er war gerade im Begriff sich wieder hinein zu begeben, als er die silberne Sichel sah. Sie schoss vom Himmel herab direkt auf ihn zu! Je näher sie kam, desto genauer konnte man ihre Einzelheiten erkennen. Es war als würde sich die Sichel wie eine Schlange bewegen. Ein Lächeln breitete sich auf dem Gesicht des Jungen aus. Er sprang auf. Immer weiter näherte sich die Sichel, bis sie neben ihm landete. Der Junge blickte in die kristallblauen Augen eines Drachen.

...

„Du bist wieder zurück!“, jubelte er und stürzte zu dem Drachen hin. Der füllte fast die Hälfte des großen Hofs aus. Seine silbernen Schuppen leuchteten wie kleine glitzernde Spiegel.

„*Was ist denn hier los?*“ Die Stimme des Drachen war tief und melancholisch. Dem Jungen kam es so vor, als würde er einem direkt in den Kopf hineinreden.

Schlagartig änderte sich die Stimmung des kleinen Adeligen: „Alle. Sind. Weg!“ Er zwinkerte heftig, um seine Tränen zurückzuhalten. „Wirklich! Ich habe überall nachgeschaut!“

Langsam nickte der Drache. Alles an ihm wirkte ruhig. Nur seine Schwanzspitze peitschte hin und her.

„Wir müssen“, dem Jungen verschlug es die Sprache, „Wir müssen, wir sollten… Ich glaube wir sollten sie suchen.“

Wieder senkte der Drache seinen Kopf: „*Steig auf!*“

Zögernd blickte der Junge dem Silbernen in seine stechenden Augen. Er war noch nie alleine geflogen. Immer mit seinem Vater.

„*Steig auf!*“, wiederholte der Drache.

Schließlich nickte der Junge, hielt seinen Ärmel an die Nase und holte den Sattel aus dem Stall. Selbst die Pferde waren verschwunden. Er legte dem Drachen den Sattel an und schwang sich auf dessen Rücken.

Der Drache stieß sich vom Boden ab.

Und die Burg war leer.

Teil 1

Die Suche

1

FERNES GROLLEN

Marco blieb stehen. Von hier aus konnte er gut auf Larid herunterschauen, dem Dorf, das, seit er sich erinnern konnte, seine Heimat war. Friedlich lag es am Waldrand, in der Nähe eines größeren Gebirges.

Von dem Hügel auf dem er stand, konnte er alles gut überblicken.

„Wenn er da wäre…“, murmelte er in Gedanken versunken. Er tastete nach dem Amulett, das ihm um den Hals hing. Wie immer, wenn er an seinen Großvater dachte.

„Marco! Wo bleibst du denn?“

Er drehte sich um, seine kleine neunjährige Stiefschwester kam den Hang hochgehastet. Obwohl er fünf Jahre älter war als sie, verstanden sie sich gut. Wie Geschwister eben. „Wo bleibst du denn?“, wiederholte sie schnaufend.

„Ach alles gut…“, brummte Marco in einen nicht vorhandenen Bart.

„Was?“

„Nichts, nichts! Komm lass uns weitersuchen, Chiara!“

„Gut! Ich hab nämlich schon wahnsinnigen Hunger!“

Marco nickte und sie liefen die Hügel wieder herab in das Gestrüpp und zwischen die Bäume.

Der Wald hier war alt. Kein Lüftchen war zu spüren. Es war ganz windstill. Felsblöcke so breit wie vier Pferde nebeneinander zierten den Boden. Es roch nach Tannen- und Kiefernnadeln. Harz klebte an den Bäumen. Überall konnte sich unerwartet eine kleine oder größere Schlucht auftun.

Und obwohl Marco nicht recht an die alten Legenden und Sagen glaubte, blieb er immer wachsam. Trolle, Einhörner, Irrwichte, alles sollte es hier geben. Doch gesehen hatte er (und er wusste nicht, ob er enttäuscht darüber sein sollte) noch nichts davon.

„Oh, da drüben gibt es sie ja haufenweise!“, rief Chiara aus. Und schon stürmte sie davon. Auch Marco suchte den Boden ab. Meistens war er mit irgendwelchen Flechten bedeckt. Es gab sumpfige Stellen, in die man besser nicht hineintrat und Gräser, an denen man sich allzu leicht schnitt. Aber das, was er suchte… war eher einzeln oder klein.

„Schau, wie viele ich hab!“, kam Chiara prahlend mit den ganzen Händen voller Pilze.

Marco nickte und Chiara ließ ihre in ihren Korb fallen. Sie hatten schon einiges zusammengetragen.

„Darf ich mal das Messer?“, fragte Marco. „Damit geht es einfacher.“

Chiara reichte ihm ein Messer. Es war einklappbar und der Griff war mit Schlangenmustern verziert. Es war das kostbarste, das Mara - seine Stiefmutter und Chiaras richtige Mutter - in ihrem Haushalt führte. Sie war sehr stolz darauf. Wenn sie es verlieren würden, dann… Nein! Das stellte sich Marco erst gar nicht vor. *Sie hat ja eh schon sehr gezögert, ob sie es uns mitgibt*, dachte Marco, während er den größeren Ast eines Baumes bearbeitete.

Man konnte sagen, dass das Messer hübsch war, obwohl es schon ein wenig in die Jahre gekommen war. Doch dies hätte er nie in der Nähe von Mara gesagt. Ja das musste sich Marco eingestehen: Sie waren nicht reich. Sie mussten sich das Feuerholz und die Pilze selber suchen und konnten sich kein Fleisch leisten. Hier in Larid war das bei allen so. Nur einmal war er in einer richtigen Stadt gewesen und das war schon lange her. Sein Großvater hatte ihn mitgenommen. Das Einzige an das er sich erinnern konnte, war, dass die Dächer dort mit Ziegeln bedeckt waren, dass es viel mehr Leute gab wie in Larid und dass die meisten Häuser aus Stein gebaut waren.

Einmal in seinem Leben, hatte er beschlossen, wollte er nach Rae. Das war nicht irgendeine Stadt, es war die Stadt, in der der König höchstpersönlich sein Schloss hatte. Und noch etwas machte diese Stadt besonders: Sie lag nicht auf dem Festland. Wenn man den Erzählungen von den Händlern, die regelmäßig durch Larid kamen, glaubte, dann schwammen die Häuser auf dem Wasser. Sie wären alle aus Marmor gebaut und die Dächer bestünden aus reinstem Gold…

Marco zweifelte doch daran, dass die Häuser schwammen. Marmor, so wusste jeder, war ein Gestein. Und soweit er wusste, gingen Steine unter.

Er blickte zum Himmel. Ein Gewitter braute sich über ihnen zusammen. Sie mussten zusehen, dass sie heimkamen. Marco zuckte zusammen. Er hatte es donnern gehört. Natürlich das Gewitter! Dachte er. Aber als das Geräusch noch einmal ertönte, begann er zu zweifeln Das klang nicht nach

Gewitterdonnern. Es hörte sich eigentlich gar nicht wie donnern an. Eher wie ein fernes Grollen. Das Geäst raschelte. Er fuhr herum. Doch es war nur der Wind.

Es fing an zu nieseln.

„Marco!", rief ihn Chiara. Sie stand mehrere Meter von ihm entfernt und schielte zum Himmel. Chiara hasste Gewitter. Sie hatte Angst davor. „Komm! Ich will nicht aufgeweicht nach Hause kommen! Und bei Gewitter können Bäume Feuer fangen!"

„Ja, geh schon mal. Ich habe da vorne einen schönen Pilz gesehen. Den hole ich noch ", log Marco.

Chiara schaute skeptisch. Doch dann nickte sie, schnappte sich ihren Korb und machte, dass sie davonkam. Als sie verschwunden war, wandte sich Marco in die Richtung, von wo er das Grollen gehört hatte. Brennende Neugier durchfuhr ihn. Der Regen wurde noch heftiger. In der Ferne donnerte es. Vorsichtig hastete er los. Die Felsen wurden glitschig und bald war er von Wasser durchtränkt.

Doch er hielt nicht an. Er war fest entschlossen, dem Geräusch auf die Spur zu kommen. Und da war es wieder! Doch jetzt schien das Grollen leiser. Oder war es nur der Regen, der das Ganze übertönte?

Der Boden war aufgeweicht und bei jedem seiner Schritte sank Marco bis zu den Knöcheln ein. Er trug einfache Lederschuhe.

Es knackte. Aus irgendeinem Reflex heraus duckte sich Marco. Und da war es! Ein paar Baumlängen von ihm entfernt, tauchte etwas großes, etwas sehr großes auf. Für einen

Moment glitzerte etwas zwischen den Bäumen. Dann war es wieder verschwunden.

Nun übernahm seine Furcht das Ruder.

Wie konnte er sich so weit in den Wald hineinwagen? Was, wenn die Geschichten über diesen Wald doch stimmten? Es konnte sich ja alles mögliche Getier im Schatten verbergen. Natürlich, ein Abenteuer im Wald wäre mal eine gute Abwechslung von dem Alltäglichen gewesen, doch woher sollte er wissen, dass dieses Wesen ihm wohlgesonnen war? Er sollte aus dem Wald raus und wieder heimkehren. Außerdem war er nun wirklich komplett nass!

…

Als er wieder im Dorf vor seiner Haustür stand und gegen sie pochte, dauerte es eine Weile, bis jemand öffnete. Fröstelnd hüpfte er hinein, als Chiara ihn hereinließ.

„Na? Nach Hause gefunden?“, fragte sie im leicht spöttischen Tonfall.

Marco überhörte die Frage und bemerkte: „Es hat ganz schön lang gedauert, bis jemand aufgemacht hat!“

Chiara zuckte die Achseln. „Wir saßen schon beim Essen und das Gewitter ist so laut. Da kann man das Klopfen leicht überhören…“

„Was gibt es denn?“, wechselte Marco das Thema, während er seine nasse Wolljacke auszog.

Sie verzog den Mund. „Reis! Schon wieder.“

Marco stöhnte. Es gab keine Woche bei Mara, in der es keinen Reis gab.

Chiara wandte sich ab und Marco folgte ihr in die Küche. Mara, eine kleine, aber durchaus stämmige Person mit blonden Haaren, saß am Küchentisch und blickte auf.

„Da bist du ja endlich! Der Reis wird kalt!“

Marco murrte.

„Was hast du denn?“, fragte sie, der es nicht entgangen war. „Wegen dem Reis?“

Marco schwieg.

„Beklage dich nicht!“, verurteilte Mara ihn. „Sei froh, wenn überhaupt Essen auf dem Tisch steht. Reis kann man zu fast allem machen. Er macht satt und er ist nicht so teuer!“

„Wo bist du eigentlich so lang geblieben?“, fragte Chiara plötzlich. „Doch wohl kaum um einen einzigen Pilz abzuschneiden, oder?“

„Das“, erklärte Marco ihr sachlich „geht dich nichts an!“

Denn genauso war es. Das Grollen war sein Geheimnis!

Und keiner würde davon erfahren!

2

STERNENNACHT

Lange trommelte der Regen gegen das Dach. Marco lag wach im Bett und starrte durch eine Luke hinaus. Er war mitten in der Nacht aufgewacht. Jetzt konnte er nicht mehr einschlafen. Immer wieder glitzerte vor seinem inneren Auge etwas hinter den Bäumen. Was mochte es sein? Eines jedenfalls stand fest: Es war der Verursacher des Grollens. Er musste herausfinden, was es war! Unbedingt! Was, wenn das Wesen das Dorf bedrohte? Wenn es ein Fabelwesen war, kein normales Tier funkelte so, dann konnte es eine ernsthafte Gefahr sein!

Er würde es sein, der der Sache auf den Grund ging! Morgen oder so. *Tock. Tock.* Vom Rand des Daches tropfte das Wasser auf einen Fenstersims. Er lag mit Chiara zusammen in einem Zimmer. Doch die schlief seelenruhig. Der Regen hatte aufgehört und im Moment pfiff nur der Wind um das Haus. Und Marco lag immer noch wach. Fröstelnd zog er die Decke fester um sich. Er seufzte. *Marco! Schlaf endlich!*

Ja, das Gewitter war vorüber. Der Wind hatte alle Wolken vom Himmel verscheucht und nun sah man die Sterne. Für einen Moment schien es Marco, als würden sie ein wenig heller erstrahlen…

Außer den Sternen konnte Marco durch die Luke auch noch den Wald erkennen. Schwarz hob er sich vom Himmel ab. Und der Mond ließ ihn silbern glänzen.

Fieberhaft überlegte er, was das Grollen gewesen sein könnte. Und was funkelte so in ihrem Wald? Er sehnte sich danach es herauszufinden, am liebsten sofort. *Warum denn nicht?* schoss es ihm durch den Kopf. *Keiner steht dir im Weg! Wieso findest du es nicht jetzt heraus?*

Marco setzte sich auf. Und ließ sich wieder ins Bett plumpsen. Sollte er es wirklich jetzt mitten in der Nacht versuchen? JA! Er würde es tun. Ein wenig Abenteuer war ihm doch gegönnt, oder? Barfuß schlich er aus dem Zimmer mit der schlafenden Chiara und ging hinunter. Still zog er sich an.

Er warf sich seine leider noch nicht getrocknete Jacke über, schlüpfte in seine Lederschuhe und versuchte die Tür möglichst leise zu öffnen. Vergebens! Sie quietschte so laut wie immer! Einen Moment hielt er inne. Hatte sich oben nicht etwas bewegt? Doch alles war still. Was würde wohl Mara dazu sagen? Sie wäre wahrscheinlich überhaupt nicht begeistert gewesen! Doch was hätte sein Großvater gesagt? Nun, der hätte sicherlich nur gegrinst.

Quietschend zog er die Tür zu. Er blickte sich um. Das ganze Dorf lag wie erstarrt vor ihm. Leise überquerte er den Dorfplatz und hielt auf den Wald zu. Schließlich hatte er ihn erreicht. Er lag etwas höher und seine Silhouette war pechschwarz. Der Hügel, von dem aus er am vorigen Tag das Dorf betrachtet hatte, war heller und durch ihn hatte er einen Anhaltspunkt.

Schließlich war er sich sicher: Dort hatten Chiara und er den Wald betreten. Und das tat er jetzt auch.

...

Alles war noch nass. Viele Äste streiften ihn. Im Moos federten seine Schritte und die Luft war noch klarer und kälter als am Tag. Dunkel war es noch dazu. Das Nadeldach über ihm verdeckte die strahlenden Sterne. Nur das Licht des Mondes schaffte es vereinzelt durch das Dach zu strahlen. Warum hatte er keine Laterne mitgenommen?

Vor Kälte zitternd drehte er sich im Kreis. Er konnte sich nicht mehr erinnern, wo er das Glitzern gesehen hatte. War es da? Oder dort? Hoffnungslos: Er konnte nur vermuten, wo er sich selbst gerade befand. Trotz des Lichts des Mondes konnte er, obwohl er den Wald gut kannte, sich kaum orientieren. Irgendwo raschelte es. Langsam stieg Panik in ihm auf. Was, wenn er nicht mehr zurückfand? Was, wenn er dem Wesen begegnete und es ihn als eine Art Vorspeise (das Dorf war das Hauptgericht) betrachtete? Er lief ein paar Schritte, stolperte und fiel in etwas sehr Nasses. Eine Pfütze! Fluchend und mehrere Büsche streifend richtete er sich wieder auf. So gut es ging schüttelte er das Wasser ab. Nein, er durfte nicht ohne Plan losstürzen. Da er nicht wusste wohin er gehen sollte, ging er einfach immer in eine Richtung, hoffend das Dorf zu finden.

Inzwischen bekam er auch Zweifel: Hatte er das Grollen oder das Glitzern wirklich gesehen? Er war sich nicht mehr sicher! Vielleicht war ja alles nur eine Einbildung gewesen! Sicher hatte er es sich nur eingebildet! Ein Glitzern? Pah! Was war das nur für eine peinliche Situation! Hoffentlich kam er vor dem Morgengrauen hier wieder raus, sonst würde er zum Gespött des Dorfes werden.

Wumm! Einer seiner Füße war ins Leere getreten. Er fiel noch mal hin, als er sein Gewicht verlagerte, so dass er seinen Fuß zurückziehen konnte. Hm… Tastend suchte er den Boden ab. Beinahe wäre er einen steilen Hang hinuntergerutscht. Etwas unter ihm, dass ihm verborgen war, erleuchtete die Bäume in einem bläulichen Licht. Kam daher das Grollen? Ohne recht zu überlegen, begann er zwischen dem Geäst hinunterzurutschen.

Blätter peitschten Marco ins Gesicht und Moos wurde unter seinen Beinen, mit denen er bremste, losgerissen und kullerte mit ihm abwärts.

Schließlich war er wieder auf festem Grund. Er war unten - glaubte er. Doch bald merkte Marco: Das schwache, schillernde Licht kam von noch weiter unten. Ihm wurde klar, dass es da runter in eine Schlucht ging! Und er musste wohl auf eine Art Felsvorsprung liegen geblieben sein. Zum Glück war er nicht über den Rand gefallen!

Langsam begann er vorwärts zu robben. Und als er über die Kante sehen konnte, sank ihm das Herz in die Hose.

„Nein!“, hauchte er. „Ich bin wohl eingeschlafen!“

Ja, dies musste alles nur ein Traum sein, aus dem er gleich aufwachen würde!

Etwa sieben Meter unter ihm, auf einer größeren Lichtung, hatte sich eine riesige Schlange mit Flügeln zusammengerollt. Ein Drache. Seine silbernen Schuppen sahen so aus, als wären sie in Mondlicht getränkt. Die Sterne spiegelten sich in ihnen.

Wirklich ein gigantisches Tier, dessen Kopf auf seinen Pranken ruhte. Die Augen waren geschlossen. Anscheinend schlief es. Doch eine Tatsache berührte Marco noch mehr: In der Mitte des zusammengerollten Drachen schlief ein Junge. Er war klein, höchstens sechs Jahre alt. Er trug für Marco fremdartig wirkende, vornehme Kleidung. Wie der Drache um ihn herum, hatte er sich zusammengerollt.

Der Junge schien winzig und zerbrechlich gegen den Drachen.

Lange sah Marco einfach nur auf dieses Bild. Er konnte sich nicht davon abwenden. Alles wirkte irgendwie so zauberhaft. Wie in einer der Geschichten seines Großvaters…

In seinem Kopf arbeitete es. Sollte er hinunterklettern um näher zu heranzukommen, oder sollte er der Vernunft nachgeben und schleunigst wieder zurück in sein warmes Bett. Beides wirkte verlockend. Doch mit der Zeit wurde ihm klar, dass es jetzt für ihn kein warmes Bett geben würde. Er musste hinunter, egal wie unvernünftig das auch sein mochte.

Doch das war schwieriger als gedacht. Zum einen war es schon schwer genug, zwischen den ziemlich steilen Felsen nach unten zu gelangen. Noch schwerer war es aber, währenddessen immer auf den Drachen und den Jungen blicken zu können. Denn das musste er! Er durfte nicht verpassen, wenn einer der beiden aufwachte. Dann wiederum wäre es nämlich Zeit zu verschwinden. Deswegen kam er nur langsam voran. Einmal erschreckte er sich halb zu Tode, als sich ein größerer Stein löste und unter lautem Getöse in die Schlucht polterte. Hochgeschreckt war aber keiner der beiden Schläfer.

Noch vorsichtiger, den Drachen immer im Blick, kraxelte er weiter. Marco war nur noch drei Meter vom Boden entfernt, als er aus Versehen ins Rutschen kam. Nicht gerade leise kam er unten an. Japsend richtete er sich auf.

Er blickte sich um. Der Wald ragte mehrere Meter über ihm in die Höhe. Er hatte eine lange Schleifspur hinterlassen als er heruntergepoltert war.

Dann aber fuhr er zusammen. Das Grollen. Langsam, auf alles gefasst, drehte er sich um. Eigentlich sah alles aus wie vorher. Der Drache lag in derselben Position da wie davor. Und der Junge schlief immer noch. Wie er jetzt erkennen konnte war sein schwarzes, schweißnasses Haar verstrubbelt.

Doch der Drache hatte ein Auge geöffnet und Marco wurde mit eisernem Blick inspiziert. Er war in eine Art Schockstarre verfallen. Was sollte er jetzt tun? Er hatte den Drachen geweckt. Von hier unten sah man noch besser, wie groß er eigentlich war. Und obwohl er nur ein Auge geöffnet hatte und einigermaßen freundlich schaute (Jedenfalls hoffte Marco, dass es so war), sah der Drache auch bedrohlich aus.

Noch einmal zuckte Marco zusammen. Der Drache hatte geschnaubt. Langsam, ganz langsam begann er sich zu entrollen bis er direkt vor ihm stand.

„Ganz ruhig!“, flüsterte Marco, während er zurückwich. „Alles gut, ich habe dir nichts getan!“

Der Drache reagierte nicht sofort darauf. Doch schließlich sagte er mit einer tiefen Stimme als würde er in seinen Kopf hineinsprechen: *„Gute Nacht! Was führt dich hierher?"*

„Äh ... Ganz ruhig", wiederholte Marco flüsternd und schluckte. Der Drache konnte ihn nicht nur verstehen, nein. Er konnte sogar sprechen!

„Du brauchst keine Angst zu haben!", sagte eine junge Stimme hinter Marco. Er wirbelte herum. Der Junge hatte sich aufgerappelt und schaute ihn mit fast so intensiven Blick an wie der Drache an. Aber Marco merkte, dass etwas wehmütiges in ihm lag.

3

ZWEI JUNGEN UND EIN DRACHE IN DER DUNKELHEIT

„Ich heiße Alessio!“ Der Junge reichte ihm die Hand. Marco schwieg. Die Hand des Jungen schwebte noch eine Weile in der Luft, dann ließ er sie sinken. Schließlich, als die Pause peinlich wurde, presste Marco hervor:

„Ich bin Marco!“

Der Junge zog die Augenbraue hoch. „So hieß ein Onkel von mir! Ivan, der Junge heißt Marco!“

„Mit wem redest du?“

„Mit Ivan halt! Der Drache, vor dem du solche Angst hast!“

„Es ist also ein echter Drache?“ Marco hatte es gewusst: Doch die Tatsache, dass noch jemand es bekräftigte, schien ihm erst klar zu machen, was dies bedeutete! Noch jemand der den Drachen sah! Doch… es musste ein Traum sein! Aber warum erschien ihm alles so wirklich? Gut, Mara sagte oft, dass er sehr lebhaft träume. Er sollte sogar schon einmal schlafend in seinem Zimmer umhergegangen sein.

„Ähm. Schlag mich mal!"

Der Junge kicherte. „Wie?"

„Schlag mich mal wach!"

„Hä?"

„Schlag mich mal, damit ich weiß, ob ich gerade nur träume!"

Alessio schlug sich die Hände vor den Mund und begann wieder zu kichern. „He Ivan! Marco sagt, ich soll ihn schlagen! Und weiß du was? Ich tu's!"

Bonk. Marco bekam einen ordentlichen Schlag in den Magen. Es fühlte sich sehr wirklich an…

„Boar!", stöhnte Marco. „Jetzt weiß ich's."

„Was?", fragte Alessio und ließ sich auf den Boden gleiten, den Rücken gegen Ivans Bauch gelehnt.

„Na, dass ich nicht Träume!", erwiderte Marco und tat es ihm gleich. Auch wenn er sich nicht gegen den Drachen lehnte.

Alessio nickte ernst. „Gut. Woher kommst du eigentlich?"

„Hier in der Nähe ist ein Dorf, da wohn ich."

„Ein Dorf? Wo?", fragte Alessio schockiert.

„Ja, ganz hier in der Nähe."

„Das haben ich und Ivan gar nicht gesehen, die Nacht war zu dunkel, weißt du?"

„Die Nacht? Ihr seid schon länger als heute Abend hier?" Erklärend fügte er hinzu: „Ich habe ein Grollen beim Pilze sammeln gehört."

„Ja… seit gestern. Sin‘ aber nicht lange hier. Wollen Morgen weiterfliegen, weißt du? “

„Wohin den?“

Das Gesicht des Jungen verdüsterte sich schlagartig. „Meinen Vater suchen! Er ist nämlich verschwunden.“

Marco runzelte die Stirn. „Dein Vater soll hier sein? Woher kommst du denn?“

Alessio schüttelte leicht den Kopf. „Er soll nicht hier sein! Er kann überall sein! Und wir kommen aus Torquil!“

„Torquil? Du bist nicht zufällig aus der Burg?“

Alessio reckte seine kleine Brust vor. „Ich bin der Sohn von Sebastian Torquil, Herrscher des…

„Angeber!“ Zum ersten Mal in diesem Gespräch mischte sich Ivan ein. (Marco war er nicht sonderlich gesprächig vorgekommen.) *„Dein Vater herrscht nicht, er regiert!“*

Alessio senkte den Kopf und roch an seinem Ärmel. „Jedenfalls ist er weg und alle anderen aus der Burg auch.“

„Was?“, fragte Marco erschrocken. Alessio nickte. „Eines Morgens bin ich aufgewacht…

…war er aufgewacht und keiner war mehr da gewesen. Ivan, der Burgdrache, war bald darauf von einer längeren Reise zurückgekehrt. Zusammen hatten sie sich an die Arbeit gemacht, alle, die in der dazugehörigen Stadt nahe der Burg wohnten, zu befragen, ob ihnen etwas aufgefallen wäre. Alle kannten den Ernst der Lage (man hatte gehört, dass auch andere Burgen plötzlich verlassen waren) doch keiner konnte ihnen

Auskunft geben. Dann machten sich Alessio und Ivan auf den Weg, seinen Vater zu suchen…

Lange waren sie nun schon geflogen. Im Zickzack hin und her. Hatten viele andere Fürsten, sofern sie nicht auch verschwunden waren, besucht und um Rat gefragt. Doch bis jetzt: umsonst. Ihre Hoffnung aber, so hatte Alessio beschlossen, würden sie zuletzt aufgeben. So waren sie immer weitergeflogen. Und nicht, dass Fliegen unbedingt Spaß machte: Für Ivan bedeute dies nur, dass er Alessio noch weiter tragen musste und für Alessio? Ja, am Anfang hatte es ihm trotz der Trauer Spaß gemacht, mit der Zeit wurde es auch für ihn anstrengend. Er war sechs. Sich dauernd im Sattel halten zu müssen, hoch in der Luft, bei Wind und Regen. Ja, öfters war es der Fall gewesen, dass sobald sie am Abend landeten, er sich aus dem Sattel stürzte, auf den harten Erdboden legte und sofort einschlief. Nun waren sie beide der Meinung gewesen sich eine längere Pause zu gönnen und hatten sich hier, vermeintlich weit weg von der Bevölkerung niedergelassen um ein paar Tage zu ruhen…

„Warum sprichst du nur von deinem Vater? Was ist mit deiner Mutter?“, fragte Marco.

„Sie ist bei meiner Geburt verunglückt.“

Marco musste schlucken. Er kannte es gut, keine Eltern zu haben… Schweigend saßen sie da, schauten wie sich der Wald um sie herum in einem dunklen, samtigen Schwarz gegen den Sternenhimmel abhob. Der Junge tat Marco leid. Seine Geschichte bewegte ihn sehr.

„I-ch“ Er räusperte sich und setzte sich umständlich zurecht. „Ich habe auch keine Eltern, schon lange nicht mehr…“

„Was?“ Alessios bernsteinfarbene Augen schauten ihn erstaunt an.

„Ja! Keiner weiß, was mit ihnen passiert ist. Sie waren Jäger. Gute Jäger, erzählte mir mein Großvater. Sie sind mit Pfeil und Bogen in den Wald gezogen, um dann mit viel erlegtem Wild wieder herauszukommen. Doch einmal haben sie sich wohl zu weit in den Wald hineingewagt. Sie kamen nicht zurück. Auch ich war da noch klein."

„Und dann?"

Marco zögerte. „Nun, dann hat mich mein Großvater erzogen. Bis, bis, nun bis er auch starb, das war vor einem Jahr."

Alessio schlug die Augen nieder. „Dann hattest du ja noch mehr Pech als ich!"

„War er - dein Vater - sehr traurig, als deine Mutter, äh, starb."

„Ich kann mich nicht erinnern! Ich war doch noch so klein!" Beunruhigt blickte Alessio an ihm vorbei in die Dunkelheit. „Sind hier in dem Wald sehr gefährliche Tiere?"

„Oh ja!", antwortete Marco, ohne recht darüber nachzudenken. „Es soll hier sogar Trolle geben, Einhörner und Kobolde."

„Einhörner?" Kurz leuchteten die Augen des Jungen auf. „Die sollen doch nicht gefährlich sein, oder? Die sollen doch fliegen können und…"

Ivan knurrte etwas, das sich so anhörte wie: *„Komisches Flattervieh!"*

Marco zuckte die Schultern. Stolz auch etwas zu haben, dem Alessio Respekt zollte. „Man kann hier nie wissen!"

Er selbst wusste nicht, ob er dem was er gerade gesagt hatte, Glauben schenken sollte.

Wieder verfielen sie in Schweigen. Alessios Augen huschten ängstlich den Waldrand entlang. Doch nichts zeigte sich. Nach und nach rutschte Alessio von dem Drachen, den er als Lehne benutzt hatte, schloss seine Augen und sein Brustkorb begann sich zu heben und zu senken. Alessios schwarze Haare auf seinem schmalen Kopf wirkten noch etwas verstrubbelter und unter einem geschlossenen Augenlid glitzerte eine Träne.

Wahrscheinlich träumt er von seinem Vater oder von den anderen der Burg, die verschwunden sind., ging es Marco durch den Kopf. *Und was mache ich jetzt?*

Genau! Was machte er jetzt? Zurückgehen? Zurück ins Bett? Dem ganzen Erlebnis den Rücken zukehren? Es vergessen? Nein! Aber sollte er hierbleiben? Morgen, das hatte ja Alessio gesagt, würden sie weiterfliegen, weit fort, um seinen Vater und alle anderen aus Torquill zu suchen…

Ja, es half nichts: Er musste wieder zurück. So tun, als hätte er dies nie erlebt. Mit steifen Beinen - vom langen Sitzen - richtete er sich auf. So blieb er stehen. Den Blick auf Alessio und den Drachen gerichtet. Langsam ging er auf Ivan zu. Einmal wollte er ihn berühren. Einmal wollte er über die schönen, silbernen Schuppen streichen…

Die Schuppen fühlten sich angenehm kühl an. Wie kaltes Eisen. Doch gleichzeitig ging von ihnen eine Wärme aus. Eine Wärme, die dafür geschaffen schien Marco vor allem Bösen zu beschützen.

Schließlich riss sich Marco los, ging zum anderen Ende der Lichtung und machte sich langsam an den Aufstieg. Hoffentlich würde er zurückfinden! Auf halbem Weg drehte er sich noch ein letztes Mal um. Versunken starrte er auf dieses zauberhafte Bild…

Plötzlich stutzte er! Hatte Ivan eine Schuppe verloren? Direkt vor Alessio glitzerte es silbern. Nicht, dass er sie herausgerissen hatte bei seiner Streichelaktion?

Sofort stürzte er wieder nach unten, froh einen Grund zu haben, doch noch einmal umzukehren.

Je näher er kam, desto deutlicher konnte er erkennen, dass es keine Schuppe war. Das Ding war zu zackig! Und in seiner Mitte leuchtete es bläulich. Und dann blieb Marco abrupt stehen. Hatte er richtig gesehen? Ja, er hatte!

Das glitzernde Ding war ein rautenförmiges Amulett, in dessen Mitte ein blauer Stein eingesetzt war. Das Amulett war an einer fein gearbeiteten Kette. Es hing um Alessios Hals. Marco hatte es nicht gesehen, weil es davor unter der Jacke verborgen gewesen war. Doch jetzt während Alessios Schlaf, war es herausgerutscht!

Es war das Amulett von Marcos Großvater! Das Einzige was er noch von ihm hatte. Oder besser gesagt, gehabt hatte! Wie hatte er nur diesem Kleinen die Geschichte mit seinem Vater abnehmen können! Dass man auf Burg Torquil lebte! Pah, das konnte ja jeder behaupten! Marco schauderte, ihm war eiskalt.

Was hatte er selbst vorher noch gesagt? *Man kann hier nie wissen!*

Oh ja! Dieser kleine Gauner hatte ihm, ohne dass er es gemerkt hatte, das gestohlen, was er am meisten liebte! Das war böse, oh ja!

Und ohne recht nachzudenken, was seinen Eltern hier drin passiert war, schrie er Alessio an: „Du kleiner Fiesling! Wie konntest du es wagen! Mein Amulett zu…“

Dann verstummte er. Ivan hatte sich sofort grollend aufgerichtet und starrte jetzt mit seiner vollen Größe auf ihn herunter. *„Was willst du von dem kleinen Fiesling?“*

Alessio rappelte sich auf. Er schaute Marco halb erschrocken, halb verwundert an.

Marcos Knie zitterten. „I-Ich? Äh mir ist nur gerade aufgefallen, dass Alessio m-mein Amulett ausversehen in die Hände gekommen ist…“

Alessio runzelte die Stirn und nahm sein Amulett vom Hals. „Deins? Aber das gehört mir! Mein Vater schenkte es mir. Es hat einmal meinem Großvater gehört. Vielleicht hast du so ein Ähnliches, aber dieses gehört mir!“

Reflexartig schossen Marcos Finger zu seinen Hals. Und fanden etwas!

Erstaunt fühlte er das vertraute rautenförmige Amulett. Er zog es hervor.

„Wie?“, fragte Alessio verwirrt. „Das sieht ja wirklich aus wie meins!“

Stumm ging Marco zu ihm hinüber. Wie konnte das sein? Ein Zufall? Sie drückten die Amulette nebeneinander. Marco keuchte! Seines sah in allen Details so aus wie das von Alessio!

Beim Zusammenhalten der Amulette berührten sie einander…

Plötzlich schien es Marco, als bebte der Boden unter ihm…

Ein Blitz zuckte vom Himmel auf sie beide herab…

Und…

…und das Abenteuer begann!

4

MEERESLUFT

Marco stöhnte vor Entsetzen. Sein Kopf fühlte sich seltsam dumpf an. Als hätte ihn jemand mit einer Keule bearbeitet. Er schmeckte Erde. Marco versuchte sie auszuspucken, besabberte aber dadurch nur seine Wolljacke. Jetzt erst wurde ihm klar, dass er auf dem Rücken lag. Zittrig hob er den Kopf. Erkennen konnte er nur einen steilen Grashang. Deswegen drehte er sich vorsichtig um.

Ein Stück neben ihm lag verkrampft Alessio, schlafend die schmalen Finger tief in den weichen Boden gebohrt. Über ihnen türmte sich der steile Grashang auf und unter ihnen ging es ebenfalls steil nach unten – Wie weit konnte man nur raten. Denn ein dichter Schleier aus Nebel versperrte die Sicht. Das Gras war noch feucht, Tau lag auf ihm. Anscheinend waren sie mitten in einen frühen Morgen hineinkatapultiert worden.

Wieder musste Marco stöhnen, er hielt sich den Kopf und wollte gerade wieder die Augen schließen, da hörte er ein Klimpern. Seine Hände waren so taub, dass er gar nicht gemerkt hatte, wie er das Amulett umklammerte. Jetzt war es aus dem eisernen Griff entkommen und rutschte ein Stück den Hang hinunter. Der blaue Kristall leuchtete magisch.

Das alles kann nur ein Traum sein!, dachte Marco. *Gleich wache ich auf und liege in meinem schönen weichen Bett. Chiara und ich werden von Mara zum Frühstück gerufen und das war's!*

Lange Zeit lag er so da und wartete, aufgeweckt zu werden. Irgendwann entschloss er sich doch aufzustehen.

Steif richtete er sich auf und ging zu dem Amulett. Es wollte einfach nicht aufhören zu leuchten. Als er wieder zu Alessio hochschritt, hatte der sich aufgesetzt und blickte verschlafen in den Nebel.

Stumm setzte sich Marco zu ihm. Alessio blickte ihn von der Seite an. „Irgendwie kommt mir die Gegend bekannt vor. Weißt du?"

Marco schüttelte den Kopf. „Mir nicht!"

Alessio nickte und starrte weiter in den Nebel. „Hörst du das auch?"

„Was?"

„Na, das Plätschern!"

Marco lauschte. Und tatsächlich! Ein leises Rauschen war zu vernehmen. Vorher hatte er es gar nicht bemerkt. Wahrscheinlich wegen seiner Kopfschmerzen – die hatten begonnen abzuflauen.

„Vielleicht ist es ein See oder nee – der macht kein Geräusch, ein Fluss?"

Marco zuckte die Schultern und gähnte. „Leuchtet dein Amulett auch so komisch?"

Alessio zog es hervor. „Ja! Seltsam nicht?"

„Was hat das alles zu bedeuten? Vielleicht ist ja ein Wunder geschehen und wir sind bei deinem Vater gelandet!“ Plötzlich musste Marco an Mara denken. Ob er von hier aus zu ihr zurückfand?

Alessio starrte angestrengt in den Nebel. Dann schüttelte er leicht den Kopf. „Siehst du das?“

„Was?“

„Na das Goldene!“

Marco blickte in den Nebel. Und tatsächlich: Der Nebel hatte sich ein gutes Stück zurückgezogen und irgendwo in ihm leuchtete schwach etwas Goldenes.

„Sieht aus wie eine Kugel“, kommentierte Marco dies.

So saßen sie da und starrten in den Nebel um noch mehr zu erkennen. Langsam konnte man die Konturen eines riesigen Gebildes erblicken. Die goldene Kugel saß auf einem Turm. Außerdem war sie gar nicht rund - nur halbrund, sie bildete eine Kuppel. Davon gab es viele.

Immer gigantischer erschien Marco dieses Gebäude, das vor ihnen auftauchte. Mehr und mehr konnte man erkennen.

Kreischend zogen Möwen ihre Kreise. Hier musste ein Meer sein! Marco überlegte: In der Nähe von Larid gab es keins. Es musste Magie gewesen sein, die sie hierhergebracht hatte!

Seine Vermutung stimmte. Bald schon erkannte man, dass der Grashang direkt über einer großen Straße lag und dahinter kam das Meer. Und dann? Und dann kam das komische Gebäude.

Eine riesige goldene Brücke schwang sich elegant ohne eine einzige Stütze über das Wasser. Denn dieses Gebäude schwamm im Meer!

„Das ist Rae!“, entfuhr es Alessio.

Marco blickte noch genauer hin. Dies konnte nur Rae sein! Es war kein einzelnes großes Gebäude, das schwamm. Nein! Es war eine ganze Stadt!

Rae, die Hauptstadt des Landes. Leod, Marcos Großvater, hatte ihm viel Großartiges darüber erzählt. Von Walrössern, die glitzerten, großen ehrwürdigen Gebäuden und – goldenen Kuppeln!

„Du musst Recht haben!“

„Ich war schon oft mit meinem Vater dort. Schön ist es da! Ich war schon oft mit meinem Vater da!“, wiederholte er und roch an seinem Ärmel „Als er noch nicht weg war…“

Alessio tat Marco leid.

…

„Wie, um alles in der Welt, sind wir hierher gelangt?“, fragte Marco in den schönen Morgen hinein. Beide standen mitten in der unteren Hanghälfte auf dem Weg in die Stadt. Er dachte an Mara. Rae? Das war so weit weg. Wie sollte er jemals wieder nach Larid gelangen?

„Die Amulette müssen das gemacht haben!“, antwortete Alessio ihm mit erhobener Stimme zurück. Das Rauschen des Meeres wurde lauter…

„Hast du gesehen? Hinten auf den Amuletten ist das königliche Wappen von Rae eingestempelt!“, rief Marco. „Vielleicht kann uns der, der sie gemacht hat, helfen!“

Alessio neigte leicht den Kopf. „Mhm, ich weiß nicht! Rae ist echt groß… Und das war sicher der königlichen Schmied, wenn das Wappen da drauf ist! Ob wir den überhaupt besuchen dürfen?“

„Ach…“, meinte Marco, in dem der Abenteuergeist wieder geweckt worden war. „Das wird schon gehen! Der kleine Marsch wird uns sicher beflügeln“

Er versuchte, Alessio einzuholen und wäre beinahe in ihn hineingerannt. „He was soll…“, begann Marco, doch dann verstummte er wieder.

Alessios Augen waren weit aufgerissen. „Ivan! Wir haben Ivan verloren!“

Marco fasste sich an die Stirn. „Stimmt! Wieso ist er nicht auch hier?!“

Alessios Blick zeigte Panik. „Wir müssen zurücklaufen! Wir, wir…“

„Halt, halt, halt!“ unterbrach ihn Marco, dessen Stärke nicht auf Trösten beruhte. „Zurücklaufen? Ist dir bewusst, wie weit Larid von Rae entfernt ist? Nee, das klappt nicht!

Marco zog Alessio weiter. „Komm jetzt. Der Schmied wird uns schon helfen! Wir müssen nur erst einmal in die Stadt.“

Ob sie einen Schmied fanden oder nicht? Marco wollte unbedingt nach Rae hinein. Sie waren direkt vor der größten und wichtigsten Stadt des Landes aufgetaucht! Er wollte die glitzernden Walrösser, die goldenen Kuppeln und das leckere Essen sehen, das hier verkauft werden sollte! Und er wollte herausfinden wie die Häuser es schafften, im Wasser zu schwimmen, ohne unterzugehen!

So stolperten sie also den Hang hinunter auf den Weg und von da aus auf die Brücke. Zuerst wunderte Marco sich, dass sie so schmal war – darüber konnte keine einzige Kutsche fahren. Weitere Brücken waren keine zu sehen, als ihm einfiel, dass Pferde in einer Stadt auf Wasser nicht gerade sehr angebracht wären.

Damit hatte er Recht! Nie hätten die schmalen Holzstege, die immer von Wasser umspült waren, ein ganzes fünfhundert Kilo schweres Pferd getragen! Das sah er, als sie über die Mitte der Brücke gelangt waren. Von dort aus konnte man die ganze Stadt überblicken!

Ein wahrhaft gigantischer Anblick! Die wirklich schön goldene und edle Brücke führte zu einem Steg, der durch *sogenannte* Häuser führte. Es waren vielmehr hölzerne Kisten, die durch Mittelstangen und Schnüre zusammengehalten wurden. Das, soweit war klar, war das Armenviertel der Stadt. Jeder hatte einfach seine Hütte drangehängt. Doch wenn man immer weiter eindrang, wurden aus den einfachen Kisten richtige Holzhütten. Noch etwas weiter kamen dann schon die ersten Häuser aus Stein. Größere, kleinere. Danach wurden die Häuser immer edler. Waren in schönen Weiß- und Rosatönen bestrichen, die sich im Wasser spiegelten.

Dann kamen goldene Kuppeln statt Dächer und dann, als allerletztes, ragte vor dem Horizont das Schloss auf! Es war so riesig und so prunkvoll, dass es die gesamte hintere Hälfte der

Stadt beanspruchte! Im Zentrum stand ein großer Turm, von dem sie die goldene Kuppel gesehen hatten! Wehmütig dachte Marco daran, wie gern er dies Mara und Chiara zeigen wollte.

„Wahnsinn!“, brachte Marco nur heraus und lief halb schlitternd über die Brücke auf die Stadt zu. Und Alessio musste zusehen, dass er hinterherkam.

So schritten sie die Gassen entlang. Marco schaute sich alles staunend an. Alessio zog an seinem Ärmel. „Das ist doch nur das Armenviertel! Komm mit, gehen wir weiter!“

Und Marco ließ sich weiterziehen. Die Stege verliefen am Rande der Häuser, dazwischen war Wasser. Doch das war kein ungenutzter Platz! Kutschen fuhren umher, die Leute und all ihr Gepäck transportierten. Natürlich darf man sich jetzt keine normalen Kutschen vorstellen! Nein, es waren Wasserkutschen, heißt natürlich, dass sie schwammen. Gezogen wurden sie von den Walrössern! Oh, die waren schön: Mindestens drei vor jede Kutsche gespannt, mit Schuppen, die in allen Farben leuchteten.

Immer weiter drangen die beiden Jungen ein, in die Stadt der Wunder.

Je edler die Häuser und je reicher natürlich auch die Besitzer waren, umso mehr war los. Bald herrschte reges Gedränge auf den Stegen und umso mehr Wasserkutschen waren auch unterwegs. Hier wollten sie hin: In das reiche Viertel. Der Schmied des Königs hatte ihre Amulette geschmiedet. Und wenn man Schmied des Königs war, musste man wohlhabend sein.

Alessio legte angestrengt seinen Kopf nach hinten. „Wenn wir weiter so ziellos durch die Gegend latschen, kommen wir nie zum Schmied!“

Marco nickte, er fühlte sich sehr erwachsen. Er allein hatte die Aufsicht über diesen kleinen Jungen. Er würde den Vater samt dem Drachen finden und ihn wohlbehalten zurückbringen! „Ja, du hast recht! Wir müssen einfach jemanden nach dem Weg fragen!“

Alessio schaute ihn groß an. „Keine Sorge!“ Marco musste grinsen. „Das mach ich schon.“

Vor ihm ging ein Mann in einem langen, schwarzen Umhang. Marco ging einen Schritt schneller, um mit ihm auf gleicher Ebene zu sein. „Entschuldigung? Ich habe eine Frage!“

Der Angesprochene reagierte nicht.

„Entschuldigung?“, wiederholte Marco etwas lauter. „Ich habe eine Frage! Wo ist der königliche Schmied zu finden?“

Jetzt erst drehte sich der schwarze Umhang um. Marco schauderte. Er blickte in das Gesicht eines hochgewachsenen, muskulösen, jungen Mannes. Er hatte einen recht kantigen Kopf und seine Kapuze verdeckte seine Augen und Haare.

„Hast du mich gemeint?“

„J-ja!“, brachte Marco sehr hastig über die Lippen. „Ich wollte, ähm, wissen, ob Sie, äh, wissen, wo man den königlichen Schmied findet?“

„Den königlichen Schmied?“ antwortete der schwarze Kapuzenumhang kalt. „Wieso? Hast doch eh ganz schönen Schmuck!“

Marco blickte auf sein Amulett, das er um den Hals hängen hatte. Es leuchtete immer noch, auch wenn es ein wenig nachgelassen hatte. Er schob schnell die Jacke darüber.

Der Unbekannte hob den Kopf leicht, so dass Marco in seine verengten Augen sehen konnte. Für einen kurzen Moment dachte Marco, er würde in *rote* Pupillen blicken. „Naja… Wie dem auch sei…

Den Schmied findest du in der Wellengasse. Hausnummer 42…“

Marco schluckte. „Danke Sir.“

Doch der Umhang war schon in der Menschenmasse verschwunden. Es war, als würde Marco plötzlich aus einem Traum erwachen. Aus einem Traum, dessen Anfang er nicht richtig bemerkt hatte. Er hörte wieder die Leute um sich herum reden, die Wellen rauschen und Alessio, der Marco in eine Richtung zog.

„Komm! Der Typ hat Wellengasse gesagt!“

Marco, dem plötzlich seine ganze Selbstsicherheit genommen war, ließ sich mitziehen. Die Art, auf die der Fremde sein Amulett angestarrt hatte, ließ ihn nicht los!

…

Die Wellengasse zu finden, war dann schwieriger als gedacht. Tausend Gassen gab es und alle so verschnörkelt, dass es wie ein Ding der Unmöglichkeit schien.

Marco hatte schlechte Laune und Alessio war von dem vielen Herumlaufen erschöpft. „Können wir nicht aufgeben?“, fragte er hoffnungsvoll. „Ich habe solchen Hunger!“

„Nö!“, knurrte Marco. „Lass uns weitersuchen. Hoffentlich ist der Schmied nett! Ich hätte nichts gegen eine Tasse Tee!“ Er trat gegen einen Stempen. „Von was hast du dich denn auf deiner Reise mit Ivan ernährt?“

„Wir haben von vielen netten Leuten Proviant bekommen. Waren ja auch zum Teil bei anderen Fürsten, die wir kannten, sonst hat Ivan für uns gejagt.“

„Wenn wir doch Ivan hätten! Dann hätten wir Essen und könnten wieder zurückfliegen nach Larid!“

Marco biss sich gleich darauf auf die Lippen. Er wollte nicht den verzweifelt wirkenden Blick von Alessio ertragen. Der sagte: „Wir müssen unbedingt zurück!“

„Nein!“, sagte Marco schnell. „Es ist viel zu weit, um zurück zu laufen!“

„Aber was sollen wir dann tun?“ Alessio versuchte loszustürmen. Doch Marco hielt ihn zurück.

„Wohin willst du denn jetzt? Eine Sache können wir noch probieren!“

„Was?“

„Wir sind uns doch einig, dass wir hierhergekommen sind, weil wir unsere Amulette zusammengedrückt haben!“

Alessio nickte.

„Was passiert, wenn wir sie noch mal zusammendrücken? Vielleicht kommen wir ja wieder zurück!“

Alessios Augen leuchteten hoffnungsvoll auf.

„Komm! Wir gehen in diese Seitenstraße hinein! Da können wir es unbemerkt versuchen!"

Alessio nickte wieder und als sie vor allen neugierigen Blicken geschützt waren, fragte Marco: „Bist du bereit? – Gut! Dann lass uns loslegen!"

Sie atmeten noch einmal tief durch, dann drückten sie ihre Amulette zusammen. Alessio schloss die Augen. Er war sich sicher: Diesmal würde es klappen! Als erstes passierte nichts, oder doch? Er spürte einen Windzug. Er wurde in etwas Schwarzes eingesogen und…

„Hat nicht geklappt!", riss ihn Marcos Stimme aus den Gedanken. Sie standen immer noch in der Seitengasse. Er hatte sich alles nur eingebildet!

„Naja", meinte Marco. „Wenigstes haben wir jetzt den Schmied gefunden!"

…

Ja, da hatte er Recht! Die kleine Seitengasse hieß: Wellengasse. Sie standen direkt vor der Nummer 42. Das war etwas unverständlich. Außer diesem Haus gab es nur noch ein weiteres. Es hatte die Hausnummer 97.

Das Ganze wurde bestätigt von dem großen goldbeschlagenen Schild über einer Tür: NIKOLA SANDORN KÖNIGLICHER GOLDSCHMIED

„Nun? Klopfen wir an?"

Alessio nickte. *Klopf, Klopf, Klopf!,* pochte er an die Tür.

Kleine Glöckchen bimmelten, als ein älterer Mann die Tür öffnete. Er hatte fast keine Haare mehr, trug eine Nickelbrille und ein graues Hemd auf dem ein goldener Anstecker in Form eins Hufeisens prangte. „Guten Tag? Was kann ich für euch tun?“

„Äh, nun ja…“, begann Marco. Was sollte er sagen? *Wir haben uns im Wald getroffen, hatten zufällig beide die gleichen Amulette und als sie einander berührt haben, sind wir hierher katapultiert worden. Jetzt haben wir Sie aufgesucht, um zu fragen, was es damit auf sich hat!*

Nein! Das klänge wirklich lächerlich und ihnen würde höchstwahrscheinlich gleich wieder die Tür vor der Nase zugeschlagen werden.

„Was kaufen… wollt ihr wohl nicht, oder?“

„Ja!“, Marco nickte erleichtert. „Wir, ähm, haben ein paar Fragen!“

„Fragen?“, der Mann hob eine Augenbraue.

„Genau!“, erklärte Alessio. „Zu Amuletten!“

„Amuletten? Gut. Kommt rein! Ich heiße Nikola.“

Puh!, dachte Marco. *Mir scheint, als hätten wir die richtige Art von Mensch erwischt!*

Hinter der Tür befand sich ein kleines Büro mit einem Schreibtisch. Hier wurden normalerweise die Aufträge besprochen. Der Schmied setzte sich also hinter seinen Schreibtisch und blickte die beiden interessiert an.

„Nun… Was ist?“

„Ja also…“, begann Marco verlegen.

Doch Alessio war schneller. Er holte sein Amulett aus der Tasche und zeigte es vor. „Dies hier! Wissen sie was darüber?"

Nikola wirkte plötzlich geschockt.

„Was ist?", fragt Marco verunsichert. „Sehen Sie? Ich habe auch eines!" Er zog die Jacke zurück und zeigte seines.

„Wartet!", befahl ihnen der Schmied. Er schaute sich unruhig um, ging zur Tür, öffnete sie und drehte ein kleines Schild, auf dem „Offen" stand um, so dass man von außen „Geschlossen" lesen konnte. Dann schlosss er sie wieder und kehrte schnellen Schrittes zurück. „Kommt! Wir gehen in meine Wohnung!"

Er drängte sich durch eine Hintertür in einen Vorraum. Durch eine Tür sah man die Werkstatt des Schmiedes. Eine Treppe führte ein Stockwerk höher. Die nahmen sie und als sie oben waren, betraten sie einen weiteren Raum. Viele Räume beherbergte dieses Haus. Viel mehr als das von Mara.

Der Raum war gemütlich eingerichtet. Ein Tisch, eine Bank, ein Kamin, ein Bücherregal, ein Teppich.

„Setzt euch! Kann ich euch etwas anbieten? Tee, Kakao, Wasser?"

Beide wählten Kakao. Dieses wundersame Getränk hatte Marco nur bei seinem Großvater manchmal gekriegt. Bei Mara gab es so etwas nicht.

Wenig später kam der Alte wieder. Zwei Tassen Kakao in der Hand – für sich eine Tasse Tee.

„Also… Nennt mich einfach Nick! Klar?"

„Klar!", antwortete Alessio. „Ich bin Alessio, kannst mich auch Alo nennen! Und der Typ", er deutete auf Marco, der stumm über seinen Kakao gebeugt saß, „…heißt Marco!"

„Gut, Alo und Marco… Wo fangen wir denn an? Ich muss gestehen, ich hab so einige Fragen! Wo kommt ihr her? Warum habt ihr mich aufgesucht und… woher habt ihr die Amulette der Hüter? Gekauft, Gestohlen?"

„Wir haben sie nicht gestohlen!", verteidigte sie Marco. „Ich komme aus Larid und er ist der Sohn des Fürsten Torquils"

Nick zuckte zusammen. „Torquil? Sind dort nicht alle verschwunden?"

Alessios meist so lebhaftes Gesicht verdunkelte sich. „Ja. Ich bin als einziger zurückgeblieben."

„Oh, mein Gott!", rief Nick erschrocken. „Dein Vater!"

„Den suchen wir!", sagte Alessio bestimmt.

Und als Nick nichts antwortete, warf Marco ein. „Die haben sich berührt und dann waren wir hier! Dann dachten wir, weil die Amulette der königliche Schmied gemacht haben soll, gehen wir doch zu Ihnen und fragen."

Gleich darauf verdammte sich Marco dafür, was er gesagt hatte. Das würde Nick ihnen nie abnehmen! *Plötzlich aufgetaucht!* Pah!

Doch Nicks Augen glänzten. „Doch, doch es musste ja kommen! Es musste kommen…"

„WAS?", fragten Alessio und Marco gleichzeitig.

„Tja, ähm…“, Nick blickte sie hinter seinen runden Brillengläsern ernst an. „Wisst ihr, das Ganze ergibt in gewisser Weise Sinn! Ja, ja! Muss so sein…“ Er verfiel wieder in Grübeln. „Darf ich die Amulette mal kurz anschauen?“

Wortlos reichten Marco und Alessio ihm ihren Schmuck.

Nick wandte sich an Alessio: „Wie heißt dein Großvater?“

„Achak! Er war einer der Hüter!“

„Wie“, japste Marco. „Bei den Hütern? Das sind doch die…“

„Jaja, die Hüter des Landes gewesen! Und?“

Plötzlich fragte Nick dazwischen: „Marco? Wetten dein Großvater heißt Leod?“

„Hä? Woher kennen Sie meinen Großvater?“, fragte Marco erstaunt, obwohl ihm langsam ein Licht aufging, doch… Das konnte nicht wahr sein!

Nick lachte herzlich. „Mensch, Mensch, Mensch, habt ihr noch nie etwas von den Amuletten der Hüter gehört?“

Beide schüttelten den Kopf.

„Ihr habt doch nicht zufälligerweise noch ein drittes Amulett, oder?“

Wieder schüttelten Marco und Alessio den Kopf.

„War ja zu erwarten!“, brummte Nick, wenn auch etwas enttäuscht. Doch dann hellte sich sein Gesicht wieder auf. „Jungs! Wisst ihr, ihr seid eine Sensation! Auch wenn ihr es noch nicht glaubt!“ Er lächelte. „Ich will euch über die Amulette der Hüter erzählen!“

5

HÜTER

„Leod. Achak. Niall.

Hüter, so nannte man sie.

Klar, ihr kennt sie. Jeder in diesem Land kennt sie. Sie waren 15 Jahre lang Beschützter der Stadt und des ganzen Landes. Ihr zwei habt sicher auch schon von dem berühmten Kampf gegen die Feuermenschen gehört. Ihre erste Bewährungsprobe.

Doch ich erzähle euch von dem Kampf noch mal. Weil dort die Amulett-Geschichte anfängt. Leider kennen sie nicht viele, obwohl sie den Dreien später von großem Nutzen waren, oh ja!

Also zur Sache:

Die Hüter teilten ihre Armee in drei Teile und ritten in den Kampf. Sie wurden von den Pacos unterstützt. Ein Volk das sehr weit weg in der Prärie, am Anfang der Wüste lebt.

Die Angreifer waren maßlos überlegen. Die Gegner sahen zwar aus wie normale Menschen, nur dass alle von ihnen rote Pupillen hatten! Ihre besondere Fähigkeit: Feuer konnte ihnen nichts anhaben, sie konnten es außerdem erzeugen und Leute einfach in Nichts verwandeln. Und das Gefährlichste: Sie stammten von den Phönixen ab, heißt: Sobald man sie einmal umgebracht hatte, gingen sie in Flammen auf und erstanden aus ihrer Asche wieder neu auf. Erst danach stehen sie nicht wieder auf, wenn man erneut gegen sie gewinnt. Man nannte sie: Die Feuermenschen!

Vor heraufbeschworenem Feuer oder dass man sich in Nichts verwandelte, musste sich keiner Sorgen: Der Magier der Pacos beschützte die Armee Raes vor dieser Magie.

Doch nach einiger Zeit fiel den drei Armeen etwas auf: Die Feuermenschen wirkten nicht so, als wären alle für das Kämpfen. Ja, einige ergaben sich freiwillig!

Ihr Anführer und einige andere, also diejenigen die tatsächlich mit vollem Herz bei der Sache waren, mussten erkennen, dass sie verlieren würden, weil ihnen viele nicht treu waren. Und dann machten sie einen Fehler: Sie gaben nicht auf, sondern kämpften umso heftiger weiter!

Sie wurden unkonzentriert. So konnte Nial ihren Anführer – Elvaac hieß er – tödlich verwunden. Dann kämpften die Hüter und ihr Gefolge noch gegen die, die immer noch nicht aufgegeben hatten. Diese waren schnell besiegt.

Das heißt nicht, dass alle tot waren, im Gegenteil! Viele Feuermenschen waren froh, dass der Kampf vorbei war und zogen sich zurück. Keiner wusste je wohin.

Es gibt ein Gedicht dazu. Ich… Ich habe es vergessen. Aber darin geht es darum, dass die Feuermenschen nicht unbedingt Böse sind – nein, im Gegenteil…

Der Kampf gegen die Feuermenschen ging in die Geschichte ein. Man nannte Leod, Achak und Niall von da an: „Die Hüter“, weil sie das Land behütet hatten.

Und der damalige König hatte ihnen ein ganz besonderes Geschenk zu machen….

Er hatte es schon vor dem Kampf anfertigen lassen und schickte nun Boten zu den Hütern um ihnen seinen Dank zu zeigen. Doch sie waren schon fast bei Rae, um genau zu sein auf dem Grashang über der Brücke, als der Bote auf sie traf.

Das Geschenk bestand aus drei Amuletten.

Nicht nur, dass sie wunderschön waren, (übrigens selbstverständlich, wenn man bei meiner Familie etwas Schmieden lässt), nein! Sie waren auch mit etlichen Zaubern belegt. Um noch magischere Dinge zu bekommen, hätte man ewig suchen müssen!

Dankend nahmen die Hüter die Amulette an und hatten sie den Rest ihres Lebens bei sich.

…

„Mit was waren sie belegt?“, fragte Alessio neugierig.

„Tja! Das weiß keiner so genau!“, antwortete Nick nachdenklich. „Auf jeden Fall brachten sie einem eine Menge Glück! Sie waren sicher schützend. Dann gab es wohl noch weitere magische Eigenschaften, die keiner so genau kannte. Man wusste nur, dass sie irgendwie miteinander verbunden waren und der magische Bann, mit dem sie belegt waren, so lang hielt, solange sie Hüter waren.“

„Und… wie kamen die magischen Eigenschaften da drauf?“, fragte Marco. „Dein Vater konnte doch nicht zaubern, oder?“

Nicks Augenbrauen verengten sich. „Nein, nein! Das hat der Magier der Pacos gemacht!“

Ein Hüter, - das kann doch unmöglich mein Großvater gewesen sein!, dachte Marco. *Nie!*

„Wie gesagt: Die Amulette sind auf magische Art und Weise miteinander verbunden! Deswegen wundert es mich nicht, dass ihr euch getroffen habt. Alessio hat sich nicht zufällig in diesem Wald niedergelassen und du hast auch nicht zufällig ihn und seinen Drachen entdeckt!“

Alessio, der das Ganze nur halb so wild fand, fragte: „Und wann haben die Hüter aufgehört?“

„Nun, vor etwa 40 Jahren.“

„Wo ist Leod dann hin?“, fragte Marco.

„Dein Großvater kehrte umgehend mit seiner Tochter, deiner Mutter, nach Larid zurück. Seinem Heimatdorf. Er hätte noch ganz wo anders den Rest seines Lebens verbringen können, aber er hatte wohl genug von dem ganzen Trubel. Mit deiner Großmutter hatte er sich kurz davor verstritten. Sie blieb in Rae.“

„Und Achak is‘ auch zurück nach Torquil gekommen! Den kannte ich auch noch, bevor er gestorben ist!“

Nick nickte zustimmend und verschränkte die Hände hinter dem Rücken. Seufzend sagte er: „Mensch, Mensch, Mensch! Es kommt nicht oft vor, dass man die Enkel der berühmtesten Krieger aller Zeiten bei sich zu Hause hat! Wie wär’s, wenn ihr mir jetzt eure Geschichte ein wenig genauer erzählt?“

6

DES KÖNIGS VORSCHLAG

Es war dunkel. Geräusche drangen an Marcos Ohren. Hufgetrappel. Das Knarren von Holzdielen. Vertraute Geräusche. Er brauchte eine Weile, bis er bemerkte, dass er die Augen geschlossen hielt. Er schlug sie auf.

Er erblickte eine grob geschliffene Holzdecke. Sie kam ihm bekannt vor…

Der Raum, in dem er lag, war staubig und seinem Bett gegenüber stand ein weiteres. Die Geräusche kamen von einer Luke in der Wand.

Hastig stieg er aus dem Bett. Er war wieder zu Hause in Larid! War alles nur ein Traum gewesen? Hatte er nie Alessio, Ivan oder Nick kennen gelernt? Komisch, es hatte sich so echt angefühlt…

Naja, vielleicht war es auch besser so. Oder?

Er schrak auf. Jemand hatte an seine Tür geklopft. Das musste Leod sein!

„Herein!"

Und tatsächlich: Sein Großvater stieg durch die Tür. „Marco! Bist du bereit?"

Marco senkte sein Haupt und sagte: „Ja Vater."

Vor langer Zeit hatte er es sich angeeignet, Leod als Vater zu bezeichnen. Und das war er ihm ja in gewisser Weise auch.

„Dann komm!“, antwortete ihm Leod rau und stand schon halb auf der Treppe. Marco lief ihm hinterher. Komisch… Mara und Chiara waren nirgends zu sehen…

Draußen vor der Tür warteten auf Pferden zwei fremde Männer. Niall und Achak, das wusste Marco einfach!

Beide sprachen kein Wort, nickten nur leicht. Doch dies war nicht das Einzige, was Marco merkwürdig vorkam. Die Hütten Larids um sie herum schienen verschwunden! Stattdessen war das Haus nun auf einem hohen Bergkamm errichtet.

„Komm! Das Land wird von dem Feind angegriffen!“, rief Leod, während er sich in den Sattel seines Pferdes schwang. Marco, für den ein ebenfalls prunkvolles Pferd bereitgestellt wurde, wollte es ihm nachtun. Doch er rutschte immer wieder ab. Das Kettenhemd, das er trug, zog ihn immer wieder nach unten.

„Wartet!“, rief er den Hütern zu, die vorausgeritten waren. Doch sie hörten ihn nicht. Er schauderte. Das Haus, aus dem er mit Leod herausgegangen war, war verschwunden. Steile Klüfte taten sich neben ihm auf. Ein Schritt und man fiel hunderte Meter nach unten! Düstere Wolken hingen am Himmel. Es war dämmrig, Wind pfiff und er sah gerade noch Leod in einer dicken Nebelschicht verschwinden.

Schließlich schaffte er es auf sein Pferd und wollte losgaloppieren – den anderen hinterher. Doch da merkte er, dass es doch nicht so ein prunkvolles Pferd war. Nein, es war ein lahmer Maulesel. Verzweifelt gab er ihm die Sporen, doch er trabte nur langsam dahin. Doch wenigstens in die richtige Richtung. Bald schon hatten sie die Nebelschicht erreicht. Jetzt konnte er nur noch Weiß erkennen.

Hoffentlich machte der Maulesel keinen falschen Schritt! Ewig lang ging es so dahin. Nichts anderes hörend als den pfeifenden Wind.

Doch: Zum Glück! Ein paar Meter vor ihm konnte er drei Gestalten ausmachen. Sie warteten auf ihn! Freudig kam er näher. Doch er merkte gleich, dass irgendetwas nicht stimmte. Ganz ruhig saßen sie in den Sätteln. Ihm den Rücken zugewandt, schwarze Kapuzen über den Köpfen. Konnten das Leod, Achak und Niall sein?

„Entschuldigung?", fragte er vorsichtig.

Niemand antwortete.

„Entschuldigung?", sagte er jetzt mit ein wenig mehr Nachdruck. „Könnten Sie mir sagen, wo Leod, Achak und Niall sind?"

Langsam drehte sich der Mittlere um. Die Kapuze hing so stark über sein Gesicht, dass man nichts außer ein paar Schatten erkennen konnte.

„Hast du mich gemeint?"

„J-ja!"

„Nun", ließ sich der dunkle Reiter Zeit, der eindeutig nicht Leod war. „Was wenn ich sage… Ja!?"

Marco drehte den Kopf, mehrere blutige Schatten lagen an einem Hang, der an den Weg grenzte. Eine Vorahnung kroch in ihm hoch. Etwas klirrte hinter ihm. Er schaute schnell zu dem Reiter.

Seine beiden Gefährten hatten sich umgedreht. Und hielten wie der Mittlere einen Säbel in der Hand.

„Ich werde dich schneller zu deinen Hütern bringen, als dir lieb ist", stieß der Mittlere zischend hervor.

…

„Du siehst blass aus!"

„Tja“, begann Marco verlegen. „Ich hab… schlecht geträumt.“

Nick blinzelte, dann widmete er sich weiter dem Bestreichen seines Marmeladenbrots.

Da sie sonst nicht gewusst hätten, wo sie übernachten sollten, hatte der Schmied sie kurzerhand bei sich schlafen lassen.

Während sie weiter frühstückten, fragte Nick: „Ihr wisst schon, wo es heute hingehen wird, oder?“

Beide schüttelten stumm den Kopf.

„Natürlich zum König!“

Marco stockte es den Atem. „Sie, Sie kennen ihn?“

„Aber natürlich! Als königlicher Hofschmied ihn nicht kennen? Klar mein Junge! Wir müssen ihn aufklären!“

„Über was denn?“, fragte Alessio scharf. Und es war das erste Mal, dass er etwas sagte. Der Verlust Ivans drückte auf sein Gemüt.

„Da fragt er noch!“, antworte Nick höchst aufgebracht. „Über die Enkel der Hüter müssen wir ihn aufklären! Ich kenn ihn! Das wird ihm gefallen!“

„Einer fehlt noch!“, reagierte Alessio verbissen. „Der von Niall!“

Einen kurzen Moment lang schien er Nick aus der Fassung gebracht zu haben. Doch er fing sich schnell. „Falls er einen hat! Soweit ich weiß, hat keiner ihn mit Familie gesehen.“

…

Später jedoch hatte sich Alessios Laune deutlich verbessert. Sie fuhren mit Nicks drei Walrössern in seiner Wasserkutsche. Dies war aufregend!

Nachdem Nick seine Rösser aus dem Stall getrieben hatte (der halb unter Wasser stand) und sie an die Wasserkutsche angebunden hatte, ging es los! Dieser Tag schien genauso schön wie gestern.

Die Walrösser glitzerten in allen Farben ihrer Schuppen. Auch das Wasser, in dem sie schwammen, glitzerte und brauste.

Alessio konnte sich kaum auf der Rückbank ruhighalten. Dauernd sprang er auf – zu Nick, der lenkte. Er erzählte, dass er schon einmal auf so etwas gefahren sei in einem Wasserkutschen-Taxi und fragte, wie die drei Walrösser hießen.

Nick, nicht an solches Gezappel gewöhnt, schnauzte irgendwann: „Zum letzten Mal: Die Walrösser heißen Helene, Berta und Helga und nun setz dich wieder auf deinen Platz, verdammt!"

„Berta", kicherte Alessio, sich die Hände vor den Mund haltend. Und blickte erwartungsvoll zu Marco.

Der lächelte schwach. Er war so nervös wie er es noch nie gewesen war: Bald würde er den König des Landes höchstpersönlich sehen. Noch dazu in einer Privataudienz, die Nick gestern schon beantragt hatte. Er blickte an sich hinunter.

Eine einfache blaue Stoffhose und dazu die braune Wolljacke. Normale Kleidung eines Dorfjungen. Aber passend für eine Königsaudienz? Hätte er sich doch etwas Anderes angezogen! Aber wer rechnet schon damit, wenn er in einen düsteren Wald hineingeht, den König zu treffen?

Gegen Nick oder Alessio wirkte er ärmlich. Er fragte sich, wie Alessio es geschafft hatte, dass die ganze Zeit kein einziger Fleck auf seinen Mantel kam. Aber wahrscheinlich lernte man so etwas als Sohn eines Fürsten.

...

So ging es dahin. Noch weiter hinein nach Rae. Je näher sie dem Schloss kamen, desto mehr Wasserkutschen kamen ihnen in den Kanälen entgegen. Neben den Kanälen standen Villen, die selbst wie kleine Wohnsitze eines Königs aussahen. Immer öfter konnte man eine Goldene Spitze des Schlosses, oder so etwas in der Art, erhaschen.

Und schließlich war es soweit: Sie bogen um eine Ecke und: Da war er! Der große, steinerne, von Säulen getragene Eingang zum Palast. Marco und auch Alessio blieb der Mund offenstehen. Eine Flagge hoch über dem Eingang zeigte drei Männer. Einen erkannte er als seinen jungen Großvater. Das mussten die Hüter sein!

Nick bog jedoch erst einmal ab und sie kamen auf einen großen Platz mit vielen Stegen, an denen haufenweise Wasserkutschen samt Walrössern, die an irgendwelchen Algen rupften, angebunden waren.

Nick band ihre Kutsche an einem Pflock fest und sie richteten sich wacklig auf und kletterten auf den Steg. Dann gingen zu dem Eingangsportal.

Viele Stufen aus Marmor führten zu einem goldenen Tor empor, das auf jeder Seite von einem Rüstung tragenden Wächter bewacht wurde.

Als sie oben ankamen, fragte einer der beiden: „Name?"

„Nikola Sandorn."

„Anliegen?"

„Ich habe mit den Jungs hier eine Audienz beim König."

Der Wächter zog die Brauen zusammen, entfaltete eine Liste und sagte schließlich. „Ihr seid spät dran, jeden Moment beginnt es. Man erwartet euch im Eingangsbereich."

Damit ließ er die eine Hälfte des Tors auf schwenken und sie gelangten in eine große Eingangshalle. Sie hatte eine große Kuppel und durch farbig bemalte Fenster fiel gedämpftes Licht auf blauweiße Fliesen. Mehrere vornehme Leute flüsterten in kleinen Gruppen. Ein Ehrfurcht gebietender Ort.

Eine groß gewachsene blonde Frau im weißen Rock kam auf sie zugelaufen. „Ah! Da bist du ja endlich Nick!"

„Esmeralda!" Die beiden schienen sich gut zu kennen. Marco gefiel die Frau besser, als die unfreundliche Wache am Eingang.

„Du bist spät dran!", sagte Esmeralda noch einmal. „Deswegen müssen wir uns beeilen… Doch Nick? Warum hast du diese Kinder mitgebracht?"

„Ach… erfährst du schon noch! Ist ein bisschen kompliziert", antwortete Nick eindringlich. „Aber wenn du uns führen würdest..."

„Klar!“, sagte sie und drehte sich um. „Folgt mir.“

Nick ging hinter ihr her auf eine Holztür zu und Alessio und Marco taten es ihm gleich.

Die Holztür führte in einen längeren, mit Teppich ausgelegten Korridor, den sie durchquerten. Sie waren in einen kleinen Innenhof geraten, in dem ein paar Blumen sprossen und ein paar Beete angelegt waren. Ein kleiner Springbrunnen plätscherte.

Ein Garten auf dem Meer! Hier mussten wirklich sehr reiche Leute leben. Das bestätigte dann ein riesiger Kronleuchter, der an der Decke eines weiteren, aber größeren und breiteren Korridors hing.

Viele Ölgemälde hingen hier an den Wänden. Sie zeigten vornehme Frauen und Männer, des Öfteren mit Krone.

So ging es eine Weile dahin, bis sie zu einer drei Meter hohen - aber sehr schmalen Tür kamen.

„Dahinter werdet ihr erwartet“, Esmeralda verbeugte sich so, dass ihr langes, blondes Haar über ihr Gesicht fiel und stieß die Tür auf.

Marco, der sich fast in die Hosen machte vor Aufregung, trat mit einem nicht mal halb so aufgeregten Alessio durch die Tür. Gefolgt von Nick. Auch Esmeralda kam, nachdem sie die Tür zugemacht hatte herein – hielt sich aber im Hintergrund.

Ein kleiner, bescheidener Saal. Rote Vorhänge, weitere Ölbilder, ein paar Sessel.

In einem der Sessel saß ein älterer Herr. Er hatte eine Glatze, aber dafür einen kurzen Bart, der zu einem Zopf geflochten war. Das gab ihm ein bisschen das Aussehen einer Ziege.

Alessio wandte sich zu Marco und flüsterte leise: „Du musst dich also nicht wegen deinem Aussehen schämen!“

Sonst hatte der König, ähnlich wie Nick, eine Brille mit runden Gläsern. Der einzige Unterschied war, dass sie in Gold gerahmt war. Er trug ein blaues Hemd, dessen Knöpfe wie Edelsteine funkelten und sonst nur eine schlichte, weiße Hose. Er trug nicht mal eine Krone.

Nicht gerade so, wie man sich einen König vorstellt, dachte Marco, ohne auf Alessio einzugehen. *Doch er sieht ganz nett aus.*

Der Mann hob den Kopf.

Nick verbeugte sich kurz (Marco und Alessio taten es ihm hastig gleich) und sagte ehrfürchtig: „Einen schönen Morgen, Majestät!“

„Nikola! Oh! Wohl kaum! Es passieren lauter besorgniserregende Dinge im Land… Manchmal wünsche ich mir Leod, Achak und unsren guten Nail zurück. Mit ihnen konnte man sich immer gut bereden!“

Marco wechselte Blicke mit Alessio. Er hatte ihre Großväter gut gekannt!

Nick lachte. „Nun da habe ich eurer Majestät eine gute Nachricht zu überbringen. Denn zwei von ihnen stehen euch gegenüber!“

Der König hob die Augenbrauen. „Wie meinst du das?“

Marco wäre am liebsten im Boden versunken! Wie Nick das ausdrückte. Sie waren doch nicht die Hüter! Doch der König musterte sie höchst interessiert.

„Tja", sagte Nick. „Das erzählen die beiden euch am besten selbst!"

Marcos Magen machte einen Salto rückwärts. Wie konnte Nick das nur sagen?

„Warte mal! Irgendwie kenne ich euch! Ich weiß nur nicht mehr, woher." Versunken starrte sie der König an.

Alessio zuckte die Schultern. „Keine Ahnung. Ich glaube, da liegt eine Verwechselung vor." Er klang wie ein hochnäsiger Baron. „Auf jeden Fall…", er räusperte sich.

Da unterbrach ihn Marco. „Wir haben uns in der Nacht im Wald getroffen. Ich kam aus Larid und er war mit seinem Drachen dort. Und…", er blickte sich um. Alle schauten ihn gespannt an. Der König blinzelte ihm zu. Marco errötete und fuhr fort.

Er fand, dass sie einen netten König hatten. Er hörte ihm aufmerksam zu, unterbrach ihn nicht und er machte keine Bemerkungen über seine Kleidung.

Schließlich endete er damit, wie sie mit Nick geredet und wie sie herausgefunden hatten, dass ihre Großväter die Hüter waren.

Danach folgte erst einmal Stille. Schließlich meinte der König: „Jetzt weiß ich wieder, woher ihr mir bekannt vorkommt! Du"- er deutete auf Marco „Siehst deinem Großvater ähnlich! Und du"- er deutete auf Alessio, „warst doch der Junge aus Torquil, der so ein Theater gemacht hat, weil er nicht bei den Besprechungen des Fürsten Sebastian dabei sein durfte."

„Ach…" Alessio versuchte ein künstliches Lächeln, das völlig *schief* ging. „Stimmt! Da war ja was!"

„So?" Der König wirkte halb belustigt, halb ernst. „Weißt du was? Jetzt darfst du wissen, für was wir dich noch für zu jung gehalten haben. Wir sprachen über das rätselhafte Verschwinden anderer Fürsten und Barone!"

Alessios Blick verfinsterte sich. „Wenn ich es gewusst hätte, dann…"

„…wäre das nicht passiert? Meinst du das?"

Alessio wurde rot und blickte noch finsterer, sagte aber nichts.

Der König wandte sich zu Esmeralda, die die ganze Zeit still am Rand gesessen und zugehört hatte. „Sei so gut und hole Lenox. Ich will ihm diese Neuigkeit unbedingt mitteilen!"

Die große Frau verbeugte sich und verließ den Raum. Marco schien es noch einmal, als würde er vor Aufregung explodieren. Lenox! Der Sohn des Königs. Er war dafür bekannt, dass er der beste Krieger des Landes nach den Hütern war! Das wusste sogar er!

Dann drehte sich der König wieder um.

„Nun, dass *etwas* passierte, als ihr die Amulette zusammengedrückt habt, ist nicht weiter verwunderlich! Wie Nick euch erzählt hat, ist so viel magische Ladung auf ihnen, dass es fast logisch ist, dass sie sich anziehen, und als sie sich berührt haben, ihr euch dort wiedergefunden habt, wo ihr Zauber das erste Mal in Kraft getreten ist: Ihr habt euch dort wiedergefunden, wo die Hüter ihre Amulette bekommen haben. Auf dem Grashang vor Rae. Warum ihr, nicht auch den dritten Amulett-Träger getroffen habt, lässt sich nur mutmaßen. Vielleicht gibt es ihn gar nicht. Doch das wäre seltsam, und ich glaube es nicht. Die Vorstellung, dass Nialls Amulett irgendwo in einer Schatulle rumliegt, ohne einen Besitzer zu haben, ist mir fremd. Dafür war Niall das Amulett von viel zu hohem Wert. Und so ein wertvolles Objekt kann nicht verschwinden… Eher wahrscheinlich ist es, dass die Pacos zu weit von den anderen Amuletten entfernt waren, als dass die Amulette in irgendeiner Art zu ihnen Verbindung aufnehmen konnten. Nun da schwebt mir eine Idee vor…"

Die Tür öffnete sich. Eine junge Männerstimme fragte: „Vater! Du hast mich gerufen?"

Sie drehten sich um. Neben Esmeralda stand ein durch den Größenunterschied fast wie ein Kind wirkender Mann. Er musste um die zwanzig sein. Er hatte blondes Haar, eine erstaunlich kleine Nase und durchdringende blaue Augen. Er wirkte sehr muskulös und ziemlich schlank. Er trug auf Hochglanz polierte schwarze Lederschuhe, eine beige Seidenhose und einen graugrünen Frack.

„Lenox! Setz dich zu uns! Ich habe für dich erstaunliche Neuigkeiten!"

„So?" Lenox zögerte, dann nahm er sich einen Stuhl und setzte sich in die Runde.

Schnell war alles noch einmal erzählt und die Amulette wanderten in dem kleinen Kreis von sechs Leuten.

„Erstaunlich!“, murmelte Lenox und musterte Marcos Amulett. „Genau so habe ich sie mir immer vorgestellt. Auf den Porträts der Hüter waren sie des Öfteren zu sehen.“

„Nenn sie doch beim Namen, Nox!“

„Jaja!“, antwortete Lenox und beugte sich weiter über das Amulett. Doch als Marco zu ihm herüberschielte, sah er, wie Lenox grinste.

„Ähm.“ Nick räusperte sich. „Eure Majestät, was wird als nächstes passieren?“

„Nun mein lieber Schmied! Eine gute Frage! Es war wirklich sehr nett, mich über diesen Fall zu informieren…“

Nick verbeugte sich noch einmal kurz.

„…wir wollen es natürlich bekannt geben. Doch davor muss eine kleine Reise gemacht werden! Ich würde gerne alle drei Enkel der Hüter oder Hüter - wie man's nimmt, präsentieren. Gleich morgen wird deswegen Lenox aufbrechen und den dritten Amulett-Träger der Pacos holen!“

Marco lief noch einmal gegen seinen Willen rot an. Er wollte nicht präsentiert werden. Berühmt sein, nein!

Doch Alessio reagierte anders darauf. „Und was ist mit uns? Was hast du dir für uns ausgesucht? Wir wollen natürlich mitkommen! Oder?“

„Ähm“, Marco stockte.

Auch Nick schaute alles andere als begeistert. Doch der König selbst wiegte den Kopf hin und her. „Wieso nicht?

Eigentlich steht es ihnen zu, ihren Dritten zu suchen. Was meinst du, Nox?“

„Keine Ahnung!“, antworte Lenox, nicht sehr überzeugt. „Es wird sicher schwierig werden, auf sie aufzupassen. Außerdem weiß ich nicht, wie es bei den Pacos zugeht – sie warnen wieder vor einem Feuermenschenangriff. Sie waren immer sehr… kämpferisch. Vielleicht ein bisschen zu kämpferisch für meinen Geschmack!“

Sein Vater gluckste. „Zu kämpferisch? Das musst ausgerechnet du, Nox, sagen? Es sind nicht nur sie, die vor so einem Angriff warnen! Es gehen Gerüchte um. Dass sie im Gebirge einen neuen Plan aushecken! Man soll Feuerblitze gesehen haben! Doch ich gebe dir Recht! Höchstwahrscheinlich sind es nur Gerüchte und sonst nichts weiter! Nun gut, aber meinetwegen dürfen die Jungen mit dir reisen! Denn wahrscheinlich sind sie sogar noch sicherer mit dir in einem großen Wald, als ohne dich hier in Rae. Ich vertraue deinen Kampfkünsten voll und ganz.“

Lenox verbeugte sich kurz. „Alles klar! Ich bin einverstanden!“

„Toll“, freute sich Alessio und blickte Marco an. „Findest du auch?“

„Ähm“, machte Marco noch einmal. Mitkommen? Auf die Suche zu den Pacos? Er war sich nicht so sicher. Eine kleine Reise?

Die Pacos – so hatte Nick selbst gesagt, lebten weit entfernt am Anfang der Wüste! Was würden sich Mara und Chiara für Sorgen machen, wenn er so lange wegblieb?

„Du bist nicht so überzeugt?“, fragte Nick ihn. „Kann ich gut verstehen. Du kannst gerne bei mir bleiben! Ich kann dir ein paar Techniken des Goldschmiedens beibringen!“. Er lächelte.

Doch Marco holte tief Luft und sagte: „Vielen Dank für das Angebot, Nick! Doch ich ziehe es vor, mitzugehen! Mit Lenox und Alessio!“

Er war in den Wald gegangen mit dem Vorhaben, ein Abenteuer zu erleben. Und jetzt wo er vor der Entscheidung stand, durfte er nicht kneifen! Auch wenn er sich nicht so sicher war, ob dies ein so *kleines* Abenteuer werden würde.

„Oh! Gut!“, sagte Nick, doch er wirkte sichtlich enttäuscht.

Lenox grinste und hielt Marco die Hand hin. Er schlug ein. Alessio blickte glücklich zwischen den beiden hin und her. Vielleicht, so dachte er, würde Lenox ihm danach helfen, seinen Vater zu suchen. Denn er konnte ja nicht zu *Nichts* geworden sein!

„Das wäre also geregelt“, rief der König dazwischen. Er wandte sich an Marco. „Ich werde selbstverständlich einen Booten losschicken um deine Stiefmutter zu informieren – das liegt doch in deinem Interesse, oder? Du müsstest nur bis Morgen ein Brief verfasst haben, dem ich dem Booten mitgeben kann.“

Marco nickte.

„Gut“, sagte der König und blickte zu Alessio. „Für dich brauche ich leider keinen schicken.“, er räusperte sich. „Ansonsten erwarte ich euch beide morgen um vier Uhr nachmittags wieder in meinem Schloss. Von dort aus werdet ihr starten!“

Sie erhoben sich und Nick, Marco und Alessio schritten zur Tür. Marco hatte immer noch ein mulmiges Gefühl. Würde alles gut gehen? Was würde Mara wohl sagen, wenn sie seinen Brief bekam?

„Ach Nick!“, rief der König noch. „Komm morgen auch mit! Ich will mir ein paar Gürtelschnallen schmieden lassen!“

7

AUFBRUCH

Diesen letzten Abend bei Nick machten sie es sich schön gemütlich. Sie kochten für sich alle in einem großen Topf Wasser heiß, streuten Kräuter hinein. Tee! Als sie dann alle mit ihrem heißen Getränk um den Tisch saßen, erzählte Nick, dass er sich den Topf selber gemacht hatte.

So kamen sie dazu über seinen Beruf als Goldschmied zu sprechen. Meistens waren es goldene Ringe oder Ketten, die sich die Reichen der Stadt leisteten. Manchmal übernahm er auch andere Dinge, wie Gabeln, Löffel und seltener sogar Messer. Besonders beeindruckte Marco ein kleines Schwert, das Nick ihnen zeigte, und mit vielen Diamanten besetzt war. Auch sein Griff war besonders aufwändig verziert.

„Zum Kämpfen wäre es aber eher ungeeignet.", meinte Nick verlegen, als Marco immer interessierter Fragen dazu stellte.

Schließlich zeigte er ihnen auch ein paar Werkzeuge aus seiner Werkstatt, die sie aber nicht betreten durften. „Wenn du nicht mit Lenox gehen würdest und länger hier bliebest, könnte ich dir wirklich etwas beibringen und du könntest auch mal reingehen. Vielleicht könntest du mein Lehrling werden und…"

Doch Marco schüttelte lächelnd den Kopf. Er hatte sich entschieden und würde bei diesem Entschluss bleiben.

Das verstimmte Nicks Laune ein wenig, doch nachdem sie noch eine Runde Tee getrunken hatten, war alles wieder gut. Alessio sprang durch das Zimmer und lästerte, was der König doch für ein hochnäsiger Kerl wäre, aber das fand anscheinend nur er lustig.

Dann saßen sie noch eine Weile herum und Nick riss einen Witz nach dem anderen, so dass Marco gar nicht merkte, wie müde er wurde. Schließlich legten sich alle hin. Marco fiel ein, dass er noch einen Brief für Mara verfassen musste – einen, den der König dann dem Booten mitgeben konnte. Dass machte er - dann löschte auch er sein Licht. Morgen, dachte Marco, musste er ausgeruht sein. Denn morgen gingen er und Alessio auf eine große Reise.

...

Dieser Tag war nicht so warm wie die vorigen. Ein kühler Luftzug fuhr durch die Straßen Raes.

Marco, Alessio und Nick glitten auf der Wasserkutsche zum Schloss. Die Wellen waren heute höher: Sie schlugen fast bis auf die Höhe der Stege.

„Oh, das passiert oft!“, erzählte Nick. „Wer hier leben will, braucht auf jeden Fall wasserfeste Stiefel! Doch richtige Überschwemmungen haben wir zum Glück nicht!“

Marco nickte und zog seine Jacke fester um sich. Er fröstelte. Er machte sich Sorgen wegen seiner Kleider, jetzt ging es auf Herbst zu. Wenn der Winter kam? Hoffentlich wurde ihm nicht zu kalt während ihrer Reise. Schon jetzt war es ungemütlich. Eine salzige Gischt spritzte ihm ins Gesicht, als er sich über den Rand der Wasserkutsche beugte.

Eine angespannte Stille war um sie herum. Es schien, als warte alles darauf, dass sie sich auf die Reise machten. Die vielen Menschen, die sonst immer die Stadt bereichert hatten, blieben in ihren warmen Häusern. Nur ein paar Erwachsene eilten hastig über Brücken und Stege.

Schließlich parkte Nick seine Kutsche wieder an dem Platz mit den vielen Stegen. Auch hier dümpelten sichtlich weniger Kutschen an ihren Pfählen.

Die Wachen ließen sie ohne Kommentar durch und sie trafen auf Esmeralda wieder in der großen Kuppel-Halle.

„Der König erwartet euch am Schloss-Kai“, begrüßte sie die Gesellschaft.

Diesmal wurden sie einen gänzlich anderen Weg entlanggeführt. Lange gingen sie durch Korridore und Säle, die sich scheinbar bis ins Unendliche aneinander reihten.

Als Marcos Füße sich schon vom Laufen ganz platt anfühlten, wurden sie hinaus auf einen breiten Kai geführt, der sich zum Meer öffnete. Warum wollte sie der König hier treffen? Es war ein sehr ungemütlicher Ort. Das Wasser peitschte ihnen nur so entgegen.

Mit wehendem Mantel kam ihnen der König entgegen. Er trug eine Jacke und der Schal war fest um seinen Hals geschlungen. Neben ihm lief Lenox. Auch er hatte einen Schal, doch seine dunkelgrüne Jacke war dünner. Er hatte einen fetten Rucksack umgeschnallt und an seinem Gürtel baumelte ein Dolch.

„Guten Tag!“, rief der König mit leicht zitternder Stimme. „Alles wartet auf den Aufbruch!“

Nick verbeugte sich und rief über das Rauschen des Meeres: „Einen guten Tag ebenfalls!"

„Kommt mal!" Der König bedeutete Marco und Alessio, ihm zu folgen. Sie blickten sich an. Was wollte er? Zögernd kamen sie ihm nach.

Der König führte sie in ein kleines Backsteinhaus nahe dem Hafen. Marco war erleichtert – hier drin flackerte ein Feuer, das angenehm wärmte.

„Kommt!", rief der König sie erneut zu sich. Er stand neben einem großen Tisch, auf dem Jacken, Decken, Rucksäcke, Schuhe, Kerzen und vieles mehr stand.

„Das", erklärte er, „ist alles für euch."

Marco konnte sich kaum zurückhalten, so freute er sich. Richtig gute Ausrüstung. Auch Alessio war begeistert und er schnupperte an seinem Ärmel. Warum tat er das eigentlich dauernd, fragte sich Marco.

„In den Rucksäcken befindet sich schon Proviant für eine Woche. Den Rest müsst ihr noch hinein packen. Da ihr hauptsächlich auf Pferden reiten und kein zusätzliches Pferd haben könnt, müsst ihr alles selber tragen. Also… Alessio? Nox kann dir gern noch ein paar Sachen abnehmen, ja? Die Decke zum Beispiel."

Alessio schüttelte eifrig den Kopf. „Nein, ich schaff das schon!"

Der König zog die Augenbraun hoch. „Wirklich? Gut. Die Decken werdet ihr brauchen, weil ihr hauptsächlich unter freiem Himmel schlafen werdet. Die Schuhe wechselt ihr am besten gleich und an den Seitentaschen der Rucksäcke findet ihr jeweils ein Messer. Sie stammen aus der königlichen Schatzkammer, auch wenn sie ganz schlicht sind."

Wahnsinn!, dachte Marco. *Das werde ich Mara am besten nicht erzählen – dass ich ein Messer aus der Schatzkammer des Königs besitze, wo sie doch so stolz auf ihr eigenes Messer ist.*

„So, jetzt zieht euch warme Sachen an, packt die Rucksäcke und macht euch fertig! Ich erwarte euch auf dem Kai!", der König ging wieder hinaus.

Marco fühlte sich großartig! Viele neue, schöne, warme Sachen. Wenn ihn doch bloß die anderen Jungen aus Larid sehen könnten! Das Messer war wirklich toll! Nein, wirklich Mara brauchte davon nichts zu erfahren. Er würde es einfach vor ihr verstecken. Falls er sie je wiedersehen würde. Ihm wurde ganz wehmütig bei dem Gedanken daran, dass sie immer noch nichts von ihm wusste. Hoffentlich beeilte sich der Boote des Königs.

...

Als sie voll ausgerüstet wieder zu den anderen auf dem Kai stießen, rief Nick laut: „Hoho! Da ist ja jemand beschenkt worden!"

„Vielen Dank", sagte Marco zaghaft zu dem König.

Doch der machte mit der Hand nur eine wegwerfende Bewegung. „Jetzt kann es eigentlich losgehen. Damit ihr nicht durch die Stadt laufen müsst, habe ich euch eine Wasserkutsche bereitgestellt, die euch an Land bringt. Pferde sind drüben bereitgestellt."

Während sich Marco höflich von dem König verabschiedete und ihm seinen Brief für Mara gab, warf sich Alessio stürmisch auf Nick und bedankte sich für alles. Daraufhin murmelte der verlegen: „Man tut was man kann!“

Auch Marco sagte Nick Lebewohl, auch wenn er ihm nicht gleich um den Hals fiel, sondern ihm die Hand reichte. „Ich hoffe, wir sehen uns wieder!“

„Donnerwetter!“, flüsterte ihm der alte Schmied ins Ohr. „Da liegt was Großes vor euch!“

Von der startenden Wasserkutsche winkten sie noch ein letztes Mal, dann wandten sich Nick und der König zum Gehen.

Der König wollte dem Schmied zeigen, was für Gürtelschnallen er gerne hätte.

Keiner, weder Marco, noch Alessio oder Lenox, sagte etwas, während der Kutscher die Walrösser auf dem Wasser um die Stadt herum zum Ufer lenkte.

Nur das Getöse des Wassers war zu hören. Marco schaute der Stadt Rae lange nach, damit er den Anblick ja nicht vergaß. Er hatte herausgefunden, wie die steinernen Häuser sich über Wasser halten konnten: Sie standen auf Pfählen.

8

DIE ERSTE ETAPPE

Auf der anderen Seite warteten schon ihre Pferde. Es waren gute Tiere. Lenox ritt auf einem weißen Hengst. Marco und Alessio bekamen etwas kleinere Tiere. Marco bereitete es keine Schwierigkeiten, zu reiten. In Larid hatte er oft genug die Gelegenheit gehabt, auf dem Rücken eines Pferdes zu sitzen. Auch wenn es dann eher ein normaler Ackergaul war.

Auch Alessio konnte gut reiten. Ob Drachen oder Pferde: Beides hatte er schon des Öfteren beritten. In dieser Hinsicht hatten sie also keine Probleme.

Marco war immer noch nervös - er wusste nicht, wie er sich Lenox gegenüber verhalten sollte. Der ritt schweigend voran. Dann kam Marco und zuletzt Alessio, der mehrmals zurückblieb, weil sein Pferd angefangen hatte, zu grasen.

„Ähm, Sir?“ Marco räusperte sich. „Wie kommt man zu den Pacos?“

„Oh das ist kompliziert. Wir reiten jetzt erst einmal bis zum Anfang des großen Waldes. Den müssen wir zu Fuß durchqueren – für die Pferde ist es dort viel zu hügelig. Das ist die einzige Möglichkeit, nicht über das Gebirge zu müssen. Wenn wir auf der anderen Seite wieder draußen sind, kommen wir in die Prärie, wo die Pacos leben.“

„Also müssen wir die Pferde von dort aus führen?“

„Nein! Wir geben sie davor bei einem Gasthaus ab. Sie werden die Pferde dort, bis wir auf dem Rückweg wieder vorbeikommen, pflegen.“

Marco nickte und schaute auf die dunkle Mähne seines Pferdes herab. Lange würden sie also nicht mit ihnen zusammen sein. Schade, er liebte das Gefühl, so getragen zu werden.

Die Hufe klapperten auf dem steinübersäten Weg. Seit einer halben Stunde hatten sie Rae den Rücken zugewandt. Das Rauschen des Meeres war so schnell verschwunden, wie das Flachland gekommen war. Neben dem Weg waren kleine Felder, die zu irgendeinem kleinen Bauernhof gehörten. Oder einfach schier endlose Wiesen, die mit einfachen Blumen und kleinen und größeren Steinen geziert waren.

Am Abend machten sie hinter einer Wegböschung halt und schlugen ihr Lager auf: Sie breiteten ihre Decken aus, machten ein kleines Lagerfeuer und aßen ein wenig. Es dauerte nicht lange, da waren alle eingenickt.

...

Am nächsten Tag standen sie in aller Frühe auf, frühstückten und machten sich wieder ans Reiten.

Alessio beklagte sich, dass nichts Spannendes passierte. Er blieb immer weiter zurück, bewunderte Blumen oder kleinere Seen. Nur um dann so schnell es ging zu Lenox und Marco zu galoppieren. Tatsächlich hatte er sich das Ganze irgendwie spannender vorgestellt. Die Blumen und Seen waren zwar ganz nett, aber man konnte es nicht anders sagen: Langweilig!

Ihm fehlte das Abenteuer. Er hatte gedacht, wer an Lenox Seite ritt, wäre bald in eines verwickelt. Nein!

Außerdem waren die beiden älteren Jungen, sehr schweigsam und redeten nicht viel mit ihm.

An diesem Abend - sie hatten in einem kleinen Wäldchen Halt gemacht - legte sich Marco gleich hin. Alessio war noch nicht müde. Er stierte in das flackernde Feuer.

„Gibt es hier eigentlich gefährliche Tiere?“, fragte er Lenox.

Der schüttelte den Kopf. „Nein! Wieso?“

„In Marcos Wald gab es schon welche. In Larid meine ich.“

„Ich habe gehört, du besaßt vor kurzem ein ganz besonders gefährliches Tier.“

„Ivan? Hm.“ Alessio fand nicht, dass er als gefährlich zählte. Noch nie hatte er den Drachen kämpfen sehen. *Wieso hat eigentlich der König keinen Drachen?*, ging es ihm gerade durch den Kopf, als ihn Lenox fragte:

„War an dem Tag, als du aufgewacht bist und keiner mehr da war, etwas anders, außer dass alle weg waren?“

Alessio wiegte den Kopf hin und her. „Ein Wandteppich, der im Flur zu meinem Zimmer hing, war verkohlt. Und… ein Buch lag im Hof. Das Tor stand weit offen. Jemand hat ein großes *E* hineingebrannt. Sonst war alles vielleicht ein wenig unordentlicher.“

Lenox nickte. Und tat so, als wäre nichts weiter daran. Doch als Alessio langsam eindöste, brütete er lang über dem Gesagten. Alles war etwas unordentlicher… Mysteriös. Und in ihm kroch eine Ahnung hoch… Doch Nein! Das konnte nicht sein. Oder?

Der Wald und die Nacht hüllte ihn in samtenes Schwarz. Warum waren alle aus der Burg verschwunden außer dem Jungen? Fragen über Fragen. Das verkohlte Wandbild… Das *E*…

Beide wurden mit Feuer vollbracht. Vor zwei Tagen hätte er das als unmöglich angesehen. Doch…

Vielleicht war ja etwas dran an den Gerüchten von den *Feuermenschen.*

…

So ging es auch die nächsten Tage dahin. Mal ritten sie durch einen Wald oder an ein paar Häusern vorbei, die man nicht mal als Dorf bezeichnen konnte, aber meistens ging es durch gleichförmiges Grasland. Die Gesellschaft wurde immer schweigsamer. Lenox redete schon manchmal, aber nicht zu oft. Marco sagte nicht viel, weil er nicht wusste wie er sich gegenüber einem Prinzen auszudrücken hatte. Und Alessio schmollte.

Er hatte sich wegen seines Rucksacks kurz aufgeregt, woraufhin Lenox doch noch Alessios Decke in seinen Rucksack gesteckt hatte.

Auch der sechste Tag fing normal an. Marco fiel auf, dass der Prinz irgendetwas murmelte:

„Feuer ist Begeisterung und Leidenschaft, Mut und Willenskraft. Die Macht hat der Königsmann: Stimmt er freundlich od…“

„Was ist das?“, unterbrach Marco den Prinzen. Das er gerade einen berühmten Adligen unterbrochen hatte, fiel ihm ein paar gesprochene Wörter zu spät ein. „Also, äh ich wollte Sie nicht stören aber…“

„Du brauchst dich doch nicht zu entschuldigen! Das ist nur ein altes Gedicht, das mir gerade so durch den Kopf geistert!“

Marco nickte, und fragte, aus Sorge noch etwas unhöfliches zu tun, nicht weiter nach.

Doch der Tag unterschied sich dadurch von den anderen, dass sie in ein richtiges Dorf kamen, mit mehreren Höfen und dem Wirtshaus, von dem Lenox erzählt hatte. Dort wollten sie auch übernachten.

Tatsächlich gab es noch einige Dörfer und große Städte um Rae herum. Doch ihre Route führte sie nicht mal in die Nähe einer Solchen.

So war es eine große Erleichterung für alle, wieder unter Menschen zu kommen. Zwar waren ihnen nicht selten Leute entgegengekommen, doch das zählte wohl nicht richtig.

Sie würdigten sie keines Blickes.

Wie es Lenox wohl geht, wenn die Leute ihn nicht erkennen? Da ist er doch von Rae anderes gewohnt!, überlegte Marco.

Beim Wirtshaus mussten sie mehrmals klopfen, bis sie eingelassen wurden. Eine kleine Frau machte ihnen auf. Als sie Lenox sah keuchte sie erschrocken. Dann machte sie einen ungeschickten Knicks und bat sie herein.

Das Wirtshaus war nicht groß. Es hatte einen großen Raum, wo zwei längere Tische standen und es wurde von einem älteren Ehepaar betreut. Sie hießen Babara und Ralph. Sie erwiesen sich als sehr nett und zeigten den Reisenden ein kleines Zimmer mit Betten, wo sie zusammen schlafen konnten.

Babara erzählte, dass sie erst vor kurzen in Rae gewesen war und dort Lenoxs Bild gesehen hatte. Deswegen hatte sie ihn sofort erkannt.

Da es schon auf Abend zuging, setzten sie sich im Essensraum an einem Tisch im Eck. Das Kaminfeuer prasselte und Babara kam mit einem dampfenden Topf herein. „Heute gibt es Gulasch. Ist das in Ordnung?"

Alle nickten und sie stellte den Topf ab. „Ich habe es extra gut gewürzt mit Kräutern aus unserem eigenen Garten. Natürlich schmeckt es nicht so gut wie in Rae. Aber ich hoffe, eure Hoheit, es schmeckt euch!"

Lenox winkte ab. „Ach, haben sie lieber Respekt vor den Kindern!"

Marco lief gegen seinen Willen rot an.

„Wieso?" Die Wirtin setzte sich mit halb interessierter halb belustigter Miene zu ihnen an den Tisch.

So begann Lenox, zu erzählen. Er fasste es kürzer und sagte nicht alles, war fast fertig, da unterbrach ihn eine unangenehm kalte Stimme: „Entschuldigung? Ist hier auch noch frei?"

Sie blickten auf. Ein hochgewachsener, junger Mann in einem schwarzen Umhang stand vor ihnen. Da seine Kapuze die

Augen verdeckte, konnte man nur erahnen, dass er ein recht kantiges Gesicht hatte.

„Ja, ja!“, antwortete Lenox irritiert und fuhr fort. „Und jetzt sind wir aufgebrochen, den dritten Amulett-Träger zu finden. Wir müssen durch den Wald, um nicht das ganze Gebirge zu queren. Sie wissen doch – der riesige Riss, der das ganze Massiv durchzieht - und dann zu den Pacos.“

„Entschuldigung, dass ich noch einmal frage, aber es stimmt also wirklich, dass sie“, Babara deutete auf Marco und Alessio, „die Enkel der Hüter sind?“

Doch Marco hörte gar nicht hin. Er musterte den Fremden. Er kannte ihn irgendwoher. Er wusste nur nicht, woher! Als der Kapuzenträger seinen Blick bemerkte, schaute Marco schnell woanders hin.

„Gut“, sagte Babara schließlich. „Ich habe begriffen, unser bescheidenes Haus ist heute geradezu überlaufen vor lauter Berühmtheiten!“

Sie lächelte, reichte Marco und Alessio die Hand und eilte zurück in die Küche. Nun waren sie allein mit dem in schwarz gekleideten Fremden.

Stille breitete sich aus bis Lenox fragte: „Und wer sind Sie?“

Der Fremde antworte nicht sofort, als müsste er sich die Worte zurechtlegen. „Ich? Ein Bote, mal bin ich dort, mal bin ich da. Du bist der Sohn des Königs, oder?“

Lenox neigte den Kopf. „Ja… aber: Warum haben Sie diese Kapuze auf?“

„Wenn es dich stört: Bitte entschuldige mich! Aber ich habe meine Gründe dafür."

Sie waren mit dem Essen fertig geworden. Marco hatte das Gefühl, er wusste schon, woher er den Kapuzenträger kannte, aber immer dann, wenn er es zu fassen glaubte, entwischte ihm die Lösung wieder.

Schließlich standen sie auf, doch der Fremde hielt Alessio zurück. „Woher kommst du, wenn du dich Hüter nennst?"

„Sage es ihm nicht!", sagte Lenox mit einem scharfen Unterton. Doch es war zu spät.

„Torquil", erklärte Alessio stolz. „Ich bin der Sohn des Fürsten von Torquil!"

„Torquil?" Der Fremde schien überrascht und ließ Alessio los. „Sind dort nicht alle… weg?"

„Sie wissen davon?" Lenox stellte sich zwischen den Fremden und Alessio. „Woher?"

„Ach als Bote erfährt man so einiges…"

Wortlos zog Lenox Alessio, der wieder einmal an seinem Ärmel roch, und Marco aus dem Raum, die Treppe hoch in ihr Schlafzimmer.

…

„Irgendwie kam er mir bekannt vor!", sagte Alessio beiläufig, während er sich hinlegte.

Marco stutzte. „Dir auch?"

Alessio zuckte die Schultern. „Er hat gesagt, dass er Bote ist. Wahrscheinlich ist er mal bei uns in der Burg gewesen. Boten haben wir oft dagehabt.“

„Er hat uns nicht seinen Namen verraten, findest du das nicht auch seltsam?“

Aber Alessio antwortete nicht. Er schüttelte leicht den Kopf und war bald eingeschlafen.

Marco legte sich auch hin. Endlich wieder ein richtiges Bett, nicht mehr der harte Boden! Lenox setzte sich auf seinen Bettrand. „Marco?“

„Hm?“

„Ich muss mit dir reden.“

„Verstanden, Sir.“ Er setzte sich noch einmal auf.

„Zum letzten Mal: Nenn mich nicht Sir! Sprich mich mit Lenox oder meinetwegen mit Nox an.“

„Ich soll Sie duzen?“

Lenox musste kurz lachen. „Naja, Alessio brauch ich's nicht sagen, das hat der bei mir und meinem Vater von Anfang an gemacht. Aber es ist auch gut so. Wir sind jetzt eine Reisegesellschaft.“

Marco nickte kurz.

„Also, ich habe schon seit Tagen einen Verdacht“, begann Lenox. „Hast du Alessio jemals gefragt, ob ihm etwas sonderbar vorgekommen ist, als er in der Burg aufgewacht ist?“

Marco schüttelte den Kopf und wunderte sich über sich selbst. „Nein!“

„Nun, ich schon“, meinte Lenox. „Er sprach von einem verbrannten Wandteppich und einem *E*, das in das Burgtor eingebrannt war.“ Nach kurzem Schweigen sagte Lenox: „Da hat bei mir eine Glocke geläutet, ich würde dich gerne nach deiner Meinung fragen!“

Marco nickte und richte sich kerzengerade auf. Es war schön, nach seinem Rat gefragt zu werden.

„Ich habe den Verdacht, dass die Feuermenschen in jener Nacht auf der Burg waren“, sagte Nox.

Marco fröstelte und schloss das offenstehende Fenster über seinem Bett. „Sie haben doch in Rae gesagt, es sei nur ein dummes Gerücht. Warum glauben sie jetzt etwas anderes?“

Lenox senkte seinen Blick. „Nun, denkt man nach, sind meine Schlüsse ganz logisch. Der verkohlte Wandteppich und das gebrandmarkte *E*: Beide wurden mit Feuer gemacht und früher war es das Markenzeichen der Feuermenschen, ein *E* an ihr Werk zu brennen. Untereinander nennen sie sich nämlich nicht Feuermenschen, sondern *Edans*.“

Marco zuckte unbehaglich die Schultern. „Ich weiß nicht. Warum sollten sie jetzt wieder angreifen?“

„Oh, da gibt es viele Gründe. Nehme man nur mal die verlorene Schlacht zwischen den Hütern. Hoffentlich habe ich dir jetzt nicht zu viel Angst gemacht.“

„Nein, nein!“ Marco schüttelte den Kopf und probierte das mit dem Duzen aus: „Hat das Gedicht, dass du am Morgen gesagt hast etwas damit zu tun? Da ging es doch auch um Feuer!“

Nox hob eine Augenbraue: „Das Gedicht scheint dich zu interessieren. Und, ja: Das Gedicht ist *über* die Feuermenschen. Möchtest du es hören? Gut. Das ist es:

Es ist nicht gewiss wie es passierte.

Doch durch die Flammen, der Feuermensch existierte.

Als der Feuermensch geboren, war er noch nicht im Zorn.

Feuer ist Begeisterung und Leidenschaft, Mut und Willenskraft.

Die Macht hat der Königsmann: Stimmt er freundlich oder facht er an?

Man muss klar denken, um das Element zu lenken.

Friedlich haben sich Jahre schon Mensch und Edan verhalten, doch dann verschwand der Königsohn - die Freundschaft fing an zu erkalten.

Erst war alles gut, doch der Schmerz brachte die Wut.

So schwappte der Zorn über den Rand des Flammenkessels, und das Band des Friedens riss wie eine Fessel.

Der Krieg kam, doch der Sieg blieb fern.

Der Zorn, der Rote, brachte viele Tote.

Er gab ihm nicht zurück seinen Sohn, er starb und es gab für ihn keinen Lohn.

Es wurde ein neuer König entschieden, der brachte zurück den Frieden.

Man muss zwischen Gut und Böse trennen: Das Feuer kann wärmen oder verbrennen."

„Und woher kommt es?"

„Ich weiß nicht woher es stammt. Das weiß keiner mehr. Aber jeder kennt es!" Nox zuckte die Schultern. „Aber lass uns jetzt schlafen."

„Ich habe auch noch eine Frage!"

„Dann schieß los."

„Der Fremde dort unten…"

Lenox seufzte. „Ich weiß, er ist seltsam. Womöglich auch gefährlich."

„Sie finden ihn auch so komisch?"

„Ja. Wir sollten aufpassen, dass er uns nicht folgt. Ein Bote zu sein, kann ja jeder behaupten…"

„Stimmt."

„Wir können nur hoffen, dass er nicht zu viel gehört hat, zum Beispiel wo wir hinwollen, muss er wirklich nicht wissen!"

Lenox stand auf.

„Bis morgen, Sir!"

„Marco!"

„Oh." Marco lächelte. „Bis morgen Nox!"

…

Ralph gähnte. Es war früh am Morgen. Langsam wurde es kühler - so warm wie im Sommer wurde es nicht mehr. Der Tau hielt jetzt schon den Strahlen der Sonne stand, die sie vorsichtig über das Land schickte. Das hieß, es würde bald Winter werden, eine eisige und einsame Zeit, denn dann kam fast niemand mehr in ihr Wirtshaus. Und ihre kleinen Beete waren jetzt schon fast zugefroren.

Der Prinz aus Rae und die zwei Jungen waren gerade aufgebrochen in den Wald. Der Prinz hatte ihn eindringlich gebeten, das Frühstück für den anderen Gast so spät wie möglich abzuhalten. Der Prinz wollte einen Vorsprung vor dem schwarzen Reiter haben. Wieso der ihnen überhaupt folgen sollte, war Ralph zwar unklar, doch da er ihn mit seiner Geheimtuerei auch nicht sonderlich mochte, war es ihm bloß recht.

Jetzt ging er mit den zwei braunen Pferden von den Jungen zum Stall hinüber, um sie die Zeit, bis die Gruppe zurückkehrte zu versorgen. Außer dem Knirschen der Hufen über Kies war nichts zu hören, bis er mit seinem Ellenbogen die knarzende Stalltür aufstemmte.

„Hopp, hopp! Rein mit euch!“

Doch es war gar nicht nötig: Es waren gute Tiere und die Pferde gingen ohne Widerstand in den Stall.

Die Hühner flatterten beim Anblick der Pferde aufgeregt durcheinander und die Kuh in der Ecke glotzte blöd. Ja! Sie bekamen Gesellschaft. Zum Glück war der Stall nicht klein! Sonst wäre kein Platz mehr gewesen.

Plötzlich hielt Ralph inne. Hatte er es sich nur eingebildet oder hörte er da jemanden durch den Hof reiten? Er band die Pferde fest und ging wieder hinaus.

Doch außer ein paar Krähen, die am rotgefärbten Morgenhimmel flogen, konnte er nichts entdecken.

„Ralph?"

„Ja?"

Babara schaute aus der Tür und er lief zu ihr. „Was ist?"

„Hast du unseren letzten Gast gesehen? In seinem Zimmer ist schon alles wieder aufgeräumt. Sieht aus, als wäre er schon abgereist."

Ralph nickte, wollte gerade nach den Zügeln von Lenox Pferd greifen um es auch in den Stall zuführen, da durchfuhr es ihn und er wirbelte herum.

„Verdammt!", fluchte er und sah gerade noch wie die dunkle Gestalt eines Reiters in Richtung Wald verschwand.

9

GEWITTER

Die Reisenden wanderten einen steilen Berghang hinab. Marco, Alessio und Nox waren jetzt schon ganze vier Tage im Wald unterwegs. Es war nicht langweilig, durch ihn zu wandern. Die Wurzeln von knorrigen Tannen überwucherten den Boden, Moos bedeckte Felswürfel in der Größe eines Hauses, die Luft schmeckte nach Erde und nach Winter. Und auch wenn Nox meinte, sie würden solange durch den Wald gehen, bis sie ihn hassten – Marco mochte diesen Wald. Er ähnelte dem Wald in Larid.

„Es schneit!", riss Alessio Marco aus den Gedanken. Tatsächlich: Hauchzarte Flocken fielen vom Himmel, er lächelte, schön waren sie anzuschauen.

Doch bald schneite es heftiger und aus den Schneeflocken wurden schwere Regentropfen, die um sie herum platschten, die Felsen und Steine so glitschig machten, dass man aufpassen musste, nicht auszurutschen, um in ein Gemisch aus Tannenadeln und aufgeweichter Erde zu fallen. Obwohl die Bäume ein gutes Dach über ihnen bildeten, wurden die Jungen immer nasser. Ein Blick nach oben ließ schließen, dass ein ordentliches Gewitter im Anmarsch war.

Sie überquerten gerade einen Hang, da versperrte ihnen ein großes Feld aus Geröllsteinen und kleineren Felsbrocken den Weg. Nox fluchte und spähte durch den Regen auf die andere

Seite: „Wir müssen es noch dort rüber schaffen! Seht ihr den großen Felsen auf der anderen Seite? Er wird uns als trockener Unterschlupf dienen!"

„Da rüber werden wir es nie schaffen", warf Marco gegen das Prasseln des Regens ein.

„Willst du noch nässer werden? Bei dem Fels sind wir vor den umstürzenden Bäumen sicher", erwiderte Nox.

Marco schielte zu einem riesigen Nadelbaum, dessen Äste bedrohlich knarzten. Nox hatte gewonnen. Der lief auch schon los - es ging ein kurzes Stückchen noch neben dem Geröllhang den Berg nach oben. Doch als an der Stelle, wo sie vorher noch gestanden hatten, ein Baum knarrend umfiel, begann Nox, die obere Hälfte des Hangs zu queren. Zögernd folgte ihm als erstes Alessio und dann Marco über die losen Steine. Bei jedem ihrer Schritte mussten sie sich konzentrieren nicht auszurutschen. Schon mehrmals hatte sich der ein oder andere Stein gelöst, der so sicher ausgesehen hatte und war bergab gepoltert.

Alessio hielt seine Hand über die Augen. Fünf, höchstens sechs Schritte noch, bis sie es wieder in den Wald schaffen würden, dann müssten sie so schnell sie könnten unter den Felsvorsprung laufen.

Nox hielt an. Alessio wollte ihn gerade fragen wieso, als er merkte, dass er ohne Bedacht nach vorne auf einen klitschnassen Stein geschritten war. Fast wie in Zeitlupe merkte Alessio, wie es ihm den Fuß verdrehte und er nach hinten kippte.

Marco bemerkte den Vorgang eine Reaktion zu spät. Denn als er die Hand ausstreckte, wurde auch er mitgerissen und die beiden polterten durcheinander den Hang bergab. Nox fluchte laut. Er war schon wieder auf den Waldboden angekommen und lief neben ihnen her. Nox beschleunigte, wich einer Tanne aus und machte wieder einen Schritt in den Hang.

Die Steine prallten gegen sein Knie und seine Hände, als er Alessio und Marco abfing. Keuchend rang Marco nach Luft und Alessio blutete die Nase. Sonst schien nichts Schlimmeres passiert. Nox zog sie wieder in den Wald.

Doch damit noch nicht genug. Ein Baum, kurz über ihnen, knirschte. Als Marco hinsah, stieg ihm eine Welle heißer Luft entgegen. Der Blitz war in den Baum eingeschlagen und er brannte lichterloh.

„Rennt“, stieß Nox aus und zerrte die beiden auf die Füße. Alessio war hellwach. Das warme Blut, das über seinen Mund lief, aktivierte seinen Instinkt und er rannte los.

Schleierhaft erkannte Marco die Bäume um sich herum. Wo war der Unterschlupf? Irgendwo weiter vorne erkannte er A-lessio und Nox. Sie riefen irgendetwas aufgeregt. Was sagten sie? Er lief schneller. Jetzt verstand er sie: „Vorsicht! Der Baum!“ Marco schielte rechtzeitig nach oben, um zu sehen, wie ein großer pechschwarzer Baum in seine Richtung kippte. Er wollte noch schneller rennen, doch ihm geriet eine Wurzel zwischen die Beine. Er knallte hin. Irgendwo hörte er etwas dumpf aufschlagen.

…

Marco stöhnte und er murmelte etwas. Im ersten Moment sah er alles verschwommen. Doch dann wurde sein Blick klarer. In seinem Kopf dröhnte es immer noch. Es war wieder heller geworden. Der Regen hatte aufgehört.

„Wie geht es dir?", fragte Nox ihn. Marco blinzelte kurz, dann wollte er ruckartig aufstehen, doch Nox zog ihn wieder auf den Boden. Er redete mit ihm: „Du hattest ganz schön Glück! Der Baum hat dich gerade so verfehlt."

Marco ließ sich wieder nach hinten sinken. Ein schmales Gesicht erschien in seinem Blickfeld. Kurze schwarze Haare, stechend braune Augen. Alessio. Seine Nase hatte aufgehört zu bluten und er lächelte schon wieder, dann sagte er: „Du bist auf den Boden geflogen – dein Kopf gegen einen Stein – dann warst du bewusstlos. Die ganze Nacht! Der Baum ist direkt hinter dir umgefallen. Nox und ich haben gemessen, die Äste waren so nah bei dir!" Er zog sein Daumen und seinen Zeigefinger auseinander.

Nun konnte Marco wieder richtig denken. Nox hatte ihn in den Unterschlupf getragen. Er stand auf. Ihm war immer noch etwas schwummrig und sein Schienbein hatte einige blaue Flecken abgekriegt, sonst fühlte er sich in Ordnung.

Als hätte er seine Gedanken gelesen, sagte Alessio: „Mir geht's gut!"

„Wann brechen wir wieder auf?", fragte Marco - er wollte möglichst schnell von diesem Ort weg.

„Wir können nicht einfach so weiterspazieren." Nox schüttelte den Kopf. „Ihr seid geschwächt, außerdem weiß ich überhaupt nicht, in welche Richtung es wieder nach Rae geht. Wir haben uns verirrt!“

„Rae?“ Marco stutzte. „Du meinst doch zu den Pacos!“

Nox musste fast lachen. „Nein! Unser kleines Abenteuer ist jetzt erst einmal beendet. Es war ein Fehler, euch mitzunehmen!“

„Ich bin nicht zu klein!“, rief Alessio entrüstet.

Nox legte den Kopf zur Seite sagte aber nichts. „Seht mal, es war unverantwortlich, euch in eine so wilde Umgebung zu bringen. Mein Vater hat gedacht, dass es geht - mit euch beiden. Er war lange nicht mehr hier – und ich, um ehrlich zu sein, noch gar nicht. Da haben wir uns verschätzt!“

„Das kannst du doch nicht machen! Was ist mit dem dritten Amulett-Träger!“ Marco war fassungslos.

„Oh, den werde ich schon holen. Den kriegt ihr noch!“

Alessio schnaubte und roch an seinem Ärmel. „So stellst du dir das vor? Du bringst uns zurück zum Anfang, wo wir doch so viel, äh, durchgemacht haben. Lässt uns zurück – während du all die Abenteuer erlebst! So stellst du dir das vor? So?“

Doch Nox schüttelte nur den Kopf und trat von ihnen weg, weiter zwischen die Bäume. „Lass uns doch erst einmal eine Bleibe suchen, wo wir wieder zu Kräften kommen können. Morgen versuchen wir die Stelle wiederzufinden, wo wir vom Weg abgekommen sind. Zum Glück hat uns Babara, die Wirtin, viel Proviant mitgegeben.“

Aus Marco schien alle Energie zu weichen, die er gerade noch gehabt hatte. „Aber meinst du nicht, dass wir dir vielleicht eine Hilfe sein könnten?“

Nox schwieg.

Gerade wollte er sich wieder hinplumpsen lassen – kraftlos und unfähig, irgendetwas zu tun, als Nox zusammenzuckte. Auch Marco hörte es: In der Nähe klackerten Steine. Ob von dem Geröllhaufen immer noch Steine nach unten fielen? Doch er irrte sich. Er konnte nicht glauben, was er da sah. Es war ein Junge, der in wahnsinnigem Tempo auf sie zu rannte.

10

RÄUBER

Noxs Vermutung war falsch. Sie wurden immer noch verfolgt. Und im Gegensatz zu ihm, kannte Ceores alle Wege dieses Waldes. Er wusste, in welche Richtung sich die drei bewegten, das reichte ihm.

Seine Finger umspielten den Sattel seines Pferdes. Selbst bei dem Gewitter letzte Nacht war es für sein Pferd ein Leichtes, sich fortzubewegen, der Boden war mit Steinen gepflastert und am Rand davon gab es immer eine trockene Bleibe. Es war ein wahnsinniger Aufwand, die Straßen instand zu halten, doch es lohnte sich – für Ceores. Sein Meister wäre wahrscheinlich alles andere als begeistert, wenn er wüsste, dass er dessen Netzwerk von Wegen nutzte. Denn nicht nur das Pflegen, auch das Geheimhalten war schwierig. Aber wenn er seine Truppen schnell nach Rae bringen wollte, brauchte er diese Straßen. Ceores war dankbar dafür, dass sein Meister nicht auf die Idee kam, die Straßen zu bewachen.

Er seufzte. Ja, sein Meister war nicht gerade sehr gut auf ihn zu sprechen. Doch er würde ihn wieder für sich gewinnen, aber nicht solange er nicht die Amulette hatte. Ja, das würde dem Meister gefallen, die Amulette der Hüter. Das bedeutete Macht und wer konnte der schon widerstehen?

Ceores würde die zwei Jungen in der Nacht entführen, ihnen die Amulette stehlen und sie dazu zwingen, ihm zu sagen, wo das Dritte war. Bei den Pacos, so viel wusste er. Doch wo genau? Um ehrlich zu sein, hatte er keine Lust es mit dem ganzen Stamm aufzunehmen.

Was er dann mit den beiden machen würde, wusste er noch nicht, doch da würde ihm sicher noch etwas amüsantes einfallen.

...

„Kommt mit!“, hatte er gesagt. Dann hatte der Junge sich einfach umgedreht und war losgestapft. Die drei Abenteurer blickten sich an. Was sollte bitteschön das denn für eine Aufforderung sein?

„Halt!“ Nox rief den Jungen zurück. „Was willst du von uns? Woher kommst du?“

Der Junge schien ein wenig über Alessios Alter zu sein. Also wahrscheinlich Acht Jahre. Doch trotzdem hatte er ein so starkes Selbstbewusstsein, dass er sie ernst anschaute und sagte: „Ich will Nichts, doch ich könnte mir vorstellen, dass *ihr* etwas brauchen könntet – fit seht ihr nicht aus.“

Damit drehte er sich wieder um, doch Nox rannte ihm nach. „Was soll das? Wo bringst du uns hin?“

„Ich bringe euch zu Aurora und den anderen!“

„Eine Räuberbande oder?“, der Prinz runzelte die Stirn. „Wie heißt du überhaupt?“

Auf die Fragen ging der Junge erst gar nicht ein und drehte sich endgültig um. Nox stand reglos da, man sah, dass er hin- und hergerissen war. Bald verschwand der Junge zwischen den Bäumen. Schließlich zuckte Nox mit den Schultern: „Bleibt uns etwas anderes übrig?"

Er begann, dem Jungen hinterherzulaufen. Alessio biss sich auf die Lippen, blickte Marco an und machte sich daran, Nox hinterher zu kommen. Als Letztes setzte sich Marco in Bewegung. Er musste wegen der Schmerzen in seinem Knie humpeln.

Als sie den Jungen wieder eingeholt hatten, zog dieser eine Augenbraue hoch – sagte aber nichts.

...

Wohin wird er uns führen?, ging es Marco durch den Kopf. Er stellte sich vor, wie sie zu einem Schloss mitten im Wald gebracht würden, wo Aurora – die Königin – sie mit offenen Armen empfangen würde. Doch dann dachte er daran, dass das Land schon ein Schloss und einen König hatte. Wer war der Junge dann? Wurden sie zu einem kleinen Dorf von Holzfällern geführt? Durch seine leichtfüßigen Bewegungen und die Trittsicherheit konnte man leicht erraten, dass er schon lange im Wald lebte.

Oder waren es doch Räuber? Vielleicht war es ja eine Falle. Noxs Unsicherheit war berechtigt. Doch zum Glück konnte der so gut kämpfen, dass es nicht allzu gefährlich werden konnte.

Das einzige Grün waren nur noch die Tannen und das Moos. Von allen Laubbäumen waren die Blätter abgefallen. Die Natur bereitete sich auf den Schnee vor. Nur Marco war nicht ganz bereit für den Winter. Er fröstelte und wäre beinahe wieder über eine Wurzel gestolpert und hingefallen. Seine Knie schmerzten immer mehr.

Zum Glück mussten sie nicht mehr lange laufen. Der Junge führte sie zu keinem Schloss und zu keinem Dorf, sondern zu einer Lichtung im Wald. Sie klaffte zwischen den Bäumen wie eine kleine Insel. Ein großer Fels ragte über ihr auf und an seiner Wand lehnten ein paar hölzerne Hütten. Sie waren stabil gebaut, doch wirkten sie schon in die Jahre gekommen. Das Holz hatte sich vom Regen dunkel gefärbt, leicht morsch schien es auch.

Zwei Pferde waren an einem Baum festgebunden, sie kauten an einem Haufen Heu herum. Ein paar Kinder versuchten ein Lagerfeuer anzufachen.

„Wenn mir das nicht nach Räuberlager ausschaut! Wo sind denn hier die Erwachsenen?", fragte Nox.

„Die anderen sind auf der Jagd und kommen noch." Zum ersten Mal musste der Junge grinsen. „Ich bin Edward."

Er ging zu den Kindern, die um die Feuerstelle saßen. Sie schienen in seinem Alter zu sein und er flüsterte ihnen etwas zu. Bald zogen die Reisenden alle Blicke auf sich. Marco trat nervös von einem Bein auf das andere, während Nox sich gegen den Felsen lehnte und seinen Säbel lockerte.

Alessio hampelte einige Zeit herum, dann wandte er sich an Nox und verkündete: „Ich schaue mal zu denen da drüben!"

„Alessio, Vorsicht! Die sind gefährlich!"

„Lass ihn doch!“ Die Worte waren Marco so schnell über die Lippen gekommen, dass er selbst erstaunt war. „Sie werden ihm schon nichts tun!“

Wieso er die Ahnung hatte, dass es hier nicht gefährlich war, wusste er selbst nicht so genau, doch er war sich sicher. Nox guckte überrascht und legte den Kopf schräg. Doch er widersprach nicht. Alessio lief zu den Kindern und wurde herzlichst aufgenommen.

…

Nox beobachtete Alessio und Marco, der auch noch zu den Kindern gegangen war. Sie schienen Spaß zu haben. Besonders Alessio tat es gut, unter Gleichaltrige zu kommen.

Doch Nox war unruhig. Wer war diese Aurora und die anderen? Wie viele Männer sind das wohl? Dieser Edward scheint ja ganz harmlos zu sein, aber wenn die anderen von der Jagd zurückkommen… Vielleicht waren sie ja nicht ganz so begeistert, irgendwelche Leute in ihrem Räuberlager zu sehen. Er war sich nicht sicher, mit wie vielen er es nach dem Absturz von letzter Nacht aufnehmen könnte.

Nox zuckte zusammen als ein Kind von drüben rief: „Sie kommen!“, und riss den Säbel aus seiner Scheide – ließ ihn aber gleich wieder beschämt sinken, denn es kam nur eine große Schar Kinder aus dem Wald getobt. Wahrscheinlich waren es insgesamt zwanzig. Sie lachten, doch erstarrten in ihren Bewegungen, als sie ihn sahen. Dann flüsterten sie aufgeregt, als ihnen von den Feuer-Zündlern Marco und Alessio vorgestellt wurden.

Ein stämmiger, schwarzhaariger Junge rief: „Gehören sie jetzt auch dazu?"

Nox ging schnell dazwischen. „Nein wir sind nur auf der Durchreise!"

Ein ebenfalls schwarzhaariges Mädchen, das offensichtlich seine Schwester war, rammte ihm den Ellenbogen in die Seite.

„Hab ich es dir nicht gesagt?"

„Was? Du hast mir gar nichts gesagt!"

Bevor sich alle wieder zerstreuten, räusperte sich Nox. „Könnte mir jemand sagen, wo hier Aurora und die anderen Erwachsenen sind?"

Alle Kinder setzten ein genauso albernes Grinsen auf wie Edward zuvor.

Doch bevor sie etwas sagen konnten, knackte es im Unterholz. Alle drehten sich um. Drei Pferde tauchten auf. Wie konnten sich die hier im Wald einfach bewegen? Nox war erstaunt. *Wir mussten unsere Pferde abgeben, weil es keine richtigen Wege gab – in dem Geröllhaufen von gestern wären die Pferde sicher auch abgestürzt!*

Auf dem linken saß ein zartes, blondhaariges Mädchen in einem weißen Kleid, während auf dem rechten ein großer, starker, braunhaariger Junge saß. In der Mitte jedoch saß ein zweites Mädchen. Es hatte rostbraunes, langes Haar, eine Lederhose und ein grünes Wams. Sie strahlte eine natürliche Autorität aus, so dass es Nox leichtfiel, zu glauben, sie wäre die Tochter von dieser Aurora. Wie er sich doch irrte…

Alle Reiter trugen Gürtel, in denen Messer steckten und auf den Rücken waren Pfeil und Bogen geschnallt.

Das mittlere Mädchen runzelte die Stirn. Obwohl sie erst ungefähr so alt wie Marco wirkte, schwang sie sich mit der Eleganz einer Elfenkönigin vom Pferd.

Der Junge ließ sich dagegen ungeschickt vom Pferd rutschen, während die Blonde leichtfüßig über den Kopf ihres Pferdes auf den Boden sprang.

Der schwarzhaarige Junge von vorher pfiff anerkennend, dann fragte er spöttisch: „Kannst du das auch rückwärts?"

Doch da unterbrach ihn das Mädchen mit den rostbraunen Haaren schroff. „Was geht hier vor? Wer sind die drei Fremden?"

Edward trat vor. „Ich habe sie hergebracht, sie waren verletzt. Ich dachte, ich sollte sie nicht im Stich lassen."

Die Falten auf der Stirn des Mädchens glätteten sich. „Ach wirklich?"

Alessio nickte eifrig. „Ich bin bei dem Geröllhang ausgerutscht. Marco auch und Nox hat uns aufgefangen, doch dann ist ein Baum in Flammen aufgegangen und Marco ist bewusstlos geworden."

„Schon gut!" Sie hob die Hand. „Das hast du gut gemacht Edward!"

Edward verbeugte sich, „Danke Chefin!"

Nox zog die Luft scharf ein. Er wandte sich an ein kleines Mädchen, das neben ihm stand: „Sagt jetzt nicht, dass das Mädchen da vorne Aurora ist!“

Gleich grinste ihn ein Dutzend Gesichter an.

„Ich sag es aber. Sie ist es!“, sagte ein größeres Mädchen.

Nox Gedanken überschlugen sich. Eine Räuberbande angeführt von einer etwa Vierzehnjährigen?

Aurora lächelte und errötete leicht. Doch sie fing sich schnell wieder. „Wir sind eine Gruppe aus elternlosen Kindern, die sich hier niedergelassen hat! Was dagegen?“

Nox schüttelte stumm den Kopf. Doch er wusste nicht, ob er sich damit abfinden würde! Eine Räuberband aus Kindern – das klang wie eine Legende.

...

Nach einer hitzigen Befragung räusperte sich die Anführerin der Bande. „Nun macht unseren Gästen ein Lager im Saal!“

Marco wurde hellhöriger. Wie, gab es jetzt doch noch ein Schloss? Doch bald wurde er aufgeklärt: Damit war eine größere Höhle gemeint, in die man durch einen schmalen Riss in den großen Felsen gelangen konnte. Zuerst murrte die Bande, doch als er mithelfen wollte, nahm ihn Aurora an der Schulter und meinte: „Lass sie! Das ist die leichteste Aufgabe der Welt! Wirklich!“

Marco nickte und blickte sich um. Die Höhle oder *„Der Saal“* hatte eine hohe Decke und raue Steinwände. In einer Ecke stand eine Kommode. Auf dem Boden waren dünne Strohmatten verteilt. Hier schliefen wohl alle.

Jetzt zerrten ein paar Kinder weitere drei Matten aus einer Nische. Sie würden wahrscheinlich kaum etwas gegen den harten Boden ausrichten können, doch besser als draußen. Hier war alles trocken und einigermaßen warm.

Der schwarzhaarige Junge stieß Marco in die Seite und zwinkerte: „Komm, die anderen spielen Fangen. Lass uns mitmachen! Heiße übrigens Derek!"

Marco erwiderte das Grinsen. Nein, gemein waren diese Räuber nicht! Doch er zögerte. Wegen seinem Knie konnte er nicht gut rennen. Doch schließlich folgte er Derek nach draußen.

So verging der Nachmittag und durch das Laufen wurde ihnen allen warm.

Marco schien es, dass selbst Nox Spaß hatte. Er focht mit dem hellblonden Mädchen im weißen Kleid einen Stockkampf aus. Ihr Name war Mariam. Wie Derek ihm erklärte, war sie die beste Kämpferin in der Bande, sogar besser als Aurora. Jedenfalls hatte sie schon einmal gegen sie gewonnen… Marco merkte sofort, dass Derek in sie verknallt war, ließ sich aber seine Ahnung nicht anmerken. Aber leugnen konnte man es nicht: Sie war schon verdammt gut. Nox bekam mehrere Male einen Lachanfall, weil es einfach zu komisch aussah. Mariam sah in ihrem weißen Kleid und mit ihren hellen Haaren einfach zu harmlos aus, wobei Nox richtig aufpassen musste, dass er nicht von ihren ununterbrochen prasselnden Hieben erwischt wurde.

Er lobte sie, dass sie besser war, als so mancher Rabauke, gegen den er schon einen Schwertkampf ausgefochten hatte.

Bald stellten sich Marco und Derek zu ein paar weiteren, die den Zweien zuschauten und feuerten Mariam begeistert an. Doch bald wurde der Spaß beendet, denn eine nicht sehr gut gelaunte Aurora fragte, wer mithalf, das Abendmahl zu richten.

Da hörte Nox auf zu kämpfen und half ihr. Er zischte Marco zu: „Komm! Mach mit!“

„Soll ich auch Alessio holen?“

Doch Nox winkte ab. „Lass den mal schön weiter spielen!“

Seufzend half Marco mit. Für Nox war es besonders schwierig, denn es kreisten ständig Räuber um ihn und führten ihre Schläge aus und fragten, was er davon hielt.

Sie holten aus einer Holzhütte geräucherten Fisch und legten ihn zusammen mit ein paar Laiben Brot auf Holzbretter, die als Unterlage dienten. Alle setzten sich auf den Boden um die Bretter herum und aßen.

Marco genoss es sehr: Nicht nur die Tatsache, dass es dazu keinen Reis gab, (was bei Mara sicher der Fall gewesen wäre), nein! Nach all der Aufregung schmeckte es besonders gut.

Die Bande erzählte ihnen, wie sie sich gefunden hatten. Aurora, Derek mit seiner Schwester, Miriam und ein paar andere hatten früher auf einem größeren Hof ihr Geld verdient. Ihre Eltern hatten sie dort hingeschickt, weil sie selbst zu arm waren sie durch zufüttern. Aber weil sie der Hofbesitzer so schlecht behandelt hatte, beschlossen sie abzuhauen. Die Flucht musste ziemlich wild gewesen sein…

Jedenfalls betonte Derek, wären dabei mindestens drei Bettlaken kaputt gegangen. Er habe Miriam heldenhaft von unten aufgefangen. Sie schaute ihn dabei eisig an, zog eine Augenbraue hoch und meinte: „Wenn du das meinst, wo du mich doch aus dem ersten Stock gekippt hast?"

Derek behauptete, nichts davon zu wissen.

Danach waren immer mehr Kinder mit ähnlichen Geschichten zu ihnen gestoßen und sie taten sich zusammen.

Als die Erzählungen beendet waren, in der sich die einzelnen Bandenmitglieder oft ins Wort gefallen waren, erzählten Marco Alessio und Nox ihre Geschichte. Wie sie zusammengekommen waren und was ihr Ziel war.

Marco schielte zu Aurora herüber. Sie hatte sich neben ihn gesetzt und nicht viel gesagt. Als die meisten schon fertig waren und noch einmal eine Runde Fangen spielten, standen sie gemeinsam auf.

„Vielen Dank, dass wir hier sein dürfen!"

Sie nickte. „Kein Problem."

Marco mochte ihr Schweigen nicht und so fragte er: „Es ist doch sicher ziemlich schwer, hier der Boss zu sein, oder?"

Sie lächelte wehmütig. „Oh ja! Manchmal bin ich kurz vorm in die Luft gehen. Aber irgendjemand muss es machen… Willst du Morgen mitkommen – zur Jagd?"

Marco schüttelte den Kopf. „Eher nicht. Das Fangenspielen von vorher hat mich ganz schön fertig gemacht. Mein Knie tut weh."

„Das tut mir leid!“, Auroras Lächeln verblasste. „Bis Morgen!“

„Bis Morgen!“

11

WENN DER KALTE WINTER KOMMT

Marco blinzelte und rieb sich verschlafen die Augen. Hastig rappelte er sich auf. Das war jetzt schon der fünfte Tag bei der Bande. Der steinerne Saal war ganz leer, nur Nox döste in einer Ecke noch. Von draußen klang Gejauchze. Er tapste zu dem Riss in der Felswand und blickte hinaus.

Er wurde geblendet von dem grell leuchtenden Schnee. Tatsächlich hatte sich eine dünne Schneeschicht auf dem Boden und den Bäumen gebildet. Und es fielen dauernd neue, dicke Flocken.

Alle waren aus dem Häuschen. Ein paar versuchten, ein Feuer zu entfachen, während andere die Bretter von gestern Abend vom Eis befreiten. Alessio kam an ihm vorbei gerannt und blieb stehen: „Es hat geschneit Marco!"

„Das sehe ich", erwiderte der gedehnt.

„Hilfe", rief Alessio, doch es war schon zu spät. Ein ungefähr gleichgroßer Junge mit blonden verstrubbelten Haaren hatte sich auf ihn gestürzt und jetzt purzelten die beiden im Schnee herum. Marco musste lächeln und schritt wieder in die Höhle. Er holte seine warme Jacke, die er vom König bekommen hatte, aus dem Rucksack. Dabei wachte Nox auf.

„Guten Morgen, Marco!"

„Guten Morgen – du musst rauskommen, es hat geschneit!"

„Ach wirklich?" Nox gähnte und richtete sich auf. „Ob es sich lohnt? Ich schätze, wir werden die nächsten Wochen noch genug Schnee sehen."

Marco antwortete nicht, sondern quetschte sich durch den Riss nach draußen. Fast sofort wurde er von einem Schneeball getroffen, er wirbelte herum. Er sah für einen kurzen Moment Dereks Grinsen und wie er mit seiner Hand ausholte, da klatschte ihm eine weitere Kugel direkt ins Gesicht. Marco hustete und wischte sich den kalten Schnee vom Gesicht. Schnell hatte er ebenfalls eine Kugel geformt und warf sie in Dereks Richtung. Der nahm seine Schwester, die neben ihm stand und hielt sie vor sich wie ein Schutzschild. Sie spuckte Schnee.

„Der Wurf war ganz gut!", lobte Derek anerkennend. Und pfefferte sofort noch eine Schneeballkugel nach Marco, der sich duckte, so dass Nox getroffen wurde, der gerade hinter ihm aus dem Saal gekommen war. Der bewarf zuerst Marco und dann Derek so schnell, dass sie sich weder ducken noch irgendwelche Anderen als Schutzschilder benutzen konnten.

…

Bald gab es dann Essen. „Immer dasselbe", brummelte ein hochgewachsener Junge. Aurora runzelte darauf die Stirn und nickte. „Ja, wir haben ein Problem! Außer geräuchertem Fisch und Brot haben wir nicht mehr viel. Die Vorräte werden unmöglich reichen den ganzen Winter durch. Ihr wisst was dies bedeutet!"

Bedrücktes Schweigen breitete sich aus.

„Was bedeutet es denn?", fragte Marco Derek.

Derek senkte den Kopf. „Wenn wir nicht genug zu essen haben, müssen wir hungern und wenn wir hungern, müssen wir rauben.“ Er zuckte die Schultern. „Es geht nicht anders. Wenn es erst einmal Winter ist, dann wächst hier in Wald nichts mehr. Nicht das kleinste Fitzelchen Grün.

Und Jagen kann man da erst recht vergessen. Die meisten Tiere halten dann Winterschlaf und sind unerreichbar und der Rest ist viel zu schnell für uns! Wir bleiben dann dauernd stecken, der Schnee ist so hoch“, er hielt seine Hand an die Hüfte.

Marco senkte den Blick. Er vergaß immer wieder, wie schwer es die Bande eigentlich hatte. Und dass sie Räuber waren.

„Aber wir stehlen nicht viel oder so!“, erklärte Derek. „Nur das es gerade so für uns reicht.“

Abrupt stand Nox auf. „Ich muss etwas erledigen!“

Keiner schaute ihm nach.

…

Stumm wurde fertig gegessen, dann stand Alessio auf. Das Schweigen machte ihn nervös. Er zupfte am Kragen seines Freundes, den er in den letzten Tagen gut kennengelernt hatte. „Max, komm!“

Die Miene des Jungen, dessen Haar blond und so verwuschelt aussah wie Heu, hellte sich auf. Er sprang auf. „Ich zeige dir die Bögen! Wir waren mal bei einem Jäger zuhause…“

Er führte Alessio um den Fels herum zu einer weiteren Öffnung. Sie war breit genug, dass beide gleichzeitig hineinschreiten konnten. Alessio nickte anerkennend. Hier war es zwar nicht so häuslich eingerichtet wie im Saal vorne, doch dafür lagen in einer Ecke einige Armbrüste und Bögen.

Für einen kurzen Moment glaubte Alessio sich wieder zuhause in der Burg Torquil zu befinden. Doch es war natürlich Quatsch!

„Wollen wir uns welche holen und Bäume abschießen?", fragte Max. Alessio roch an seinem Ärmel und nickte begeistert.

…

Nox schritt mit langen Schritten durch den Wald. Er kämpfte mit sich. Was sollten sie als nächstes tun? Er ging davon aus, dass sie am nächsten Tag wieder weitergehen könnten. Marco hatte er es schon gesagt, aber bei Alessio traute er sich noch nicht. Wieder von seinem neuen Freund Max getrennt zu sein...

Doch er musste mitkommen, denn wenn sie zu den Pacos kämen und Alessio nicht da war – was brachte ihnen die ganze Aktion dann? Es wären wieder nur zwei Amulett-Träger!

Nox seufzte, ja er würde Alessio heute Abend so schonend wie möglich beibringen, dass seine Freundschaft mit diesem Max nicht endlos sein würde!

Und da gab es noch etwas. Etwas, was ihn noch mehr plagte, als das vorige Problem! Sie würden weiterreisen zu den Pacos, doch was war mit der Bande? Obwohl sie nur aus Kindern bestand und wahrscheinlich keine große Gefahr für andere war – waren sie Räuber. Und Räuber duldete sein Vater nicht in diesem Land.

Es raschelte. Nox hörte auf, so schnell zu gehen und nahm seinen Bogen und einen Pfeil aus seinem Köcher und spannte die Sehne.

Die Bande widersprach dem Gesetz. Sein Vater würde sie hinter Gitter stecken, nein eher nicht aber es würde Konsequenzen geben, oh ja! Doch konnte er das tun? Nach alle dem, was die Kinder für sie gemacht hatten. Sie hatten ihnen eine sichere Bleibe geschenkt, Essen und die Erholung, Zeit um wieder fit auf den Beinen zu stehen. Und ihm ganz speziell hatten sie die Hoffnung zurückgegeben. Er wäre beinahe wieder umgedreht, doch da war dieser Junge vor ihnen gestanden… Edward.

Und noch einmal fragte er sich, ob er es über sich bringen würde?

Er pirschte sich näher. Es war eine Elchkuh.

Er verfluchte sich selber und ließ den Pfeil von der Sehne schnellen. „Ich werde es als Prinz wohltun müssen!“, sagte er.

…

Es war früher Nachmittag.

Marco half Derek und Aurora im „Saal“ aufzuräumen. Aurora war gerade rausgegangen und Derek war in einer der hinteren Nischen im Fels verschwunden, als Nox herein kam.

„Ah, Marco ich habe dich schon gesucht!“

„Wieso?“

Nox schüttelte den Kopf: „Ich muss mal mit dir reden. Du weißt ja, wir gehen morgen wieder weiter, ich weiß die Richtung wieder, aber da gibt es noch ein Problem."

Marco wurde hellhörig: „Was ist los?"

„Die Bande."

„Können die nicht mitkommen?"

Nox lächelte schwach. „Nein, etwas anderes. Der Bande geht es ja nicht sehr gut, oder?"

„Wie meinst du das?"

„Na, du hast es doch selbst gehört: Im Winter haben sie es mit einer Menge Schwierigkeiten zu tun um zu überleben."

Marco nickte bedächtig. „Stimmt, wir müssen uns bedanken!"

Nox Falten glätten sich. „Genau! Sie haben ja niemanden, der auf sie aufpasst!"

„Und was ist mit Aurora?"

„Ich meine einen Erwachsenen."

Marco runzelte die Stirn. „Den brauchen sie nicht! Sie kommen doch gut alleine zu recht!"

Nox wiegte den Kopf hin und her. „Das sagen sie, aber ich glaube, ein wenig mehr Hilfe werden sie wohl gebrauchen." Er schwieg.

„Sprich weiter", forderte Marco mit rauer Stimme. Er fühlte, dass jetzt eine schlechte Nachricht kommen würde. Er blickte Nox in die Augen.

Der räusperte sich. „Findest du nicht auch, dass sie zurück zu dem Hof wo sie gearbeitet haben gehen sollten?"

„WAS?", Marco stierte ihn entgeistert an. „Du weißt genauso wie ich, dass sie es dort nicht ausgehalten haben!"

Noch einmal versuchte Nox zu lächeln. „Verstehe mich doch. Sie sind noch Kinder."

„Sie haben uns gerettet!"

„Haben sie das? Vielleicht."

„Nichts vielleicht. Du willst sie für alles, was sie getan haben, bestrafen. Ihre Vergangenheit war schrecklich!", Marco merkte, dass er laut wurde.

„Das kann durchaus sein! Aber es geht ihnen trotzdem besser als hier. Sie müssen nicht frieren und hungern."

„Das kannst du nicht machen", rief Marco erzürnt. „Was denkst du, wie sie uns in Erinnerung haben werden: Als Verräter! Und wie willst du das Alessio erzählen? Du hast ihm ja noch nicht einmal gesagt, dass wir morgen weitergehen!"

Nox lief rot an. „Marco! Nicht so laut, sie hören uns noch!"

„Ist mir egal", entgegnete Marco. „Sollen sie ruhig kommen!"

„Sie sind Räuber!"

„Und wenn schon!" Marcos Stimme überschlug sich. „Was haben sie so groß verbrochen? Sie haben genauso keine Eltern wie ich!"

„Schon gut!“, fauchte Nox und wandte sich zum Gehen, „aber wenn das mein Vater herausbekommt, versichere ihm bitte, dass ich nichts damit zu tun hatte!“

Nox ging hinaus und wurde von Aurora überrascht, die in die Höhle kam.

Derek kletterte wieder aus dem Winkel der Höhle, in dem er sich still verhalten hatte.

Marco atmete tief aus. Er zitterte. Was um alles in der Welt war das bitte gewesen?

„Ihr hab alles gehört, oder?“, fragte er.

An Auroras und Dereks Gesicht konnte Marco ablesen, dass seine Vermutung richtig war.

„Danke“, das war alles, was die zwei aus sich herauspressen konnten.

12

DER VERFOLGER

„Eigentlich schade, dass ihr jetzt schon geht!“, erklärte Derek Marco in fröhlicher Stimmung.

„Wieso?“, fragte Marco. Es war am nächsten Morgen und er war gerade dabei, seine Sachen wieder in seinen Rucksack zu stopfen.

„Aber Hallo?“ Derek schaute Marco verblüfft an. „Die ganze Zeit über, als ihr hier ward, war es viel besser als davor.“ Marco grinste und nickte. Er fand es auch schade, dass es vorbei war.

„Aber es gibt da noch jemanden, für den es besonders Schade ist!“, erklärte Derek geheimnisvoll. „Eine die es besonders schade findet, dass du gehst! Na? Weißt du, von wem ich spreche?“

Marco runzelte die Stirn. „Wer?“

„Na Aurora! Hast du es nicht bemerkt? Sie mag dich sehr, sehr gerne!“

Marco konnte nichts dagegen tun: Er lief rot an. „Nein! Niemals!“

Derek schüttelte vergnügt den Kopf. „Oh doch! So einfach ist das! Und jetzt verrate ich’s dir, aber nicht weitersagen – Ich bin in Mariam verknallt!“

„Ah!“ Marco tat so, als wäre er sehr überrascht. Obwohl er es seit dem Tag, als sie hier angekommen waren, geahnt hatte. Also das mit Derek und Miriam. Nicht jedoch mit Aurora und ihm selbst! Und doch, es war natürlich Quatsch! Derek wollte ihn nur in Verlegenheit bringen!

...

Dachte Marco jedenfalls, dann wurde er bei der schmerzlichen Verabschiedung doch noch mal mit dem Gedanken konfrontiert:

Nox, Marco und Alessio hatten zusammengepackt und die ganze Bande hatte sich um sie geschart. Alle plapperten durcheinander, bedankten sich und schmiedeten irgendwelche Pläne, sich wiederzusehen. Die ganze Szene wurde begleitet von dem schmerzlichen Geheul von Alessio und Max. Sie hatten sich kumpelhaft die Arme um die Schultern gelegt und heulten den Himmel an, obwohl der Mond schon längst verschwunden war.

Derek lachte; „Ihr seid so laut, dass alle Wanderer im Umkreis von einer Meile sich vor Wölfen verstecken!“

Max und Alessio kicherten kurz, dann stimmten sie wieder ihr Geheul an.

Marco stand ein wenig unschlüssig da. Er hatte keine Lust, sich von der Bande zu trennen. Wieder mit Alessio und dem sicher noch aufgewühlten Nox alleine sein? Nein!

So zuckte er zusammen, als ihm jemand die Hand reichte und ihm Lebewohl wünschte. Er sah auf und blickte Edward ins Gesicht, dem Jungen der sie hergebracht hatte.

Marco bedankte sich und Edward meinte nur: „Es war mir eine Ehre!“ - verbeugte sich und schritt von dannen.

Nach und nach schüttelte Marco allen möglichen Kindern die Hand, nicht zuletzt auch Derek, obwohl er meinte, dass er sie eh noch ein bisschen begleiten würde.

So zogen sie los und hatten immer noch ein paar Kinder im Schlepptau. Max, der mit Alessio quasselte, Derek der sich mal in Marcos Nähe aufhielt, dann in Alessios. Und dann auch noch Aurora, die plötzlich neben Marco aufgetaucht war.

Marco musste an Dereks Worte denken und wusste nicht, wie er sich verhalten sollte. So erzählte er ihr von dem komischen Fremden und Noxs Vermutung, dass die Feuermenschen irgendeinen Rachefeldzug planten. Das hatte er keinem zuvor erzählt, doch Aurora schien ihm die richtige Person dafür zu sein. Sie nahm die Dinge ernst und glaubte ihm.

Sie machte ein besorgtes Gesicht und meinte: „Die Feuermenschen? Das sind schlechte Nachrichten!“

Aber schließlich kamen sie an den Punkt, wo sich die Bande verabschieden musste, um wieder zurückzugehen. Derek klatschte Marco brüderlich auf die Schulter und meinte: „Auf ein glückliches Wiedersehen, oder?“

Marco nickte und flüsterte Derek noch ins Ohr: „Ich weiß nicht, ob du Miriam mit deinem bisherigen Verhalten gewinnst!“

Worauf Derek empört zurückfuhr; „Quatsch, meine Methoden sind erste Klasse! Wart‘s nur ab: Wenn wir uns wiedersehen, sind Miriam und ich ein Paar!“ Er stieß Marco in die Seite. „Schau mal!“

Aurora hatte sich bei Nox für die Elchkuh bedankt, die er gejagt hatte. Davon konnte sich die Bande erst einmal satt essen. Jetzt kam sie auf Marco zu. Ohne Zögern umarmte sie Marco. Wahrscheinlich hatte Derek doch Recht!

„Danke für alles“, meinte Marco.

„Bitte, bitte!“ Aurora lächelte. „Vielen Dank auch dir, wegen… Du weißt schon.“

Marco erwiderte das Lächeln. „Nichts zu danken! Nox ist ein guter Typ, er ist halt nun mal – Prinz und kein Räuber!“

„Hoffentlich sehn wir uns mal wieder!“, meinte Aurora. Dann drehte sie sich um, rannte zu ihren anderen Bandenmitgliedern, die wieder zurückstrebten. Als Marco sich ein letztes Mal umdrehte, grinste Derek ihn vielversprechend an.

…

Schweigen senkte sich auf die Reisetruppe. Nox war wegen des gestrigen Streites noch wortkarger als sonst, und Alessio und Marco waren auch schlechter Laune. Seit sie sich von der Bande verabschiedet hatten, stapften sie durch den Schnee zwischen den Bäumen, immer derselben Richtung folgend. Und der Abschied war schon mindesten fünf Stunden her!

Mal ging es bergauf, mal bergab. Und sie gingen immer mit dem Wissen, dass sie noch tagelang so weiterlaufen würden. Das zerrte an Alessios Nerven. Am liebsten hätte er gebrüllt. Schon jetzt vermisste er Max, seinen neuen Freund, ungemein.

Und wieder einmal wanderten seine Gedanken zu Ivan, seinem Drachen. Er war seine Hoffnung gewesen, seine Hoffnung seinen Vater wiederzusehen. Doch sie waren getrennt. Was Ivan jetzt wohl tat?

Wohin zum Teufel waren sein Vater und alle anderen der Burg Torquil verschwunden? Der König hatte in Rae gesagt, dass auch andere Fürsten und Barone verschwunden waren. Warum suchte keiner nach einer Lösung? Wieso ging keiner der Sache auf den Grund? *Vielleicht weil man die Ursache schon wusste. Nur dass man es dir nicht sagen will.*, sagte eine leise Stimme in ihm. Und warum hatte es ihm keiner gesagt? Wahrscheinlich, weil er zu klein war. Er seufzte, immer das Gleiche. Marco und Nox wussten sicher schon längst von dem Problem. Doch sie sagten es ihm nicht.

So gern würde er etwas dafür tun, sie alle zurückzuholen. Doch jetzt trampelte er hier im Wald herum. Er war so erschöpft, dass er am liebsten stehen geblieben wäre. Doch er wollte nicht vor den anderen zugeben, wie fertig es ihn machte, nach diesem Amulett-Träger zu suchen. Er wollte kein Abenteuer mehr. Und er fühlte sich so weit von seinem Vater entfernt wie nie zuvor.

…

Ceores war aufgeregt. Noch am selbigen Tag würde er den Wald verlassen und den Gebirgsriss erreichen. Zwischen den steinernen Wänden des Gebirges würde er es vollbringen…

Feuer ist Begeisterung und Leidenschaft. Mut und Willenskraft…

Wie würde Alvoc schauen, wenn er zu ihm zurückkehrte und ihm als Begrüßungsgeschenk die Amulette der Hüter überreichte. Jede Nacht malte er sich aus, wie es sein würde!

„Ceores!", würde er sagen. „Ceores, ich muss dir vielmals danken. Bitte verzeihe mir, dass ich dich je verstoßen habe!"

Und er selbst würde zuerst so tun, als müsste er überlegen. Doch natürlich würde er einwilligen: „Aber nur, weil du es bist… Und nur, wenn ich etwas dafür bekomme. Ich glaube, du weißt, auf was ich hinauswill!"

Und Alvoc würde die Augen aufreißen und meinen: „Aber natürlich, wenn ich einmal nicht mehr bin, darfst du mein Amt übernehmen und du bist jetzt schon ein hoher General, du bekommst einen Wohnort, so dass du nicht mehr auf der Straße schlafen musst!"

Ceores musste immer wieder grinsen, wenn er daran dachte. Und wie er antworten würde: „Gerne nehme ich das Amt des Generals an. Doch ich habe noch ein weiteres Geschenk für dich!"

Und dann würde er sie holen – die zwei Jungen. Den Größeren würde er für sich behalten, doch den kleineren, würde er Alvoc überlassen.

Auch er selbst freute sich schon. Der Größere würde sein Diener sein, sein Sklave!

Und so verging die Zeit schnell.

Es dämmerte schon, als er aus dem Wald herausritt. Der Gebirgsriss. Oder: Ein weißes Band, dass sich flach durchs Gebirge zog: Eine riesige Gras-Ebene – mit Schnee zu gepudert.

Hier würde er sie des Nachts überfallen und der Königssohn würde nichts bemerken. Und er wäre seinem Meister näher als je zuvor…

…

Der nächste Tag, die nächste Woche, die nächsten zwei Wochen ging die Reise für die Drei genauso weiter. Eine enorme Anstrengung für alle. Marco sehnte sich dringlich danach, wieder in die Ferne zu sehen. Nicht nur die nächsten fünf Meter, die man zwischen den schneebedeckten Bäumen erahnen konnte, sondern weite Ebenen. Den anderen ging es genauso, schätzte er. Denn sie stolperten eigentlich nur noch in Richtung Ziel.

So waren schließlich alle froh, als sie nach drei Wochen aus dem Wald herauskamen, in die Graslandschaft die sich durch das Gebirge zog.

Endlich konnte man wieder in die Ferne schauen. Und die Luft duftete nicht mehr nach Tannennadeln, sondern roch nach der Frische der kantigen Berge, die wie riesige Pyramiden zu ihren Seiten standen. Marco schätzte die Lücke zwischen den Bergen manchmal so breit wie ein Berg, mal nur so breit wie Rae. Ihr Ende verlor sich in der Ferne.

„Wenn wir doch unsere Pferde wiederhätten!“, seufzte Nox. „Dann wären wir innerhalb von ein paar Tagen an unserem Ziel.“

Trotzdem waren Marco und Alessio wieder ermutigt und schritten flott drauflos. Doch weit kamen sie nicht. Die Dunkelheit senkte sich über die Gemeinschaft und sie bauten ihr Lager auf, um sich hinzulegen…

...

Ceores hatte sie entdeckt. Endlich. Warum hatten sie so lange aus dem Wald gebraucht? Er hatte schon befürchtet, sie wären schneller als er gewesen, bereits an ihm vorbei, doch das Warten hatte sich gelohnt.

Das Land hier war so flach, dass man selbst aus einiger Entfernung ihr Lagerfeuer sehen konnte. Vorsichtig schlich er näher heran. Gerade hatte der Prinz das Feuer gelöscht. Er musste still sein. Das wusste er. Der Busch, hinter dem er kauerte, war nicht weit von den Reisenden entfernt. Und wenn der Prinz ihn hörte, dann war sein Plan zunichte.

Er konnte nicht einschätzen, wie gut der Prinz kämpfen konnte. Er sollte der beste Kämpfer des Landes sein.

Das sollte schon etwas heißen, doch wurde ihm der Titel von Leuten gegeben, die nichts von den neuen Aktivitäten seines Meister wussten. Bald würde Ceores bei ihm sein. Ja, es waren auch andere Leute im Land, die gut kämpfen konnten! Außerdem hatte er eine Geheimwaffe. Etwas, das kein gewöhnliches Schild abwehren konnte.

Leise fluchte er in sich hinein. Der Prinz war wie ein großer Drache, der den Schatz bewachte. Es galt, ihn nicht aufzuwecken. Doch das Ungeheuer war wachsam und Ceores bezweifelte, dass der Drache ihn jetzt nicht bemerken würde. Also musste Ceores warten, bis er sicher schlief. Denn er selbst durfte dem Prinzen nicht wehtun. Das würde sein Meister übernehmen.

Schließlich war er sich ziemlich sicher, dass der Prinz eingeschlafen war. *Los geht's! Ans Werk.* Ganz vorsichtig schlich er um den Prinzen herum zu den Jungen. Wie oft hatte er sich das jetzt schon vorgestellt?

Er tippte den größeren Jungen an.

…

Marco wachte auf. Jemand hatte ihn angetippt. Alessio? Nein. Es war noch stockfinster. Er konnte nicht einmal seine Hände vor den Augen sehen.

„Hallo?“, flüsterte da jemand.

„Ja?“, antwortete er genauso leise zurück. „Nox, bist du das?“

Keiner antwortete. Marco runzelte die Stirn. „Hallo? Bist du das Nox? Lenox?“

Jemand räusperte sich. „Ja, ich bin's“, wurde noch leiser geantwortet.

Marco setzte sich auf. „Nox?“

„Ja! Aber, sei leise, dass wir die Anderen nicht aufwecken!“

„Es schläft doch nur noch Alessio?“

„Ich meinte natürlich, dass wir *den* anderen nicht aufwecken. Ich muss mit dir reden, kommst du?“

Marco stand überrascht auf. „Wieso? Was ist denn?“

…

Ceores freute sich. Es klappte ja besser als gedacht! Eigentlich hatte er vorgehabt, den Jungen zu drohen ihn und die anderen umzubringen, wenn er sie weckte und er nicht mit ihm mitkam.

Doch es schien gar nicht nötig. Der Junge folgte ihm wie von selbst! Aber warum sah er nicht, dass er nicht sein Freund war? Da fiel ihm ein, dass *normale* Menschen viel schlechter sehen konnten als er.

„Komm wir gehen ruhig ein wenig weiter weg“, zischte er. Doch der Junge blieb stehen. „Was ist?“, flüsterte Ceores nervös.

„Ich ziehe mir noch die dickere Jacke an!“

Der Junge lief zurück.

„Halt!“, rief Ceores ärgerlich. Das fehlte ihm gerade noch. Wenn jetzt der Mond hinter den Wolken hervorkam oder wenn der Junge wegen der Dunkelheit über den Prinzen stolperte? Doch es schien, als sei heute das Glück endlich einmal auf seiner Seite. Der Junge kam zurück! Jetzt musste er ihn nur weit genug wegbringen, so dass ihn die anderen nicht mehr hören konnten. Dann musste er ihn fesseln und genauso mit dem Anderen verfahren! Einfacher ging es wohl nicht mehr, oder?

...

Marco fröstelte, als er Nox durch die Dunkelheit folgte. Was wollte der Prinz? Auf jeden Fall irgendwas, das Alessio nicht mitbekommen sollte. Er lächelte. Nox hatte nicht lange Marcos Reaktion auf die Idee, die Bande aufzulösen, übelgenommen. Seit fast zwei Wochen redete er wieder mit ihm und war genauso wie früher. Doch was kam jetzt?

„Wie lange gehen wir noch?“, fragte er schließlich. „Wir sind doch sicher schon doppelt so weit von Alessio entfernt, als dass er uns hören könnte, oder?“

„Psst!“, machte Nox vor ihm. „Sei leise. Wir müssen noch ein wenig laufen - ich will dir etwas zeigen!“

Marco stierte auf den Rücken seines Führers. Die Wolken hatten sich ein wenig verschoben und er konnte schwache Umrisse erkennen. Er runzelte die Stirn: War Nox nicht etwas kleiner als der Mann, der vor ihm ging? Doch wahrscheinlich bildete er sich das nur ein.

„Wann…“, begann er.

Doch Nox unterbrach ihn gereizt: „Gleich sind wir da. Siehst du diesen Felsen da vorne? Dort ist es!“

Sie mussten noch einen kleinen Abhang hinunterlaufen. Nox ließ Marco vortreten. „Schau hinter den Felsen!“

Marco stutzte, „Ist dies da vorne nicht ein Pferd?“

„Ich glaube, da irrst du dich! Schau hinter den Felsen.“

Marco wurde langsam etwas misstrauisch. Er ließ sich aber nichts anmerken: „Komm schon, Nox, sag's mir: Was wird hier gespielt – warum verstellst du deine Stimme so?“

„Was meinst du?!“

Die Antwort blieb Marco im Hals stecken. Er kannte diese kalte Stimme!

Da bekam er schon einen seitlichen Schlag gegen die Schulter. Das kam so unerwartet, dass er hinfiel.

„So!“, zischte der Fremde, kniete sich neben ihn und hatte mit einer Flinkheit, die gar nicht zu erwarten war, seine Hände gefesselt. Marco wollte schreien. Doch da bekam er schon einen stinkenden Lappen in den Mund gedrückt. Der

Geruch trieb ihm die Tränen in die Augen. Er versuchte, zu strampeln – zu verhindern, dass er auch Fußfesseln angelegt bekam. Aber die Kälte des Schnees, ein Tritt und der Schock lähmten ihn. Bald konnte er sich nicht mehr bewegen.

Der Mann über ihm grinste. „Und jetzt… Pass auf!"

Er beugte sich über Marcos Kopf. Sein Grinsen wurde noch breiter. „Tatsächlich! Da ist ja das Amulett! Hängt wie damals um den Hals! Gut behütet, würde ich sagen!"

Marco wollte protestieren, doch er biss damit nur noch tiefer in den Lappen. Er konnte nichts dagegen tun, als der Mann ihm das Amulett vom Hals nahm.

„Das leg ich schon einmal zur Seite!" Der Fremde stand auf, steckte das Amulett in seine Tasche und erklärte: „Ich werde jetzt gehen, doch keine Angst! Ich lass dich nicht alleine! Ich werde wiederkommen mit dem anderen Jungen!"

…

Mit dem zweiten Jungen verlief es nicht ganz so gut. Als er ihn antippte, fragte er nicht: „Bist du das, Lenox?"

Stattdessen rappelte er sich sofort auf und murmelte: „Wer ist da?"

Ceores antworte darauf so leise es ging: „Ich bin's!" und nach kurzem Schweigen: „Lenox!"

„Wirklich?"

Ceores sah wie die Augen des Jungen über ihn fuhren, doch es war so dunkel, dass dieser nichts erkennen konnte! Oder?

„Was ist?", fragte der Kleine.

„Ich will dir was Tolles zeigen!"

Der Kleine runzelte die Stirn. Ceores seufzte. Schon jetzt mochte er den größeren lieber. Der Kleine machte alles so kompliziert! „Komm", feuerte er den Jungen an. „Du musst nur ein wenig laufen! Und zieh dir eine Jacke an!"

Der Kleine versuchte blind seine Jacke zu finden, fand sie aber nicht. „Hier, ich helfe dir!", er reichte ihm seine Jacke.

Der Junge verharrte. „Marco ist weg!"

Auch das noch! Er war kurz davor, seine ursprüngliche Methode, die mit dem Drohen, zu übernehmen. Er beherrschte sich gerade noch so: „Ja, der ist schon da, bei dem, was ich auch dir zeigen will. Der wartet! Kommst du?"

Widerwillig tappte der Kleine hinter ihm her. Der Mond schien heller und Ceores konnte nur hoffen, dass der Junge ihn nicht erkannte. Doch dann raschelte ein Busch zu seiner Rechten. Der Kleine blieb stehen.

Ceores ignorierte ihn und schlich auf den Busch zu. Und da passierte es: Ein Dolchkämpfer sprang aus dem Busch, seine Waffe glänzte im Mondlicht. Ceores fluchte und zog sein Schwert, es war länger als der Dolch, doch der Kämpfer war gut, er drohte mit seiner Waffe wie ein Profi.

Ein heller Klang entstand, als das Metall aufeinander traf. Ein wilder, schneller Kampf wurde ausgefochten. Ceores fand keine Gelegenheit, seinen Gegner zu verletzen, er hatte alle Hände damit zu tun, dessen Hiebe abzuwehren.

Immer weiter wurde Ceores zurückgedrängt, immer öfter schrammten die Hiebe an seiner Deckung vorbei und fügten ihm kleinere Schnittwunden zu. Doch er musste grinsen. Eine Waffe hatte er noch! Er sprang nach hinten und bevor sein Gegner ihm nachlaufen konnte, winkte er mit der Hand.

Sofort flammte eine hohe Feuerwand vor ihm auf. Der Dolchkämpfer starrte durch das Feuer auf ihn. Ceores war seine Kapuze heruntergerutscht und die Flammen spiegelten sich in seinen roten Pupillen.

„Du bist ein Feuermensch!“, stellte Nox fest.

13

DAS DUELL

Alessio hatte sich sehr erschreckt, als der Dolchkämpfer hinter dem Busch hervorgesprungen war und war selbst hinter einem anderen Busch in Deckung gegangen. Er lugte zwischen dem Geäst hindurch auf die Kämpfenden. Er hatte Angst. Nox wurde immer mehr nach hinten gedrängt. Gleich würde er stolpern!

Immer wenn die Schwerter aufeinander krachten, klirrte es. Ein Geräusch, das Alessio sicher noch lang in den Ohren behalten würde. Nox geriet ins Stolpern, wie Alessio es geahnt hatte. War er nicht der beste Schwertkämpfer des Landes? Doch Nox fiel nicht. Er machte einen großen Satz nach hinten und dann konnte Alessio etwas sehr Merkwürdiges beobachten. Der Schnee um den Angreifer begann zu schmelzen und dann war sie auch schon da: Eine Feuerwand zwischen den beiden. Seit wann konnte Nox Feuer beschwören?

Alessio kniff die Augen zusammen: War es wirklich Nox, der das Feuer hergezaubert hatte? Warum hatte Nox plötzlich schwarze Haare?

„Du bist ein Feuermensch!“, hörte er Nox‘ Stimme sagen. Und er verstand. Der andere war Nox. Alessio war einem Feuermenschen in die Nacht gefolgt und Nox hatte ihn gerettet. Er atmete erleichtert auf. Nox war doch der, der besser kämpfen konnte!

Doch dafür hatte sein Gegner eine andere starke Waffe: Das Feuer!

Die Flammenwand blieb aber nicht einfach so stehen! Ohne, dass es Nox merkte, legte sich ein Ring um ihn, der immer kleiner wurde!

Der Feuermensch legte den Kopf zur Seite und grinste: „Oh ja, ich bin ein Edan, nenne mich Feuermensch – das ist mir egal, du hast ja eh nur noch ein paar Sekunden zu leben!"

„Wieso?", fragte Nox verständnislos. „Denkst du, diese Feuerwand wird mich davon abhalten, dich zu besiegen?"

Die Stimme des Edans wurde hart: „Tut mir leid! Das Töten in dieser Nacht muss ich – Ceores - dir wohl abnehmen!" Und damit zog er die Schlinge der Flammen enger.

Alessio wollte Nox warnen, doch der hatte zum Glück schon selbst begriffen: Er hörte ihn fluchen und dann flog etwas über die zwei Meter hohe Flammenwand. Die Schlinge wurde so eng gezogen, wie es möglich war und erlosch dann.

Schlagartig wurde es wieder dunkler und Alessio konnte wieder alles nur schemenhaft erkennen. Doch als er Nox' Stimme hörte, war ihm klar, dass dieser einen Salto über das tödliche Feuer gemacht hatte: „Du glaubst du könntest mich besiegen? Da muss ich dich enttäuschen."

Der Feuermensch lachte. „Wahrscheinlich hast du recht: Ich kann es nicht, doch ich werde dich dazu zwingen, das zu tun, was ich will. Das genügt in diesem Fall."

„Wie das?" Aus Nox' Stimme war jede Lebendigkeit gewichen.

„Ich habe die beiden Jungen in meiner Gewalt!"

„Nur einen!", korrigierte ihn Nox. „Der andere ist sicher schon abgehauen."

„Ja, und? Würdest du es zulassen, dass ihm etwas passiert?"

Nox ging nicht darauf ein, sondern fragte stattdessen: „Wo ist er denn, das muss ich wissen, wenn ich ihn befreie!"

Sein Gegner lachte wieder: „Du bist sehr optimistisch, dafür dass du in einer solchen Lage steckst. Ich habe ihn sicher versteckt!"

„Ach, komm schon! Sag's mir!" Alessio hörte es wieder klirren, Nox war wieder zum Angriff übergegangen. Der Feuermensch machte eine Weile mit, dann ließ er wieder Feuer entstehen. Nur dass diesmal die Flammen höher schossen und sich sofort um Nox schlossen.

...

Nox wusste, dass er es diesmal nicht schaffen würde. Die Flammen waren ihm zu hoch. Als Prinz hatte er es schon mit vielen Gegnern aufnehmen müssen. Aber jetzt hatte er verloren.

Nein, so wie in den Märchen war es nicht. Man konnte nicht nach Laune herumspazieren. Natürlich würden ihn Wachen für gewöhnlich begleiten, doch die nahm er aus demselben Grund nicht mit, aus dem sie auch hier nur zu dritt waren: Er mochte das Gefühl nicht, dauernd beschützt zu werden, dass ihn jemand auf Schritt und Tritt begleitete.

Trotz allem hatten es bisher nur ein paar Gegner geschafft, dass er es mit der Angst zu tun bekam. Dieser hier war einer davon. Mit Feuermenschen war nicht zu spaßen, das sagte jeder!

Dann wurde Nox urplötzlich, bevor er doch noch verletzt wurde, weggestoßen. Und das Feuer erlosch.

Nox stöhnte, als er auf den vereisten Boden fiel. Sein Gegner stellte einen Fuß auf seine Brust. Nox hörte ihn zischen:

„Und jetzt sag noch einmal, ich könne dich nicht töten!"

Nox keuchte, der Stiefel auf seiner Brust war schwer. „Was willst du? Warum bist du hinter uns her und wie lange schon?"

„Seit Rae!", antwortete die Gestalt über ihm. „Die zwei sind mir praktisch in die Arme gelaufen, wollten wissen, wie es zum Schmied ging. Die Amulette hingen ihnen einfach so um den Hals… Ich erkannte sie sofort! Sie haben ja mit der Geschichte meines Volkes zu tun. Ich bin ihnen gefolgt und habe sie bei diesem alten Schmied belauscht. Der Rest war eigentlich ganz einfach, ich bin euch gefolgt und habe mir überlegt, wie ich die Jungen abfangen kann. Das habe ich dann auch getan, bis du dich mir in den Weg gestellt hast!"

Nox nickte. „Und wofür brauchst du diese Amulette und warum warst du in Rae?"

Das Gesicht des Feuermenschen verzerrte sich vor Wut und der Druck seines Stiefels wurde fester. „Das geht dich nichts an, Prinz!"

Für einen Moment blieb es still, man hörte nur das Knistern der Flammen, die an ein paar Grashalmen leckten, die durch das Schmelzen des Schnees aufgedeckt worden waren.

Dann fragte Nox. „Warum tust du das?"

„Was?" Das Gesicht des Feuermenschen verzog sich verwundert.

„Dich so anstellen wie ein Dreijähriger!", antworten Nox und zog mit einem Ruck an dem Bein, das auf seiner Brust lag, sodass sein Gegner über ihn in die Wiese flog.

Sofort war Nox bei ihm und drückte ihn nun ebenfalls in den Schnee. Derjenige, der wie ein Sieger den Fuß auf Noxs Brust gestellt hatte, war in Wirklichkeit der Verlierer. Mit ein paar geübten Handgriffen hielt Nox den Anderen am Boden: „Also, warum hast du es nicht getan?"

„Was ist denn jetzt schon wieder?", stöhnte der Feuermensch.

Nox versetzte ihm einen Stoß. „Wer bist du? Warum hast du mich nicht getötet, als du gerade die Gelegenheit hattest?"

Die Atemzüge seines Gegners gingen flach. „Ich bin Ceores. Das andere geht dich nichts an! Doch jetzt…"

Und damit hob der Feuermensch die Hand und deutete auf ihn. Aber Nox drückte ihn schnell zur Seite: „Oh, ich habe ja ganz vergessen, dass du die Fähigkeit besitzt, Menschen in Luft aufzulösen. Und darauf, muss ich zugeben, habe ich keine Lust! Auch, wenn du es nicht getan hättest!"

„Natürlich hätte ich es getan!"

Nox schüttelte den Kopf und lächelte: „Nein, hättest du nicht, du hast mich vorhin nicht umgebracht, du wirst es jetzt auch nicht tun. Den Grund werde ich wohl nie erfahren, aber ich bin mir ziemlich sicher, dass ich Recht habe! Also, wo ist der andere Junge?“

„Nein, den Grund wirst du nie erfahren!“, überging der Feuermensch seine letzte Frage. „Du bist ein schlauer Fuchs, Prinz!“

Nox Lächeln wurde noch breiter. „Danke für das Kompliment!“

Ohne abzuwarten, riss der Feuermensch seine Hände mit einem Ruck zur Seite und beschwor Flammen herauf, die Nox loslassen ließen. Nox fluchte und der Feuermensch rappelte sich auf: „Nein, du wirst nie erfahren, was für Gründe ich habe und wer ich bin!“, dann rannte er los, einfach mitten auf einen Berg zu, der in einiger Entfernung aufragte. Nox war zu erschöpft von dem Kampf, als dass er die Verfolgung hätte aufnehmen können. Der flüchtende Feuermensch drehte sich noch ein letztes Mal um: „Du wirst fallen, bald wird jeder fallen – Rae wird brennen!“

14

SCHON NAHE DRAN

Im gleichmäßigen Galopp ging es dahin. Ceores Pferd brachte sie sicher über Stock und Stein. Gestern Nacht hatte Marco lange warten müssen, bis sie ihn gefunden hatten. Aber jetzt waren nicht nur sie wieder alle zusammen, sondern hatten auch noch das Pferd. Ceores war in der Nacht einfach blindlings davongelaufen und hatte nicht einmal daran gedacht, zurück zu seinem Pferd und Gefangenen zu laufen.

Da sie zu dritt auf dem Pferd saßen, war es eng. Alessio saß vorne, Marco in der Mitte und Nox hinten. Da war es gut, dass es ein großes und starkes Pferd war. Außerdem war der hinderliche Schnee langsam verschwunden je weiter sie Richtung Pacos ritten. Nicht dass sommerliche Temperaturen herrschten, doch Marco hatte seine dicke Jacke schon ausgezogen. Da, wo die Pacos lebten, war es immer warm. Alessio hampelte mehr herum als sonst, weil sie den Pacos so nah wie nie zuvor waren: Man konnte schon die Wüste sehen. Leuchtend gelb breitete sie sich vor ihnen aus. Ein ewiges Meer aus Sand.

Und hinter jeder Biegung, um die sie kamen, erwartete Alessio das Lager der Pacos. Doch es waren immer wieder von neuem nur kleinere Felsen und das Gras, das zwischen ihnen und ihrem Ziel wucherte. Den Gebirgsriss hatten sie vor zwei Tagen verlassen und somit jegliche Berge hinter sich gelassen. Jetzt war da nur noch die Prärie, die sich vor der Wüste auftat.

Und genau dort, wo sie aufeinandertrafen, da wohnten die Pacos. So hatte es ihnen Nox erklärt.

Natürlich konnte auch Marco es kaum erwarten, endlich anzukommen. Am Ziel. Doch selbst der wolkenlose Himmel konnte ihn nicht ganz von seiner finsteren Stimmung abbringen. Die belastete ihn schon die ganze Zeit. Er fühlte sich so nutzlos und obwohl sie so kurz vorm Ziel waren, fühlte er sich, als wäre er noch längst nicht da. Es war wegen… - da wurde sein Gedankengang unterbrochen. Alessio schrie, hoch erfreut. „Wir sind da, ich kann sie sehen!"

Zuerst dachte Marco, es wäre wieder einer von Alessios Fehlalarmen, doch dann sah er es auch. Vor ihnen ging es leicht bergab, so dass man weit schauen konnte. Und wenn man ein Stück weiter ritt, war man dort wo die Wüste und das Grasland einander die Hand gaben.

Es waren sicher mehr als zweihundert Zelte, die dort aufgeschlagen waren. Der Wind spielte mit Marcos Haaren und die Sonne ließ die Wüste und alles um sie herum strahlen. Er hob die Hand, um nicht geblendet zu werden. Die Zelte waren in einer riesigen Spirale aufgestellt, in deren Mitte ein prunkvolles Zelt und ein großer, ausgetretener Platz war. Alessio jauchzte und Nox lachte.

„Wir sind da!", bekräftigte er Alessios Ausruf. Und trieb ihr Pferd zur Eile an. Marco lächelte breit, doch ihm blieb ein bitterer Nachgeschmack im Hals.

…

Sie wurden von einer Wache begrüßt und gefragt, was ihr Begehren sei und wer sie seien. Marco ließ Nox und Alessio antworten und rutschte vom Pferd hinunter, als die Wache ihnen befahl, das Pferd am Halfter führend, zu folgen.

So schritten sie in der Spirale der Zelte entlang Richtung Mitte.

Die Bewohner der Zelte schauten ihnen argwöhnisch hinterher und tuschelten. Ein paar Kinder spielten Ball und einmal wäre Marco fast stehen geblieben, als sie zu einem freien Platz zwischen den Zelten kamen, an dem Frauen und Männer mit Pfeil und Bogen ununterbrochen auf fünf hölzerne Zielscheiben schossen oder mit Schwertern gegeneinander kämpften. Doch die Wache lief im schnellen Tempo weiter. Noch öfter kamen sie an solchen Übungsplätzen vorbei.

Schließlich standen sie vor dem prunkvollen Zelt, das am Rande des riesigen Rundplatzes stand.

Die Wache bedeutete Nox, das Pferd an einem Pflock festzubinden und ihnen in das Innere des Zeltes zu folgen.

Sofort umfing sie ein starker Geruch von verbrannten Kräutern und leise Trommelschläge erklangen, die diesen Rhythmus einhielten: *Bom Bada Bom Bom Bada Bom Bom…*

Sie kamen von einem schmalen, mit schwarzroten Zeichen bemalten Mann mit braunen Locken. Auf dem Boden hockten drei weitere Männer, die im Schneidersitz im Kreis saßen. Alle hatten die Augen geschlossen. An der Zeltwand lehnte eine große, grauhaarige Frau mit gutmütigem Gesicht und grauen Haaren, die ihr zu einem Zopf geflochten bis zur Hüfte reichten. Jetzt hob sie halb verwundert, halb ärgerlich eine Augenbraue. Einer der Männer - der einzige, der ebenfalls graue Haare hatte, öffnete die Augen und schaute noch ärgerlicher aus als die Frau. Er runzelte die Stirn. „Jeremiah? Wen hast du denn da angebracht? Verschwindet alle aus meinem Ritual!“

Die Wache, die anscheinend Jeremiah hieß, antwortete: „Sofort! Das ist Lenox, der Sohn des Kaisers. Er hat Begehren auf…“

„Sehr interessant. Doch darum kümmere ich mich später“. Damit schloss er wieder die Augen.

Die Frau richtete sich auf und bedeute Nox, Marco und Alessio schweigsam, ihr aus dem Zelt zu folgen. So gingen sie wieder hinaus.

Die Frau wandte sich an ihren Führer: „Jeremiah, du kannst wieder auf deinen Posten!“, dann wandte sie sich den Fremden zu.

„Wir können alles erklären!“, rief Alessio sofort.

Die Frau nickte und schüttelte Nox die Hand, als würden sie sich kennen. Dann schüttelte sie auch Marco und Alessio die Hand.

„Guten Tag, ich bin Mika, die Frau des Häuptlings. Mein Mann ist gerade… in einem Kriegsritual und will auf keinen Fall gestört werden. “

Nox runzelte leicht die Stirn, lächelte aber dann gleich wieder: „Das weiß ich, ja. Von den Ritualen hat er mir schon früher in Rae etwas erzählt.“

Mika nickte. „Wir waren schon lange nicht mehr in Rae. Aber warum habt ihr euch zu uns aufgemacht oder seid ihr nur auf der Durchreise. Was verschafft mir das Vergnügen?“

Alessio meinte stolz: „Wir sind wegen der Hüter gekommen!"

Mika blickte erstaunt auf und ließ sich alles von Anfang an erklären. Wie oft mussten sie ihr Abenteuer noch erzählen? Der einzige Unterschied war, dass bei jeder Erzählung etwas Neues dazukam. Dieses Mal war es die Begegnung mit dem Feuermensch.

Als Nox schließlich geendet hatte, schwieg Mika erst einmal bedächtig.

Marco schluckte: „Und, gibt es einen dritten Amulett-Träger? Habt ihr das Amulett?"

Ein Lächeln breitete sich auf Mikas Gesicht aus und sie nickte langsam. „Natürlich, ich bringe euch zu ihm…"

Da sprang Alessio jauchzend in die Luft und sie folgten Mika durch das Gewirr von Zelten.

„Ist es dann Nialls Enkel, wie auch Marco und Alessio die Enkel der Hüter sind? Oder immer noch sein Sohn?", fragte Nox.

Da schüttelte die Häuptlingsfrau traurig den Kopf. „Nein, Niall hatte nie Kinder. Obwohl, man könnte den, den wir suchen, schon als Sohn bezeichnen…"

„Wie jetzt?"

„Es war so: Als sich vor vierzig Jahren die Hüter trennten, wusste Nial noch nicht so sehr wo hin mit sich. Die Hüter waren sein Leben gewesen und er fühlte sich bei uns fremd. Trotzdem reiste er zu uns und wurde herzlich empfangen. In der Zeit feierten wir viel und bemühten uns, dass er sich wohl fühlte.

Aber er konnte leider nichts damit anfangen und nach drei Jahren fing er wieder an zu Reisen. Er erlebte noch einige Abenteuer, bevor er auf eine alte Witwe stieß, die ihn bat, ihr Findelkind mitzunehmen und jemanden zu finden, der es aufziehen könne, denn sie würde bald sterben und nicht mehr für das Baby da sein können. Sie wusste nicht, in wessen Obhut sie den kleinen Falk gegeben hatte, doch Niall nahm sich ihre letzte Bitte zu Herzen. Anfangs jedenfalls, bis er merkte, dass er den Kleinen nicht weggeben konnte. Dafür brachte er Falk zu uns, den Pacos, und erzog ihn.

Als Nial vor sechs Jahren starb, vererbte er Falk sein Amulett. So, wir sind angekommen, da vorne ist Falks Zelt!"

Marco schlug das Herz höher. Jetzt waren sie an ihrem Ziel. Jetzt hatten sie es erreicht. Und doch konnte er sich nur mit halbem Herzen freuen.

Mika klopfte gegen den Zelteingang und als keiner antwortete, trat sie ein. Zögerlich folgte Alessio, dann Nox und zuletzt Marco in das Innere des Zeltes. Auf dem Boden lagen Felle verteilt, wo der Amulett-Träger anscheinend schlief. In der Mitte war eine kleine Feuerstelle und am Rand stand noch eine kleine Kiste. Neben ihr lag Pferdegeschirr.

„Der Vogel ist ausgeflogen", murmelte Mika. „Naja, war ja zu erwarten. Gut, gehen wir und suchen."

Marco nickte. Die Sonne hatte das Zelt so warm geheizt, dass er gerne wieder hinaus ging. Trotzdem genoss er nach dem Schnee im Wald, die Wärme – hier schien tagsüber immer eine hohe Temperatur zu herrschen.

Es war Marco, der als Erster wieder aus dem Zelt herausschlüpfte und es war Marco, der dem dritten Amulett-Träger als erster gegenüberstand.

15

DER DRITTE

AMULETT-TRÄGER

Falk hob eine Augenbraue. „Nanu? Wer kommt denn da aus meinem Zelt?“

Marco musste lächeln. Er wusste nicht wieso, aber sein Mund verzog sich ganz von selbst. Endlich hatten sie ihr Ziel erreicht. Nach einer so langen Reise! Nach all den gefährlichen Vorkommnissen war es ihm gegönnt, sich endlich einmal richtig zu freuen.

Nox kam schnell hinter Marco aus dem Zeltausgang. Alessio purzelte zeitgleich überstürmisch nach. Als schließlich auch noch Mika aus dem Zelt kam, war Falks Augenbraue schon an einem Punkt angelangt, von wo sie nicht noch weiter hochrutschen konnte.

Marco musterte derweil den Jungen, der vor ihm stand. Er mochte wohl ein Jahr älter sein als er selbst und einen halben Kopf größer. Er hatte dunkles kastanienfarbiges Haar und sein kurzer Haarschnitt ließ seinen Kopf ein wenig eckig wirken. Er hatte hellgebräunte Haut und sah hager und zäh aus. Er erschien Marco etwas überheblich, aber das störte ihn nicht. Marco wusste sofort, dass sie sich verstehen würden.

„Guten Tag.“ Nox reichte Falk die Hand, die dieser zögerlich ergriff, sie schüttelte und dann schnell wieder losließ. Falk ließ seinen Blick zu Mika wandern.

Die schlängelte sich zwischen Marco, Alessio und Nox hindurch und begann ihn aufzuklären.

…

Jan stand im Schatten seines Zeltes und hört Mika und Nox zu, die beide auf ihn einredeten. Er seufzte innerlich. Er hatte sein Ritual abgebrochen. Ja, Häuptling zu sein, war nicht immer einfach für ihn gewesen. Sie bereiteten sich auf Krieg vor und dann kam ein Prinz aus Rae mit zwei Jungs daher – sie seien die Enkel der Hüter und vom König beauftragt worden, die Amulette wieder zu vereinen. Das war alles schön und gut, bis sich herausstellte, dass sie nur noch eines besaßen. Das andere war verschollen. Großartig!

„Und wie habt ihr es verloren?“, fragte Jan.

„Die Feuermenschen!“, betonte Mika.

Jan wurde hellhörig? „Was?“

„Sie sind einem Feuermenschen begegnet, der die Jungen entführen wollte!“

Als die Reisenden mit ihrem Bericht zu Ende waren, dachte Jan: *Eigentlich ist ihre Absicht ja schon gut… Außerdem können sie uns ganz nützlich sein.*

Er rief: „Last uns ein Fest feiern.“

…

Es war Abend. Marco, Falk und Alessio lehnten am Zelteingang des Häuptlings und beobachteten, wie ein paar Pacos in der Mitte des großen Versammlungsplatzes ein Feuer entfachten und wie nach und nach alle Pacos aus den Zelten kamen und sich im großen Kreis um das Feuer setzten. Der lockige Mann mit der Gesichtsbemalung aus dem Zelt des Häuptlings trommelte auch jetzt. Falk deutete auf ihn. „Das ist Navajo. Er ist unser Magier – netter Kerl."

„Echt? Ein Magier?"

„Wenn du meinst, er kann fliegen, muss ich dich leider enttäuschen! Aber er kann Verletzungen binnen weniger Tage heilen und in den Geist anderer blicken!"

Als Falk Marcos erschrockenes Gesicht sah, musste er lachen. „Keine Angst, das kann er nicht einfach so. Er muss bestimmte Rituale vollziehen, sonst sieht er genau das, was du auch siehst: Nichts!"

Marco wollte gerade darauf aufmerksam machen, dass er sehr wohl etwas sähe, als alles still wurde. Jan erhob sich und begann zu sprechen. „Viele von euch haben gesehen, wie drei Fremde zu uns geritten sind. Sie heißen: Nox, Alessio und Marco. Sie sind mit einem Auftrag zu uns gekommen. Bringt die Hüter wieder zusammen! Alessio und Marco sind nämlich die Enkel der Hüter! Und zusammen mit unserem Falk sind sie die neue Generation der Hüter!"

Großer Applaus hallte von den Zelten wieder. Jan bat die drei, zu ihm in die Mitte des Kreises zu kommen. Alessios Augen glänzten vor Stolz und sie schritten unter tosendem

Applaus zum Häuptling. Falk, Alessio und Marco hielten die zwei Amulette in die Höhe.

Wieder musste Marco schlucken. Er hatte sein Amulett nicht mehr. Ceores hatte es bei ihrem nächtlichen Kampf behalten.

16

WIE STAUB ZERFALLEN

Der Junge wachte auf. Was hatte ihn geweckt? Er war Stallbursche in seiner Burg. Und die Wände seines Stalls, in dem er neben dem Tier im Heu schlief, waren dünn. Verschlafen setzte er sich auf. Da war es wieder. Dieses Geräusch, bei dem sich alle seine Nackenhärchen aufstellten. Ein kaltes Lachen. Er schnippte sich einen Strohhalm aus seinem dunklen Haar. Ein Pferd wieherte. Alle anderen Tiere waren auch wach geworden. Unruhig scharrten Pferd und Kuh am Boden. Leise schlich der Stallbursche Richtung Tür.

Dabei kam er an dem Drachengehege vorbei. Schade, dass der Drache gerade ausgeflogen war. Immer, wenn er da war, fühlte der Junge sich sicherer. Er wusste dann, dass er keine Angst zu haben brauchte. Aber das brauchte er eigentlich sowieso nicht. Torquil war eine Burg, in der nie etwas Gefährliches passierte. Drei Jahre war es her, seit er seine Eltern verlassen hatte, um hier zu arbeiten und es ging ihm gut.

Doch irgendetwas war anders diese Nacht… Er kam an der Stallkatze vorbei, die zusammengerollt schlief. Er kraulte sie vorsichtig, dann stieß er die knarzende Tür auf und trat in den nächtlichen Burghof. Die Sterne glitzerten ihm entgegen und der Mond beleuchtete den Hof. Kein Mensch zu sehen. Nur viele Fußspuren waren in dem sandigen Untergrund auszumachen. Vorsichtig ging er zum Burgbrunnen hinüber.

Ein Schreien. Jetzt ganz eindeutig! Jemand hatte verzweifelt geschrien! Leise tapste er im Schatten der Mauer zum anderen Ende des Hofes. Er erstarrte. Das Burgtor war sperrangelweit offen. Das sollte doch eigentlich nachts immer geschlossen sein! Der Junge wollte sich gerade an die dicke Holztür drücken, die ihn ins Innere der Burg brachte, als diese aufgerissen wurde, Ihn jemand packte und er hineingezogen wurde. Er wollte schreien. Doch derjenige machte: „Psst! Ich bin's nur!"

„Noah!", atmete der Stallbursche erleichtert auf.

„Ganz recht", zischte der alte, gebückte Mann. Er war der Bibliothekar auf der Burg und hatte sich ein Buch unter die Achseln geklemmt.

„Was ist los?", fragte der Junge.

„Was los ist? Die ganze Burg ist in Aufruhr. Man munkelt von einem Überfall!"

Der Junge legte den Kopf schräg. „Dafür ist es hier aber ziemlich leise, oder?"

Noahs Augen weiteten sich und er flüsterte: „Psst, nicht so laut! Es sind keine gewöhnlichen Gegner, mit denen wir es hier zu tun haben!"

„So?"

„Ja, du wirst mir nicht glauben, aber sie können dich in Luft auflösen!"

Der Stallbursche lachte laut los. „Und das soll ich dir…"

Weiter kam er nicht, er hatte gerade eine Ohrfeige einkassiert. „Wenn du nicht sofort leise bist, hören sie uns!", grollte der Bibliothekar und klappte sein Buch auf. Es hieß: „Verhalten bei Überfällen aller Art".

Der Junge lächelte mitleidig. Der Alte musste verrückt geworden sein. Im nächsten Moment erschallte wieder ein Lachen. Und der Stallbursche beschloss, selber nachzusehen.

Er folgte dem Geräusch immer weiter durch die dunklen Flure. Schließlich stand er vor der Tür des Versammlungssaals. Wie das Burgtor stand sie weit offen.

Und was er dort sah, ließ sein Herz schneller schlagen. Sein Burgherr Sebastian van Torquil am Boden liegend. Über ihm stand eine große, in eine dunkle Kapuze gehüllte Gestalt. Sie stand so, dass der Junge ihr Gesicht nicht sehen konnte.

Und weil die beiden leise redeten, dauerte es eine Weile, bis der Stallbursche verstand. Gerade sprach die dunkle Gestallt: „Du hast keine Hoffnung mehr. Wir werden alle in dieser Burg vernichten. Du fragst dich wieso? Nun, weil ihr uns im Weg stehen könntet, dieses Land zu unterjochen! Die Edans werden immer siegen!"

Langsam hob die dunkle Gestalt die Hand. Der Angstschweiß klebte seinem Herrn auf der Stirn. Der Stallbursche wollte hinrennen, ihm helfen, doch er wurde zurückgehalten. Ein blauer, heller, unsagbar heißer Lichtstrahl schoss aus der Hand der Gestalt. So dass der Junge schützend die Hände vor seine Augen hob. Als er sie vorsichtig wieder herunternahm, war sein Burgherr verschwunden.

„Und? Jetzt hast du es auch gesehen, nicht wahr?", sagte Noah mit rauer Stimme von hinten.

Der Stallbursche nickte langsam, er konnte die Augen nicht von der Stelle abwenden, an der sein ehemaliger Herr gelegen hatte. Doch Noah zog ihn schnell weg, denn die dunkle Gestalt drehte sich zu ihnen um und marschierte zum Ausgang.

Während sie rannten, keuchte Noah: „Es gibt noch mehr von ihnen hier, lass uns verschwinden, doch davor müssen wir noch den Sohn unseres Herrn in Sicherheit bringen. Er schläft in seinem Zimmer!"

Der Stallbursche nickte, doch dann hörten sie Schritte hinter sich. Die beiden beschleunigten noch mehr und liefen wieder hinaus auf den Burghof und durchquerten ihn bis zu einer anderen Tür.

Dabei verlor Noah sein Buch, doch nun rannten sie doppelt so schnell weiter ohne sich noch einmal nach dem Buch umzudrehen. Sie stießen die Tür auf und waren wieder in der Burg. Sie kamen an eine Abzweigung und nahmen die linke. Immer weiter, dann standen sie plötzlich einer dunklen Gestalt gegenüber, sie hob die Hand und Noahs Schreien hallte noch von den Wänden wider, als er schon längst zu Staub zerfallen war.

Blindlings rammte der Stallbursche seinen Gegner zur Seite und lief weiter.

Noch zehn Schritte bis zum Sohn des Fürsten. Noch fünf. Noch vier.

Er rannte in einen Gegner hinein, der direkt an der Tür des Zimmers des Fürstensohns stand.

„Tja, tut mir leid, mein Kleiner!", sagte der Feuermensch und hob die Hand. „Das ist wohl dein Ende."

Es blitzte. Der Junge war zur Seite gesprungen und der Wandteppich hinter ihm brannte. Doch der Feuermensch schoss noch einmal. Das blaue Licht fuhr direkt in die Brust des Stallburschen. Der Junge konnte zusehen, wie sein eigener Körper zu Staub zerfiel. Seine letzten Gedanken waren: „Es ist aus. Alessio wird sterben!"

…

Als der letzte Burgbewohner und sogar die Stalltiere zu Staub zerfallen waren, versammelten sich die Fünf im Burghof.

„Gute Arbeit", sagte der Anführer. „Der Fürstenjunge war tatsächlich nicht in seinem Bett?"

„Nein!“, antwortete ein anderer. „Das Bett war leer!“

„Na, dann wird er auch schon verschwunden sein! Wir haben wieder eine Gefahr weniger!“

Die anderen nickten bedächtig. In den roten Augen ihres Anführers leuchteten die Sterne. Er zeigte zur Burgflagge, die oben auf einem Turm wehte und sie ging in Flammen auf. Er brannte ein schwarzes „E“ in das Burgtor, dann gingen die Fünf zurück zu ihren Pferden.

„Der Kampf“, erklärte er ihnen, „hat noch nicht einmal begonnen!“

Teil 2

Der Kampf gegen das Feuer

17

AUFKLÄRUNGEN

Wie eine Schnecke mit ihren Fühlern ließ die Sonne zaghaft ihre Strahlen über das Zeltdorf und die ganze Prärie gleiten. Ein neuer Morgen brach an. Marco starrte an die lederne Decke. Man hatte ihm, Alessio und Nox ein Zelt aufgebaut, in dem sie übernachtetet hatten. Er rieb sich die Augen und schlug das Fell, mit dem er zugedeckt worden war, zur Seite und setzte sich auf. Nox und Alessio waren schon weg.

Während er sich anzog, dachte er darüber nach, was als Nächstes passieren würde: Vorerst würde es nicht zurückgehen. Nein, ein kleiner Ausflug würde es nicht werden – das hatte er in dem Augenblick gewusst, als sie der König losgeschickt hatte.

Sie waren zwar hier, der dritte Amulett-Träger war gefunden, doch der Auftrag noch nicht beendet. Marcos Amulett fehlte. Ihm schmerzte der Gedanke daran, dass dieser Ceores es immer noch hatte. Das einzige, was er von seinem Großvater erhalten und noch aufbewahrt hatte, war verloren. Er würde es sich nie verzeihen, was geschehen war. Er dachte an Mara und Chiara in Larid, - sie schienen ihm so weit weg…

Als er sein Hemd zugeknöpft hatte, hob er die Plane an und schlüpfte aus dem Zelt. Im Schatten war es kühl, doch wenn man hervortrat, konnte man schon die Sonne auf der Haut spüren. Er schlenderte zwischen den vielen Zelten und den

Schnüren, mit denen sie befestigt waren, herum und hielt die Augen nach Alessio, Falk oder Nox auf.

Nox fand er nicht. Aber dafür Alessio und Falk. Sie liefen, genau wie er, herum und schienen ganz amüsiert. Marco wurde neidisch auf Alessio und er lief zu ihnen hin.

„Na, ausgeschlafen?“, fragte Falk.

„Nein!“, antworte Marco lächelnd. „Warum seid ihr alle schon so früh auf?“

Tatsächlich war alles schon auf den Beinen und Falk meinte: „Ihr seid doch tagelang durch die Prärie gelaufen, oder? Wir stehen früh auf und legen uns dafür mittags noch einmal hin. Wegen der Hitze!“

Marco begriff und eine Weile liefen sie einfach noch so herum, bis Navajo auf sie zukam. Seine Haare standen in alle Richtungen ab und er hatte sich die Gesichtsbemalung von gestern weggewischt.

Er wünschte einen guten Morgen und bedeutete ihnen, ihm zu folgen.

Er führte sie zum Zelt des Häuptlings und als sie eingetreten waren, standen da noch Jan, Mika, Nox und die Wache, die sie hergeführt hatte: Jeremiah. Nox lächelt ihnen aufmunternd zu, doch der Rest machten ernste Gesichter.

Als auch Navajo hinzugetreten war, begann Jan. „Wie schön das Fest gestern auch gewesen sein mag, wir stecken in den Vorbereitungen eines eventuell eintretenden Krieges!“

Wie? Marco runzelte die Stirn. Doch er schwieg und ließ den Häuptling weiterreden: „Wir wissen aus verlässlichen

Quellen, dass der Feind eine Invasion plant. Der Angriff auf euch durch einen Feuermenschen bestätigt es nur, dass sich langsam wieder etwas rührt."

„Außerdem", meldete sich Navajo zu Wort, „passieren gerade im ganzen Land merkwürdige Dinge. Gerüchte gehen um. Die Besatzung ganzer Burgen, die unter dem Befehl des Königs stehen, haben sich in Staub aufgelöst."

Alle Blicke wandten sich zu Alessio. Der blinzelte heftig, sagte aber nichts. Jeremiah brach das Schweigen. „Es ist, als wären diese Burgen alle schlagartig verlassen worden."

„Alessio", wandte sich Jan an ihn. „Ist dir irgendetwas seltsam vorgekommen, war etwas anders als normal, bevor du die Burg verlassen hast?"

Alessio schluckte. „Es war alles etwas unordentlicher… die Burgflagge war verkohlt. Und das Burgtor stand weit offen, jemand hat ein schwarzes *E* hineingebrannt."

Mika nickte. „Genau wie in all den anderen Burgen und Höfen. Das lässt darauf schließen, dass es ein und dieselben Angreifer waren."

Navajo runzelte die Stirn. „Es lässt sich sogar sagen, *wer* sie waren!"

Marco merkte, wie er die Luft anhielt. Jan kniete sich hin und schaute Alessio in die Augen. Der erwiderte den Blick. „Ein großes *E,* sagtest du? Alessio, hör mir gut zu. Wir wissen, wer es gemacht hat. Wir wissen es. Es waren die Feuermenschen. Daran besteht kein Zweifel. Schon früher haben sie ihr Werk mit einem *E* gekennzeichnet. Sie nennen sich selbst ***Edans***!"

Schweigen breitete sich aus. Alessio hatte eine steinerne Maske aufgesetzt, die keine Emotion verriet – das konnte er erschreckend gut. Nur seine Lippen zitterten ein wenig. „Sind sie tot?“, flüsterte er.

Jan schüttelte leicht den Kopf. „Nein, sie sind… Nicht mehr da!“

Marco sah wie Nox bleich um die Nase wurde. „Du meinst…“

Navajo erklärte: „Eine ihrer schrecklichsten Eigenschaften. Auch wenn sie nur Feuermagie in Grenzen besitzen – etwas haben sie von den Phönixen geerbt. Sie zeigen auf dich, und du bist – Staub. Es gibt…“

„Gibt es eine Möglichkeit, sie zurückzubringen?“, unterbrach ihn Alessio. Nox lächelte stumm. Navajo nickte: „Es gibt eine. Doch sie ist schrecklich und gefährlich. Laut Gerüchten kommen sie wieder zurück, wenn man denjenigen, der es getan hat, mit Gewalt umbringt. Doch wenn er bereits eines natürlichen Todes gestorben ist, gibt es diese Möglichkeit nicht mehr.“

„Aber wie soll das gehen?“ Alessio redete immer schneller. „Woher sollen wir wissen, wen wir umbringen müssen. Wir müssen wohl alle umbringen, aber, aber wie? Und warum bin ich nicht auch aufgelöst worden?“

Schweigen. Schließlich meinte Jan. „Wahrscheinlich lag es an dem Amulett. Es hat beschützende Eigenschaften. Weil du in Lebensgefahr warst, hat es dich unsichtbar gemacht. Außerdem… Wir haben lange nach den Feuermenschen geforscht und wir können uns, nach unseren Quellen, einigermaßen vorstellen, wo sie sich aufhalten."

„Was für Quellen?", fragte Nox.

„Eine Quelle besser gesagt", antworte Jan. „Jemand Unbekanntes, der sich als *Abtrünniger Feuermensch* ausgibt. Er hat einen Umschlag bei uns abliefern lassen."

Nox zog eine Augenbraue nach oben. „Und darin stand, wo sich die Feuermenschen aufhalten und dass sie eine Invasion planen?"

„So ähnlich", schaltete sich Jeremiah zu Wort. „Im Umschlag war eine zusammengefaltete Landkarte, wo jemand ein Kreuz über dem Gebirge gemacht hat. Von dem Kreuz geht ein Pfeil auf Rae. Daneben steht das Wort: *Feuerinvasion.* Das kann jeder richtig interpretieren."

„Und wo ist sie? Stehen da noch mehr Informationen?", fragte Nox.

Jan holte einen Umschlag hervor und zog eine Karte heraus, auf der man das Land sah: Rae – sogar Larid war vermerkt. Das Kreuz und der Pfeil waren wie von Jeremiah beschrieben darauf zu sehen.

„Der König der Feuermenschen heißt anscheinend Alvoc. Außerdem scheint er anders wie bei einem normalen Feuermensch auch ein drittes, viertes, ja jedes mal wieder neu aufzuerstehen. Mit ihm persönlich brauchen wir uns also nicht anlegen. " Jan drehte die Karte um. „Hinten steht darauf: *Der Sohn tauchte wieder auf – keinem schien's zu behagen. Und die Flammen begannen wieder höher zu schlagen...* "

„Hä?", Alessio schaute fragend in die Runde.

„Darüber haben wir länger brüten müssen!", meinte Navajo. „Bis uns auffiel, dass das eine Erweiterung des Feuermenschengedichts ist!"

Marco zuckte zusammen und sah Nox an. Der nickte. Das Feuermenschengedicht: Der Text, den Nox damals im Wirtshaus vor dem großen Wald für Marco zitiert hatte!

„*Er gab ihm nicht zurück seinen Sohn, er starb und es gab für ihn keinen Lohn. Es wurde ein neuer König entschieden, der brachte zurück den Frieden. Man muss zwischen Gut und Böse trennen: Das Feuer kann wärmen oder verbrennen*", wiederholte Navajo die letzten Sätze des Gedichts. „Und dann: *Der Sohn tauchte wieder auf – keinem schien's zu behagen. Und die Flammen begannen wieder höher zu schlagen*... Der Sohn – damit ist wohl dieser Alvoc gemeint."

„Ihr plant auf der Basis eines absolut *nicht* vertrauenswürdigen Briefs einen Krieg!", stellte Nox in den Raum. „Es könnte ein Hinterhalt sein!"

„Ja, es könnte der Versuch sein, auch noch uns aus dem Weg zu schaffen, aber was bleibt uns anderes übrig?", fragte Navajo und runzelte die Stirn. „Das ist unser einziger Anhaltspunkt. Ich kann uns von der Magie der Feuermenschen schützen. Sie können uns also nicht wegzaubern, wie sie es bei den Fürsten gemacht haben. Außerdem lassen sich die Absichten des Verfassers mit der richtigen Methode nachprüfen…"

Nox war immer noch nicht überzeugt: „Wir wissen nicht viel über die Feuermenschen und ihre Pläne. Selbst wenn es kein Hinterhalt ist – es ist unverantwortlich!“ Jan schüttelte den Kopf. „Den Feuermenschen stellen müssen wir uns so oder so. Lieber greifen wir sie an, als abzuwarten, bis sie Rae vernichten. Du hast die Gerüchte gehört, Prinz. Sie sind wahr. Sie wollen anstelle deines Vaters stehen, wie sie es zu der Zeit der Hüter wollten. Doch weil die Hüter sie nicht umgebracht haben, werden wir es tun.“

Navajo räusperte sich. „Das Problem ist, dass sie nicht leicht zu besiegen sind. Beim ersten Mal gehen sie in Flammen auf und entstehen aus ihrer Asche wieder neu. Und haben noch mehr Kraft. Das geht schnell vonstatten. Erst wenn du das zweite Mal sie triffst, sind sie wirklich erledigt.“

Langsam begann Nox zu nicken. „Ich glaube wir haben ein neues Ziel.“

…

Alessio schmiss sich auf seine Schlafstelle. Marco und Falk waren nach der Besprechung noch geblieben, um sich mit Nox zu unterhalten, doch er legte sich schon einmal hin.

Es war Mittag, und alle zogen sich in ihre Zelte zurück. Ab nun stand es fest. Nox wollte gegen die Feuermenschen und mit den Pacos kämpfen. Alessio wusste nicht, was er davon halten sollte. Er wollte unbedingt seinen Vater zurück. Das ging aber nur, wenn man die Feuermenschen besiegte. Er, Falk und Marco hatten darauf bestanden, mitzukommen. Obwohl sie eh nicht mitkämpfen durften. Sie hatten schließlich nach allem hier ein Recht darauf, Nox zu begleiten.

Doch eigentlich hatte sich Alessio ihre Suche nach dem Amulett-Träger ganz anders vorgestellt. Viel lustiger und nicht mit einem gewaltigen Kampf.

So wie Navajo ihre Gegner beschrieben hatte waren sie ja unbesiegbar! Sein Amulett hatte ihn geschützt, ja? Warum waren er und Marco dann nicht auch unsichtbar geworden in der Nacht mit Ceores? Da war er wohl in Lebensgefahr gewesen, oder? Fragen über Fragen.

Alessio wollte nicht, dass Nox, Navajo oder Jan starben. Er wollte einfach nur Ivan finden.

Und mit ihm durch die Lüfte fliegen. Er vermisste Ivans tiefe, beruhigende Stimme. Er roch wieder einmal an seinem Ärmel. Seine Kleidung war eine der wenigen Sachen von Torquil. Doch selbst die roch nicht mehr wie am Anfang der Reise nach zu Hause! Er war unglücklich und wusste nicht wohin.

18

YAFATERMORGANA

Die Tage flogen dahin als seien es Augenblicke. Marco wollte gar nicht glauben, dass sie jetzt schon eine Woche im Lager der Pacos waren. Sie hatten die Zeit schön verbracht.

Doch Morgen wollten sie schon losziehen. Erst einmal zu den Chatoons – das war der Bruderstamm der Pacos.

Er lagerte auch in der Nähe der Wüste, doch einige Reisetage entfernt. Wenn die Pacos richtig vermuteten, dann entfernten sie sich zwar eher von dem Aufenthaltsort der Feuermenschen, doch sie mussten zu den Chatoons, sie fragen, ob sie ihre Truppe unterstützen wollten.

Ja, es war der letzte Tag vor dem Aufbruch und Falk, Marco und Alessio wollten ihn genießen. Nach dem Mittagsschlaf machten sie sich zusammen mit Navajo und Nox auf den Weg in die Wüste.

Sie liefen Nox und Navajo voraus, die sich unterhielten und dementsprechend langsam vorankamen. Marco liebte es, in der Wüste zu laufen. Es war so viel Platz, man könnte sein ganzes Leben lang durch diese Wüste rennen.

„Wohin gehen wir eigentlich?“, fragte Marco Falk.

„Hier in der Nähe ist nichts als Sand. Wenn wir aber ein gutes Stück laufen, könnten wir bald bei einem kleinen Teich ankommen. Der ist noch vom letzten Regen übrig.“

Alessio sagte nichts dazu. Marco fiel auf, dass er eigentlich schon lange nicht mehr viel gesprochen hatte. Er vermisste Alessios Lebendigkeit von früher. Es würde dem Fürstensohn wahrscheinlich sehr gut tun, wenn jetzt Max, sein bester Freund aus Auroras Räuberbande bei ihm wäre. Obwohl…

Die Pacos hatten eher die Nase gerümpft, als sie von der Bande hörten. Anscheinend hatten auch sie schon mit der Bande Bekanntschaft gemacht, und Marco wusste wirklich nicht, ob das gut gehen würde! Wieder einmal wandten sich seine Gedanken Aurora zu…

…

Alessio schnaufte. Er musste zusehen, dass er den beiden großen Jungs hinterherkam. Die beiden liefen ihm auch so dauernd davon. Er war der Kleine und durfte nicht immer dabei sein. Jetzt, da Nox nichts anderes zu tun hatte, schaute dieser plötzlich darauf, dass Alessio nicht zu spät ins Bett ging.

„In Torquil durfte ich immer ins Bett gehen, wann ich wollte!", verteidigte er sich dann immer. Obwohl er selbst zugeben musste, dass es nicht ganz stimmte.

Er schielte zu Nox nach hinten. Er war immer von seinem Vater ins Bett gebracht worden und den konnte Nox nicht ersetzten. Niemand konnte das! Und Alessio fand es einfach nur unfair, wenn Marco dann noch ewig weg blieb. Es behagte ihm nicht, alleine nachts im Zelt zu liegen.

Endlich hatte er zu Falk und Marco aufgeholt. Falk lächelte, holte Atem und meinte: „So! Jetzt haben wir es gleich geschafft!"

Sie warteten bis Nox und Navajo wieder ein Stück weit aufgeholt hatten, dann machten sie sich wieder ans Rennen. Falk führte sie sicheren Schrittes durch das Meer aus Sand. Für Alessio sah alles gleich aus. Manchmal sank man, wenn man stehen blieb, etwas ein, an anderen Stellen war der Sand fester und man konnte problemlos darüber laufen, ohne dass man im geringsten gegen den Sand ankämpfen musste.

Man sah nicht einmal das kleinste bisschen Grün. Doch das sollte sich bald ändern. Sie liefen gerade eine längere ebene Fläche entlang, da sahen sie etwas, das sich vom sonstigen Gelb abhob. Dunkel erkannte man Umrisse. Und als sie etwas weiter gehastet waren, sahen sie eine kleine feuchte Mulde, in der Gestrüpp wucherte. Alessio schien es, als würde die Luft vor ihm seltsam flimmern. War das nur die Hitze oder… was war das?

„Oh, schade. Das Wasser ist schon wieder weg." Falk zuckte mit den Schultern. „So schnell geht das hier!"

Alessio blickte sich um. Nox und Navajo waren noch nicht zu sehen. Er runzelte die Stirn und blickte wieder in Richtung der Mulde. Irgendetwas zog seine Aufmerksamkeit am Rande des ausgetrockneten Teichs auf sich. Was war es?

Marcos Stimme klang merkwürdig: „Alessio, alles in Ordnung?"

Gestrüpp. Am Rand der Mulde. Nichts weiter als Gestrüpp. Warum starrte er dauernd auf die andere Seite der Mulde, ihm wurde leicht schwindlig.

„Alessio, alles in Ordnung?“ Falks Stimme schien von weit her zu kommen. Leise. Jetzt hört er etwas anderes. Was war das für ein Geräusch? Wer sprach da zu ihm?

Er wankte. Marco fing ihn auf, dass er nicht umkippte. *Nein! Nein Marco! Ich falle nicht um. Ich, ich… Mir ist nur etwas…*

Falk und Marco schienen wild auf ihn einzureden. Er hörte sie nicht mehr wirklich. Nur noch Fetzen. Was hatte Marco da eben gesagt: „Hitzeschlag?“

Nein, Marco! Ich habe keinen Hitzeschlag! Andrerseits… *Was? Ich höre euch nicht!* Er konnte nichts mehr hören! *Ich kann euch nicht…*

Hörst du mich?

Wer? Hatte jemand gesprochen?

Ja, ich.

Nein. Nein, ich sehe keinen.

Marco hüpfte vor ihm wild auf und ab und schien jemandem, der hinter ihm stand, etwas zu brüllen. Alessio wurde klar, dass sein Blick immer noch auf dieselbe Stelle gerichtet war, wie zuvor

Ich sehe dich aber, das ist das Entscheidende.

Wo? Wer? Wer bist du?

Die Stimme schien verunsichert. *Wer? Wer ist Wer?*

Alessio hielt sich den Kopf. Er hatte plötzlich starkes Kopfweh. Kopfweh. *Ich habe Kopfweh.*

„Alessio!“

Die Stimme wurde von einer anderen unterbrochen. *„Alessio! Hier!"*, die andere Stimme, war tief, sehr *tief* und beruhigend. Alessio blinzelte.

„Alessio, kannst du mich sehen?"

Auf der anderen Seite der Mulde lag ein silberner Drache. Ivan. Alessio blinzelte noch einmal.

Ivan was machst du hier?

„Dein Vater herrscht nicht. Er regiert!"

Was? Hä? Das war keine Antwort. Bis er sich selbst antworteten hörte: *Wir müssen. Ihm verschlug es die Sprache. Wir müssen. Ich glaube wir müssen fort.*

Ivan sah ihn an. Dann sagte er: *„Steig auf!"*

Plötzlich wurde die Sicht vor Alessios Augen wieder klar. Ivan stand vor ihm. Und wiederholte. „Steig auf."

Nein, nicht Ivan war näher gekommen, er selbst hatte die Mulde umrundet, ohne es zu merken. Er rannte auf den Drachen zu. Dann wurde er plötzlich von hinten gepackt und er konnte nicht weiter. Viel, viel Kraft durchströmte ihn. Er wollte sich losreißen und zu Ivan laufen, doch Nox hielt ihn fest. Wo kam der jetzt auf einmal her?

Ivan begann zu verblassen und stattdessen sah Alessio vor sich das Gesicht von Navajo, der auf ihn einredete. Er verstand. Navajo hatte „Schau mich an!" gesagt.

Alessio hatte sowieso keine andere Wahl. Das letzte, was er sah, war Navajos Gesicht – dann wurde ihm schwarz vor den Augen.

…

Die Sonne fing an, unterzugehen. Die Wüste um sie herum färbte sich goldfarben und der Himmel rot. Sie waren auf dem Heimweg. Nox trug Alessio

Marco fragte: „Und warum ist er plötzlich bewusstlos geworden?"

Navajo antwortete bedacht: „Ich bin kurz in seinen Geist vorgedrungen, und habe ihn einschlafen lassen. Später wacht er wieder auf."

Marco wandte sich an Falk: „Hast du nicht gesagt, Navajo bräuchte irgendwelche Rituale für so etwas?"

Bevor Falk antworten konnte, meinte Navajo: „Naja, man muss keine Rituale durchführen, eher ein paar Regeln beachten. Außer, ich wollte eine ganze Armee bewusstlos machen. Nein hierfür musste ich ihm nur tief in die Augen schauen und seine Handgelenke berühren."

Marco runzelte die Stirn: „Man muss nur tief in seine Augen schauen und seine Handgelenke berühren?"

„…und Magier der Pacos sein!", ergänzte Navajo lächelnd.

„Er ist einer Yafatermorgana zum Opfer gefallen", mischte sich Falk ein.

„Einer was?", fragten Nox und Marco gleichzeitig.

„Einer Yafatermorgana. Das sind unsichtbare Wesen, die verwandt mit den Fata Morganen sind. Die kennt ihr doch, oder?"

Marco nickte leicht. „Diese Wesen, die dich in die Irre führen. Du läufst tagelang in der Wüste umher und siehst endlich einen Brunnen. Du schleppst dich zu ihm hin, und dann ist da nichts!"

„Genau!", nickte Falk. „Ich gebe dir heute Nacht ein Buch von mir mit. Darin steht alles, was du über sie wissen musst."

„Und noch etwas!" Navajo wandte sich an Nox. „Passt so gut auf Alessio auf wie es geht. Er könnte euch noch einmal abhauen."

...

Es war Abend. Nox war noch nicht da, doch Marco lag schon im Schein eines knisternden Feuers und versuchte, das zu entziffern, was in dem schmalen Buch stand, das vor ihm lag. Falk hatte ihn gebeten, gut darauf achtzugeben.

Marco hatte schon lange nicht mehr gelesen und es fiel ihm schwer, was er nie in der Gegenwart von Alessio, dem Fürstensohn, zugegeben hätte.

Das stand in dem Buch:

Yafatermorganen, sind eng verwandt mit Fata Morganen, doch sie sind noch gefährlicher als diese.

Sie täuschen dir zwar nur etwas vor, wenn du einen unglaublich wichtigen Wunsch hast, doch dann viel lebensechter und realer als man erwarten würde.

Sie wissen nämlich immer, ob und welchen Wunsch du hast. Es dauert eine Weile, bis sie die Täuschung zeigen können, doch dann gibt es für ihr Opfer kein Entrinnen mehr! Während alle anderen nichts Besonderes sehen, wird derjenige fast magisch von dem Bild seines Wunsches angezogen. Das Opfer kann dann nicht mehr seine Taten kontrollieren – um jeden Preis will es zu dem Bild von seinem Wunsch dass die Yafatermorgana ihm vorgaukelt. Doch wenn die Opfer zu der Stelle, an der sich die Yafatermorgana aufhält, hingelaufen sind (sie selbst kann sich nicht bewegen), verschwindet nicht nur die Erscheinung, sondern auch das Opfer. Die Opfer werden dann augenblicklich dorthin gebracht, wo sich ihr Wunsch gerade befindet. Also irgendwo auf der Welt. Die Yafatermorganen werden mit jedem, der in sie hinein läuft, stärker und wenn sie alt und stark sind, kann die Fessel der Anziehung zu ihr mehrere Tage anhalten.

Yafatermorganen halten sich hauptsächlich in der Wüste auf. Wenn sie einen „verschluckt" haben, können sie erst nach dem nächsten Tag oder die nächste Nacht wieder Trugbilder aufbauen.

Die Opfer tauchen irgendwo auf der Welt wieder auf und finden selten je wieder zurück in ihre Heimat.

Marco schaute zu Alessio. Der schlief noch immer, von Navajo betäubt. Marco lächelte. Er würde es schon merken, falls Alessio sich wieder auf in die Wüste machen würde.

Wie er sich doch täuschte.

19

ALLES IST VORBEI

Feuer!, hallte es durch die Zelte der Pacos.

Marco stand in der Mitte des runden Versammlungsplatzes und Panik breitete sich langsam in ihm aus. Es herrschte Aufruhr. Sie wurden angegriffen.

Ihre Gegner hatten schwarze Haare und rote Pupillen. Sie mussten nur mit dem Finger schnipsen und ein Zelt ging in Flammen auf.

Feuermenschen! Alle wurden so überrumpelt, dass sie keine Chance hatten, sich zu verteidigen.

Jan lag schon am Boden, Mika auch. Nox kämpfte verzweifelt, doch gegen den Feind war nichts auszurichten! Da, Marco sah Alessio! Er steuerte von dem Kampf und den Zelten weg in die Wüste.

Hoffentlich lief er nicht zur Yafatermorgana! Marco wollte Alessio aufhalten, doch da merkte Marco, dass er in einem großen Lagerfeuer stand. Genauso eines wie an dem Abend, als sie mit den Pacos dass Zusammentreffen der Hüter gefeiert hatten. Und schon wurde er von hinten gepackt und in die Höhe gerissen. Es war ein echter Phönix, der ihn da in die Höhe zog. Bald hatte Marco das ganze Schlachtfeld unter sich. Und da - was er sah ließ ihn den Atem stocken: Plötzlich kam eine ganze, neue Armee, die mithalf, gegen die Feuermenschen zu kämpfen. Die Chartoons! Marco jubelte. Die große Hilfe. Doch der Phönix über ihm verwandelte sich plötzlich in seinen Großvater, obwohl er genauso lachte wie Ceores.

Marco wollte um Hilfe schreien, doch er wurde losgelassen und er fiel hunderte von Meter gen Boden. „Neeeeeiiin!“

Er wollte gerade noch einmal zu einem „Neeeiin“, ansetzten, da –

„Neeeeiiiin!“, schrie Marco. Er schlug die Augen auf, er lag immer noch auf seiner Matratze. Er keuchte und atmete auf. „Was ist denn los?“, Alessio gähnte und guckte verschlafen zu Marco herüber. Alessio zündete eine Kerze an.

„Entschuldigung, ich hatte gerade einen Albtraum.“

„Wo bin ich eigentlich hier“, fragte Alessio durcheinander.

„In unserem Zelt. Wo sonst?“

„Gerade habe ich doch Ivan wiedergefunden.“

Also erzählte ihm Marco die ganze Geschichte mit der Yafatermorgana in Kurzform, denn er war müde.

„Das war nur eine Täuschung?“, fragte Alessio schockiert.

„Ja! Sie hat dich magisch angezogen. Fühlst du immer noch so einen Drang?“

Alessio runzelte die Stirn. „Mich drängt nichts!“

Marco lächelte, wünschte ihm gute Nacht und war schnell wieder eingeschlafen.

…

Auf einmal wurde Marco in dieser Nacht noch einmal wach. Er hatte keinen Albtraum, es war irgendetwas anderes. Irgendwas war nicht so wie sonst. Die Kerze war ausgegangen, aber das war es nicht.

Und plötzlich wusste Marco es: Alessio lag nicht mehr neben ihm. „Alessio? Alessio wo bist du?" Keine Antwort. Er zündete wieder die Kerze an. Kein Alessio zu sehen. Nur Nox, der leise vor sich hin schnarchte. Hastig stieg Marco aus dem Bett und schaute überall im Zelt nach. So lang er auch suchte: Alessio war nicht mehr in diesem Zelt!

Marco hielt inne und starrte an die Zeltwand. Falk hatte ihm geraten Alessio in dieser Nacht festzubinden.

„Wenn Yafatermorganen alt und stark sind, kann die Fessel der Anziehung zu ihr mehrere Tage anhalten."

So hatte es im Buch gestanden.

Alessio war in Gefahr! Vielleicht konnte er ihn noch einholen!

Schnell streifte sich Marco seine Klamotten über und schlüpfte aus dem Zelt. Er musste wieder zum ausgetrockneten Teich.

Über Zeltschnüre stolpernd, lief er aus dem Zeltlager hinaus. Er schürfte sich dabei mehr als einmal die Füße auf, aber er merkte es kaum. Das einzige, was gerade in seinen Kopf passte, war: *Du hättest auf das Buch hören sollen! Wenn er jetzt weg ist, dann ist es deine Schuld!*

Marco wusste nicht, wie viel Zeit vergangen war, seit er mit Alessio gesprochen hatte. Ja, er wusste nicht einmal, ob das auch nur ein Traum gewesen war!

Es war eine helle Nacht, die Sterne und der Mond erleuchteten die Landschaft gespenstisch. Aber für Marco war das nur gut so! Denn so konnte er sich besser zurechtfinden. Jetzt hatte er die Zelte hinter sich gelassen. Er steuerte auf die Wüste zu. Dort! Kleine Spuren führten den Weg entlang, den sie schon gestern Mittag gelaufen waren.

Ein kalter Wind pfiff.

Alles was jetzt zählte, war Alessio! Er durfte nicht in die Yafatermorgana hineinlaufen! Das würde Marco nicht ertragen! Hatte er ihm in dieser Nacht nicht gesagt, dass es sein sicheres Ende sein würde, sich in sie hinein zu stürzen? Anscheinend hatte es nichts gebracht! Die Versuchung war zu stark!

Marco rannte über die Wüste, als wäre ein riesiges Ungetüm hinter ihm her. Aber er fand sich immer noch viel zu langsam. Denn die Spur von Alessio führte einfach immer weiter. Immer weiter hinein in die Wüste. Seinen Orientierungssinn hatte Marco schon lange verloren. Aber das war ihm egal.

Und nach einer halben Ewigkeit, so kam es ihm vor, entdeckte er vor sich die kleine Gestalt Alessios. Doch sie war noch weit entfernt und er ging flott.

Jetzt konnte Marco nichts mehr aufhalten. Er verbrauchte seine letzten Kräfte. Und er erreichte Alessio. „Alessio“, keuchte er. Der Junge drehte seinen Kopf kurz zur Seite und sagte: „Ah, du bist es.“

Aber er stapfte genauso schnell durch den Sand wie zuvor. „Was machst du hier“, fragte Marco. Obwohl er die Antwort längst wusste.

Nach einer schrecklich langen Pause antwortete Alessio: „Ich gehe Ivan besuchen.“

Marco musste schlucken. „Aber ich habe dir doch gesagt: Er ist nur, er ist, er ist doch nur ein Bild der Yafatermorgana, er ist nicht wirklich da. Du darfst nicht zu ihr gehen. Vielleicht bist du dann genauso *Nichts* wie dein Vater."

„Ich darf machen, was ich will! Du hast mir nichts zu sagen", sagte Alessio ruhig, obwohl seine Lippen bebten. „Weißt du, ich habe es noch nie gemocht, dass du dich immer so um mich gekümmert hast. Ich kann selbst auf mich aufpassen! Kannst du mich wenigsten jetzt damit nicht nerven? Es ist doch sowieso alles egal!"

„Aber", Marco verschlug es die Sprache. Alessio hatte offenbar die Kontrolle über sein Tun verloren.

„Nichts, aber." Sie waren bei der ebenen Fläche angekommen. In der Ferne sah man schon die ausgetrocknete Mulde. Alessio deutete nach unten. „Wir sind angekommen. Du bleibst hier zurück! Ich gehe vor!"

Marcos Augen waren feucht, er umklammerte Alessio und hielt ihn fest. „Du darfst nicht gehen Alessio. Du darfst nicht." Er wollte Alessio umarmen, doch Alessio schlug ihm mit der Faust auf die Nase. Sie fing sofort an zu bluten und Marco schossen Tränen aus den Augen. Er hielt sich die Hand auf die blutende Nase. Alessio schubste ihn weg. Dann rannte er über die sandige Ebene. Marco versuchte, ihm hinterherzurennen, doch er konnte nicht mehr. Er war zu schwach, seine Nase tat ihm höllisch weh. Und er knickte mit einem Fuß um und stürzte. Sein Kopf knallte gegen einen vereinzelten Stein. Sein rechtes Bein schmerzte, als hätten ihn auf einmal hunderte von Bienen gestochen.

Benebelt schaute er nach vorne. Alessio war fast bei der Mulde angekommen, er lief schon richtig und man hatte das Gefühl, dass ihn irgendetwas anzog. „Alessio", brüllte Marco. Er versuchte aufzustehen. Es gelang ihm nicht.

Alessio wandte sich nicht ein einziges Mal um. Er blieb kurz noch einmal stehen und roch an seinem Ärmel. Dann wurde Alessio ganz schnell, plötzlich knallte es. Sand wirbelte Marco um die Ohren. Als Marco hustend, den Mund voller Sand, wieder zu der Stelle hinguckte, wo Alessio gestanden war, sah er nur grünlichen Rauch zum Himmel aufsteigen. Als hätte man dort etwas Giftiges verbrannt.

Der Rauch leuchtete in der Nacht, doch bald hatte er sich auch schon verzogen.

20

DER ZAUBERSTAB

Über Stock und Stein hatte er sich geschleppt. Ohne Hoffnung jemals ans Ziel zu kommen. Doch er hatte nicht aufgegeben. Ja, das Gebirge war groß und seine Gipfel hoch, doch wenigstens kannte er die Wege. Sie verliefen mal breit, mal schmal, immer darauf bedacht, dass keiner sie entdeckte. Und alle, das wusste er, führten zu dem Ort, an den er die ganze Zeit fieberhaft dachte: Die Festung.

Wenn er erst einmal angekommen war, ja dann würden sie ihn alle gerne wieder aufnehmen. Er hatte zwar nur ein einziges Amulett, doch Alvoc würde doch sicher auch mit dem etwas anfangen können, oder? Vielleicht wurde er nicht gleich zum General ernannt, doch aufnehmen und ihn von seinem Schicksal befreien, würden sie ihn doch! Er war lange nicht mehr da gewesen und sehnte sich nach Gleichgesinnten. Er wollte wieder Leute aus seinem Volk sehen und mit ihnen reden. Vielleicht konnte er ihnen ja nützliche Informationen über Rae liefern!

Ihm fehlte sein Pferd. Ohne es dauerte es so lange bis zum Ziel. Hoch erfreut war er schließlich, als er einen Edan sah. Er kam in einer teuren Kutsche, die von zwei Pferden gezogen wurde. Und: Er kannte ihn! Er kannte den schwarz gekleideten Kutscher: „Kic!“, rief er hoch erfreut und winkte, - setzte sein herzlichstes Lächeln auf. Er kannte den Kutscher, doch sie waren nie wirklich Freunde gewesen. Oft hatten sie sich gestritten.

Der Kutscher hielt an. „Wer bist du und wie kannst du es wagen, mich anzuhalten?“

„Erkennst du mich nicht mehr? Ich bin’s, Ceores! Warum darf man dir nicht einmal mehr winken?“

Kic runzelte die Stirn. „Ceores? Bist du nicht endgültig verstoßen?“

Ceores lächelte angespannt. „Ja, eigentlich schon, aber ich habe etwas, das unserem Meister gefallen wird! Da könntest du mich noch das kleine Stück mitnehmen, oder?“

„Warum sollte ich? Was soll das denn bitte schön sein? Ein Wiedergutmachungsgeschenk? Ein netter Kieselstein, den du gefunden hast? Du siehst nämlich ziemlich heruntergekommen aus!“

„Quatsch, kein Kieselstein! Etwas sehr Wertvolles. Und warum du mich mitnehmen solltest? Du bekommst einen besseren Posten und Ruhm, denn du bist derjenige, der mich mit dem Geschenk hergebracht hat!“

„Einen besseren Posten?“ Kic lächelte süßsanft. „Ich bin bereits schon höchster General des Meisters!“

Ceores hob eine Augenbraue. „Ach wirklich?“

Kic nickte. „Steig ein!“

Ceores lächelte dankbar und tat, wie ihm geheißen. So ging die Fahrt wieder los und Ceores musste nicht laufen. Doch nach einer Weile fragte Kic: „Was ist es denn? Dieses Wertvolle?“, in seinen Augen lag reine Gier.

Ceores, der sich nur zu gut an Kics Sucht nach Gold und anderem erinnern konnte, schwieg.

„Also?“, fragte Kic ungeduldig. „Zeigst du es mir?“

Mit einem Kopfschütteln verneinte Ceores und sagte: „Du wirst es schon sehen, wenn ich es unserem Meister gebe.“

Ruckartig drehte sich Kic um. „Wie bitte? Du zeigst mir auf der Stelle dein Geschenk oder du landest wieder auf der Straße! Außerdem ist es *mein* Meister und nicht deiner. Du wurdest verstoßen!“

Ceores lehnte sich zurück, lächelte und meinte: „Hatten wir nicht eine schöne Kindheit? Konnten je nach unserem Belieben mit Feuer spielen, während Elvac eine Schlacht nach der anderen gewann.“

„Mach dich nicht über den Vater des Königs lustig!“

So landete Ceores sehr schnell wieder auf der Straße.

„Naja, er gewann *fast* immer!“ Er stöhnte, richtete sich auf und machte sich auf den Weg zu seinem Ziel.

…

Je weiter Ceores nach oben kam, desto kälter wurde es. Hier und da lag jetzt Schnee und ein eisiger Wind pfiff um das Gebirge. Er hatte Angst, dass er die falschen Abzweigungen gewählt hatte. Doch es stellte sich heraus, dass er den Weg noch gut kannte, den er vor über zehn Jahren das letzte Mal hinabgeschritten war. Damals vor Reue zerstört, traurig, hoffnungslos und verwirrt darüber was er falsch gemacht hatte. Doch nun hatte er wieder Hoffnung. Und jetzt stand er direkt vor seinem Ziel. Die Festung sah noch genauso aus, wie er sie in Erinnerung hatte. Darum herum die Wiesen und die kleinen Hütten, während die Festung selbst mit ihren vielen Verteidigungsringen den Mittelpunkt bildete. Als Ceores schließlich von einer Wache eingelassen wurde, sagte man ihm, dass gleich ein Bediensteter kommen würde, der ihn zu einem Zimmer brächte.

Er erwartete einen niederrangigen Diener, doch an der Brust seines Führers hing das Abzeichen des Generals. Es war niemand anderes als Kic, höchstpersönlich. Der zog eine Augenbraue hoch. „Was für eine Überraschung! Auch mal da?“

Ceores warf ihm einen wütenden Blick zu und er hasste Kic dafür, dass Kic ihn einfach übersah: „Ich zeige dir deine Schlafmöglichkeit, der König kann deinen unerwarteten Besuch erst morgen zur Kenntnis nehmen!“

Damit wurde Ceores durch lange Flure zu einer Tür geführt, Kic stieß sie auf und es war nichts weiter zu sehen als ein kleiner, fensterloser Raum mit hartem Steinboden.

„Darin soll ich schlafen?“, fragte Ceores aufgebracht. „Das ist eine Zelle!“

„Die natürlich zugesperrt wird!“, nickte Kic. „Du bist verstoßen und bist doch zurückgekehrt! Sei froh, dass wir dich nicht in der Folterkammer übernachten lassen! Gerne hätte ich das auch gemacht, aber die anderen wollen damit erst noch warten!“

Damit schloss Kic ab. Doch dann hörte Ceores seine Stimme von draußen: „Kannst du mir wenigstens jetzt verraten, was dein Geschenk ist?"

Und als Ceores nicht antworte, hörte er Kic von draußen schnauben.

…

Er musste fast bis Mittag des nächsten Tages warten, bevor er aus der Zelle geholt wurde. Er wurde – diesmal von einem normalen Diener – in einen großen Versammlungssaal geführt. Darin saßen hunderte Edans vor einem silbernen Thron.

Auf dem Thron saß Alvoc. Seine Knie wären ihm beinahe eingeknickt, solche Angst durchfuhr ihn, als er zu Alvoc aufschaute, Alvocs Blick war hart.

„Was willst du?"

„Mein Vater!", Ceores Lippen zitterten. „Du kannst dir nicht vorstellen, was für eine Ehre…"

„Nenne mich Gebieter!", unterbrach ihn sein Vater gereizt. „Es mag eine Zeit gegeben haben, da wir Vater und Sohn waren, doch die ist vorbei!"

„Nun gut, G-Gebieter, Alvoc. Ich habe ein Geschenk für dich. Es wir dich freuen."

„So? Etwas, was mich freut, ja!" Dann sprach Alvoc leise, doch in seiner Stimme schwang so viel Hass mit: „Denkst du, so könnte ich all das, was du getan hast, wieder vergessen?"

„N-Nein! Natürlich nicht, doch höre meine Geschichte!"

„Ich und alle anderen lauschen!“, forderte ihn Alvoc auf, als Ceores schwieg.

„Gut!“ Ceores räusperte sich. „Als Ihr mich verstoßen habt, bin ich erst einmal wahllos durch die Gegend geirrt. Keine Ahnung wie ich es schaffte, an das Meer zu kommen. Ich schlug mein Lager auf und blieb dort erst einmal. Ich hatte wahnsinnigen Hunger und Durst, weil meine Vorräte zur Neige gegangen waren.

Doch ich war zu kraftlos, um wieder zurück in den Wald zu laufen. Außerdem fürchtete ich dort Eure Späher. Und im Flachland gab es außer ein paar Hasen nichts, was man essen konnte. So blieb mir nichts anderes übrig, als Jagd auf Fische zu machen. Allerdings schwammen an meinem Strand meist nur winzige Fische vorbei, von denen ich kaum satt wurde.

Schließlich wurde ich von einem alten Menschen-Fischersmann gefunden. Der nahm mich mit seinem Boot mit nach Rae und gab mir zu Essen und zu Trinken!“ Ceores blickte verlegen in dir Runde. „Ihr wisst nicht, wie gerne ich abgelehnt hätte. Doch wenn ich überleben wollte, musste ich auf sein Angebot eingehen. Bei ihm in seiner ärmlichen Hütte gab es zwar fast auch nur Fische, doch sie waren größer und hin und wieder leistete er sich für uns von seinem wenigen Geld auch etwas Besseres. Ein Stück Fleisch und Salat, oder so. Ich schlief immer auf dem niedrigen Dachboden.

Bald musste ich aber merken, dass das ganze einen Haken hatte: Der Alte pflegte mich und hielt geheim, dass ein Feuermensch direkt in Rae lebte, dafür bestand er darauf, dass ich mit seiner Hilfe selbst einen Bann über mich legte. Würde ich zukünftig einen Menschen töten, müsste ich ebenfalls in unendlichen Qualen enden.

So stahl ich mich davon: Ich war wieder zu Kräften gekommen und konnte jagen gehen. Nur traute ich mich nicht mehr, Menschen anzugreifen. Das, das, ist schlimm! Überlegt mal! Kein Mensch war vor mir in Lebensgefahr!", redete Ceores gegen das Getuschel und Gegrinse an.

Dann fragte Alvoc: „Und wie hat dieser alte Menschen-Fischer *diese Beschwörung* zu Stande gekriegt? Wie konnte er dich so stark verhexen?"

„Wie?", stottere Ceores. „Er hatte einen langen Zauberstab, hat damit auf mich gezeigt, etwas gemurmelt und dann wurde ich ohnmächtig und als ich aufwachte, lag eben dieser Bann über mir."

„Sehr interessant!", sagte Alvoc mit gespieltem Interesse. „Dass selbst die alten Fischer in Rae Zauberkräfte haben… Na sowas! Weißt du, was ich glaube: Der Fischer hat dich ausgetrickst. Er hat so getan, als hätte er einen Zauberstab und würde dir einen Bann auflegen – es war aber in Wirklichkeit ein normaler Stock. Hat irgendetwas gemurmelt und dich so damit geschlagen, dass du ohnmächtig wurdest! Du weißt, wie schwer es mir fällt, Menschen rechtzugeben, doch an dieser Stelle muss ich sagen: Das hat er gut gemacht!"

Alle lachten schallend los. Kic am lautesten. Und Ceores stand wie betölpelt da. „Nein! Das war ein echter Bann!"

„Woher willst du das wissen?", fragte Alvoc. „Doch erzähle weiter, ich will die ganze Geschichte hören, wie du an mein Geschenk geraten bist!"

Ceores nickte verstört und fuhr fort: „Ich strich jahrelang durch die Gegend und schlug mich irgendwie durch. Klaute ein Pferd, um nicht mehr laufen zu müssen. Doch vor einem halben Jahr kam in mir die Lust hoch, wieder nach Rae zu reiten. Ich wollte wissen, wie es dort aussieht und ob dieser alte Fischer noch lebte. Also tat ich es, doch aus irgendeinem Grund fand ich seine Hütte nicht mehr. So irrte ich in den Gassen umher, bis mich ein Junge ansprach, wo es zum königlichen Schmied ginge. Das kam mir seltsam vor und ich sah ihn mir genauer an. Er trug einfache Kleidung und hatte einen kleineren Jungen bei sich, der im Gegensatz zu ihm, sehr edle Sachen anhatte. Und dann sah ich es: Die beiden hatten das gleiche Amulett um den Hals hängen: Die Amulette der Hüter!“

Schlagartig wurde es still im Saal, alle lauschten nun gebannt auf Ceores Geschichte. Der musste unwillkürlich grinsen und erzählte weiter: „Ich erklärte ihm also, wo der Schmied zu finden sei und folgte ihnen. Sie zu beschatten war reinstes Kinderspiel. Der Schmied war tatsächlich der Sohn von dem Schmied, der die Amulette geschmiedet hatte! Ich konnte es selbst nicht glauben, aber durch den Schmied wurden die zwei Jungen mit dem Prinz auf die Mission geschickt, das dritte Amulett zu holen. Es war wohl bei den Pacos! Ich folgte ihnen weiter, bis durch den Wald in die Schlucht…“, und Ceores erzählte alles: Wie er den ersten Jungen schon gefesselt und dessen Amulett an sich genommen hatte und wie er beim beiden Jungen von dem Prinzen aufgehalten wurde. Wie er sich letztendlich ohne Jungs mit nur einem Amulett hierher hoch zur Festung aufgemacht hatte.

„Und wo ist das Amulett jetzt, das, das du dem größeren Jungen abgenommen hast?“

„Hier!“ Ceores wühlte in seiner Tasche und zog es heraus. Es hing an der Kette und glänzte unverschämt schön.

Alvoc streckte einen Arm aus, und fragte leise: „Bekomme ich es?“

Mit zitternder Hand reichte ihm Ceores das Amulett. Sein Vater hang es sich um den Hals.

Dann schwiegen erst einmal alle Versammelten. Schließlich erhob sich Kic, der mit zwei weiteren am Tisch der Generäle saß. „Mein König?“

Alvoc blickte ihm in die Augen und Kic fuhr fort. „Ich bin der Meinung, dass Ceores jetzt seine gerechte Strafe bekommt. Ich meine, er ist zurückgekehrt – er war verstoßen, und…“

Alvoc hob die Hand und ließ ihn verstummen. „Wir stimmen ab: Wer ist dafür, dass er die Strafe bekommt?“

Nacheinander hob so gut wie jeder, der im Saal versammelt war, seine Hand. Ceores wollte seinen Augen nicht trauen: Gerade hatten alle noch so andächtig zu ihm emporgeblickt und jetzt wollten sie ihn bestrafen. Seine Augen füllten sich mit Tränen. War alles umsonst gewesen? Die mühevolle Wanderung hier hoch? Die ganze Zeit hatte er sich ausgemalt, wie gut alles werden würde, doch jetzt?

„B-bitte!“, stotterte er schluchzend. „Bitte, ich wollte doch nur, nur wieder dazugehören, ich…“

Doch Alvoc unterbrach ihn kalt. „Das Urteil ist gefallen!“, Kein kleines bisschen Mitleid lag in seiner Stimme.

„Nein“, schrie Ceores entsetzt „Vater, bitte! Mein Vater, das Amulett! Es ist doch gut, oder?“

„Es ist nutzlos! Und jetzt komm zu mir. Ich will dich von deinem Bann befreien.“

In Ceores Gesicht spiegelte sich Verständnislosigkeit. „Ich dachte, ich bekomme eine schreckliche Strafe. Und hast du nicht gesagt, dass es den Bann nicht gibt?“

Alvoc schüttelte den Kopf. „Und ob! Den gibt es!“

In Ceores Gesicht breitete sich ein Lächeln aus. „Ich wusste es! Ich wusste es, dass ihr euch über mein Geschenk freuen würdet! Mich bestrafen!“ Seine Stimme wurde immer höher. „Ha! Ihr werdet mich zum General ernennen!“

Alvoc nickte geduldig. „Ja, das werden wir. Aber kommst du jetzt bitte zu mir? Du musst direkt vor mir stehen, damit ich den Bann lösen kann!“

Ceores gehorchte und kniete sich vor den Thron. Doch Alvoc schüttelte den Kopf. „Ab heute darfst du, vor mir stehen, weil…“

Ceores kam sich wie in einem Traum vor. Einem Traum, wie er ihn schon so oft auf seiner Reise hierher gehabt hatte. Er stellte sich stramm, die Brust erhoben, vor seinen Vater.

„Weil“, fuhr Alvoc vor, „du nur noch heute leben wirst.“

Ceores erschrak. „Wie meinst du das?“

Alvoc lächelte. „Ich habe dich immer gehasst!“ Damit erhob er seine Hand und ein Blitz aus blauem Feuer schoss Ceores in die Brust. Noch bevor er überrascht aufschreien konnte, war er schon zu Staub zerfallen.

„Wahnsinnig gewordener Trottel! Nun, gut!“, fuhr Alvoc fort als sei nichts geschehen. „Die Sitzung ist hiermit beendet, ihr könnt gehen!“

Alle erhoben sich, ein Diener fegte den zu Staub zerfallenen Ceores fort. Alvoc hielt den Blick gesenkt, doch er wusste, dass noch jemand vor ihm kniete. Er blickte auf. „Was ist, Kic?“

„Sir, Sie sagten doch, das Amulett sei nutzlos für Sie. Wenn Sie es nicht wollen - also ich meine: Ich nehme es gerne an mich.“

Wortlos überreichte Alvoc Kic das Amulett. Dieser stand auf, verbeugte sich mehrmals vor dem silbernen Thron und verließ den Saal. Zu sich selbst sagte Alvoc: „Jetzt muss sich noch jemand um den Schmied kümmern!“

21

FREUNDE

Vorsichtig hob Marco ein Augenlied, dann das andere. Er blinzelte ein wenig Sand weg und blickte umher. Langsam kehrten die schrecklichen Erinnerungen der letzten Nacht zurück. Und damit auch die Schmerzen.

Es war Morgen. In seinem Kopf wummerte es dumpf und sein Bein tat weh. So blieb er erst einmal liegen und stöhnte. Doch dann fiel ihm ein, dass es bald so heiß werden würde, als säße er in einem kochenden Wasserkessel. Nur - nirgendwo war Wasser zu sehen.

Er musste so schnell wie möglich zu den Pacos zurück! Alessio war verschwunden, doch hier ging es um sein eigenes Überleben! Marco wollte sich aufzusetzen. Ihm war noch immer sehr schwummrig, so dauerte es seine Zeit, bis er saß.

Er spuckte ein wenig Sand und versuchte dann auch gleich aufzustehen.

Es war mühsam. Verzweifelt schaute er hoch zur Sonne. Noch war sie nicht ganz aufgegangen, doch bald würde sie den Sand unter seinen Füßen zum Schmelzen bringen.

Schließlich schaffte er es, stehen zu bleiben. Er probierte die ersten Schritte, musste wieder kurz stehen bleiben. Doch nach und nach konnte er im langsamen Tempo anfangen, zu gehen.

Leider hatte der Wind seine gestrigen Spuren verweht, so konnte er nur in die ungefähre Richtung laufen, aus der er gekommen zu sein glaubte.

Ihm schien es, als wäre er schon eine Ewigkeit gegangen, da wandte er sich um und konnte immer noch die Stelle sehen, an der Alessio letzte Nacht verschwunden war.

Alessio! Wieso hatte er ihn Gestern nur weiter gehen lassen? Er hätte den Fürstensohn doch aufhalten können, oder etwa nicht? Nur wegen einem nicht allzu heftigen Schlag auf die Nase, hatte er sich abhängen lassen. Ja, er war auch gestolpert.

Ich bin ja auch davor schon dort lange gelaufen und bin nicht gestolpert, warf er sich vor. Er hatte versagt. Doch darüber musste er sich später Gedanken machen: Er musste erst einmal hier weg.

Er rief um Hilfe. Doch seine Stimme war so rau, dass sie sich eher wie ein Krächzen anhörte. Er versuchte es immer wieder und bekam es schließlich hin, etwas zu brüllen das sich etwa nach: „Ich bin hier!“, anhörte.

Doch er bekam keine Antwort. Die Wüste war ein eher schweigsamer Genosse. Marco merkte, dass es langsam heißer wurde und überall Sand…

Er musste weiter! Er begann wieder zu laufen.

Stolpernd hastete er dahin.

Und dann sah er sie. Gestalten, die schnell näherkamen. Falk! Und Nox!

Marco rief wieder und winkte.

Bald waren die Beiden bei ihm.

Falk atmete noch schwer vom Laufen: „Marco! Was ist los? Was machst du hier? Wo ist Alessio?“ Seine Stimme erstarb.

Marcos Umarmung war eher ein Abstützen. Er hatte Tränen in den Augen: „Alessio! Ales… - er ist in die Yafamor…“ Weiter kam er nicht.

„Oh nein!“, murmelte Falk bestürzt. „Armer Marco, armer Marco!“

Dann umarmte Marco auch Nox, dem alle Farbe aus dem Gesicht gewichen war. Nox hob Marco hoch und fing an, ihn zurück zu tragen. Marco sah in der Ferne die Berge, durch die sie geritten waren. Irgendwo dahinter war Auroras Räuberbande… Dann fielen ihm die Augen zu.

…

Viel später erwachte Marco, in einige Felle gebettet. Er lag in Navajos Zelt. Gerade hörte er ihn sagen: „Nein, er hat nur eine leichte Gehirnerschütterung und ein angeknackstes Bein.“

„Bist du dir da wirklich sicher?“, fragte eine andere Stimme. Marco brauchte ein bisschen, um zu erkennen, dass es die Stimme von Mika war.

„Absolut, in ein paar Stunden ist er wieder fit.“

Doch jetzt schaltete sich Falks Stimme dazwischen: „Aber wollt ihr nicht schon in einer aufbrechen?“

Wieder Navajo: „Ja, ich weiß wirklich nicht, wie Marco mitkommen soll. Er braucht jetzt Ruhe und wir ziehen in einen Kampf. Immerhin…“

Marco setzte sich auf.

Navajo wandte sich zu Marco: „Oh, hallo Marco!“

Marco nickte und blickte stumm in die Runde. Schließlich fragte er langsam: „Was ist mit Alessio?“

„Was soll mit ihm sein?“, fragte Navajo verunsichert.

„Was mit ihm los ist?“, fragte Marco aufgebracht. „Er ist in eine Yafatermorgana gelaufen. Ich habe es mit eigenen Augen gesehen!“ Er schnaufte. „Sonst ist nichts weiter los!“

Navajo, Nox und Falk blickten sich betroffen an. Marco ärgerte es, dass nicht einmal Falk etwas unternahm, um ihm rechtzugeben.

„Wisst ihr, wie wir ihn zurückholen können?“, fragte er herausfordernd.

Nox runzelte die Stirn. „Marco… Es geht nicht. Er ist jetzt nun einmal weg und…“

„Wisst ihr, wie wir ihn zurückholen können?“, beharrte Marco. „Ich gehe gleich noch einmal zur Yafatermorgana und schaue nach!“ Er stand auf.

„Was schaust du nach?“, fragte Nox zweifelnd.

„Ich werde mir ansehen, wie ich ihn wieder zurückkriege!“

„Ist das dein größter Wunsch?“, fragte ihn Navajo mit hochgehobener Augenbraue.

Marco überlegt kurz, dann sagte er: „Ja!“

Navajo schüttelte den Kopf: „Dann solltest du nicht zurückkehren! Du wärst auch gleich weg!“

„Wenigstens bei Alessio“, grummelte Marco. Schwieg jedoch, als sich die anderen vielsagende Blicke zuwarfen.

Falk ging einen Schritt vor und meinte: „Marco, vielleicht sehen wir ihn ja wieder. Wenn er tatsächlich bei Ivan gelandet ist, dann wäre er in Sicherheit.“

„Vielleicht, Wenn, Wäre!“, zischte Marco.

Nox meinte: „Marco, wie fit fühlst du dich? Wir brechen in einer Stunde zu den Chartoons auf, willst du immer noch mitkommen? Oder willst du lieber hierbleiben?“

Langsam nickte Marco und versuchte sich wieder zu beruhigen. Navajo schien zwar nicht ganz so glücklich, dass er jetzt schon, so kurz nach seiner Genesung, wieder reiten würde, aber Falk lächelte breit und schlug Marco kumpelhaft auf die Schulter.

Nox zögerte, dann meinte er: „Gut, komm, du musst zusammenpacken!“

So schritten er, Falk und Nox aus Navajos Zelt.

...

Schon am Tage zuvor hatte Jan eine Ansprache gehalten, in der er alle Erwachsenen, die bereit waren und kämpfen konnten, aufforderte, mitzukommen.

Mit der durch die Chartoons verstärkten Armee würden sie dann gen Nord-Ost ins Gebirge ziehen, um die Feuermenschen bei ihrer eigenen Festung zu besiegen.

So kam es, dass sich am späten Nachmittag dreihundert erfahrene Kämpferinnen und Kämpfer mit ihren Pferden vor dem Lager der Pacos versammelten. Also ungefähr zwei Drittel des ganzen Stammes. Alle Kinder außer Falk und Marco blieben zurück und noch einige Frauen und Männer, die auf sie aufpassten.

Marco war aufgeregt. Er hatte ein eigenes Pferd bekommen, das ihn für den Rest ihres Weges tragen würde. Sein Rucksack war vollgepackt und er war startklar.

Wie der Stamm der Chartoons aussehen würde? Ob die Zelte auch in einer Spirale aufgebaut waren? War der Stamm größer oder kleiner als die Pacos?

Falk, der neben ihm mit seinem eigenen Pferd wartete bis es losging, war da schon wesentlich weniger aufgeregt. Er erzählte, dass sie nur ein bis zweimal im Jahr die Chartoons besuchten, doch dann blieben sie für längere Zeit. Laut ihm waren da alle furchtbar nett.

Sie mussten noch einige Zeit warten, dann kam von Jan, der ganz vorne ritt, das Signal. Die ganze Mannschaft setzte sich in Bewegung.

„Wie lange brauchen wir, bis wir da sind?“, fragte Marco schnell, bevor sich wieder der Gedanke an Alessio dazwischenschob.

„Wenn alles gut geht drei Tage!“, antwortete Falk.

Marco nickte, doch dann schob sich doch der schmerzende Gedanke an Alessio in den Vordergrund. Zum Glück hatte er ja überall um sich herum nette Leute. Und genau das brauchte er gerade.

Freunde.

22

VERBRANNT

Der dritte Tag neigte sich dem Ende zu und sie waren immer noch nicht angekommen. Sie waren lange zwischen der heißen Prärie und der noch heißeren Wüste entlanggeritten. Alle, besonders die Pferde, waren erschöpft. „Es ist sinnlos, noch weiter zu reiten", sagte Mika zu Jan, der ganz vorne ritt.

Der Häuptling nickte langsam. Dann wandte er sich an Navajo, der direkt hinter ihm ritt und sich gerade mit einer Frau unterhielt und befahl ihm: „Verbreite die Nachricht, dass wir in zehn Minuten halt machen."

„Äh, - ja, mach ich", antwortete er, aus seinem Gespräch herausgerissen.

...

Es dämmerte schon, alle hatten ihre Zelte aufgebaut und saßen rund um ein großes Feuer. Sie versuchten, das Beste aus ihrer Situation zu machen: Marco und Falk saßen zusammen mit Nox und Navajo und rissen Witze.

Nur der Häuptling war sorgenvoll. Sie hatten die Chatoons immer noch nicht erreicht. Er grübelte so lange herum, bis er sich schließlich zu Nox und Navajo wandte: „Ich will euch nicht stören, aber ich brauche Späher, die jetzt noch auskundschaften, ob es bis zu den Chatoons noch weit ist. Denn wenn ihr sie nicht finden könnt, dann haben wir uns verritten und drehen um."

„Schon klar", seufzte Navajo und richtete sich auf. „Kommst du, Nox?"

Nox kam mit ihm und die beiden liefen zu den Zelten. „Nehmt Laternen mit! Es wird sicher dunkel heute Nacht", rief ihnen Jan noch hinterher.

…

Der Vollmond stand am Himmel, wie eine von den glänzenden Kuppeln vom Schloss des Königs. Nur Silber statt Gold. Nox und Navajo galoppierten über die Prärie. Die Laternen, die am Hals der beiden Pferde hingen, wippten gefährlich hin und her. Sie warfen flackernde, leuchtende Schatten auf den Boden. Einmal spiegelten sie sich in einem kleinen See, an dem sie entlangritten.

Der frische Wind, der ihm ins Gesicht blies, tat gut, fand Nox. Wenn er noch klein gewesen wäre, dann hätte er jetzt gejauchzt. Der einzige Nachteil war, dass die Luft seinen Mund ganz trocken machte. Nichts war zu hören, nur das Geklapper der Hufe.

Eine stille Jagd ins Ungewisse.

…

Es war spät, Nox und Navajo waren immer noch nicht zurückgekehrt. Der Häuptling wurde langsam unruhig. Die meisten Leute seines Volks hatten sich schon in ihre Zelte zurückgezogen. Nur zwei Gruppen von etwa fünf Leuten, saßen um kleine Feuer, unterhielten sich und aßen hin und wieder ein Stück Brot in Öl getunkt. Manche wanderten auch einfach um die Zelte und betrachteten den Sternenhimmel. Auch Mika war schon in ihrem Zelt verschwunden. Stöhnend lehnte sich Jan gegen ein Zelt. Vielleicht waren Navajo und Nox ja schon bei den Chatoons angekommen. Vielleicht war es für sie heute Nacht zu viel, noch zurück zu reiten und sie übernachteten bei den Chatoons?

Er sollte sich auch hinlegen.

...

Weiter sprengten Nox und Navajo durch die Nacht. Immer noch kein Zeltdorf in Sicht. Wie lange würden sie noch so weitermachen können? Nox war müde und er sah, dass auch Navajo müde war. Oh, wie er sich gerade nach dem Ritt auf ein gemütliches Zelt freute. Mit Kissen und etwas zu Essen. Unwillkürlich musste Nox an seinen Vater und Rae denken. *Komisch*, dachte er, *ich habe schon viele Reisen hinter mir. Aber mir kommt es so vor, als wäre dies die Längste.*

Alle hatten am Anfang gehofft, dass nichts Gefährliches geschehen würde und trotz ihrer Abenteuer war es nur ein paar Mal ernsthaft gefährlich geworden. Doch Nox wusste, dass ihnen allen eine große Gefahr bevorstand. Die Feuermenschen!

Was sein Vater, der Kaiser, dazu sagen würde? Was, wenn auch Marco etwas zustieß? Wie sollte er, dass erklären? „Ach der eine ist in' ne Yafatermorgana gelaufen und der andere ist in einem Kampf gestorben"? *Unsinn*, rief er sich ins Gedächtnis, *Marco wird vom Kampf weit genug entfernt sein. Er wird nicht mal etwas vom Kampfgeschehen mitbekommen.*

Nox wollte Navajo gerade fragen, ob er nicht auch der Meinung war, dass sie umkehren sollten, da stieß Navajo einen Pfiff aus und meinte: „Da vorne ist ein Zelt, siehst du?“ Er deutete, mit der Hand nach vorne.

Nox kniff die Augen zusammen: Da vorne in der Nähe leuchtete tatsächlich eine Zeltplane im Licht des Mondes.

Da musste das Zeltdorf der Chatoons liegen. Endlich! Nochmal trieben sie ihre Pferde an.

Doch als sie näher heran kamen, sahen sie, dass es nur ein Fetzen eines Zeltes war, der an einer abgeknickten, hölzernen Zeltstange hing. Es roch auch irgendwie seltsam. „Oh, oh“, meinte Navajo. „Das sieht nicht gut aus.“

Kurz darauf konnten sie das gesamte Zeltdorf überblicken.

Es verschlug ihnen den Atem.

…

„Jan aufwachen“ Jemand rüttelte an Jans Zelt. „Jan! Es ist wichtig!“

Verschlafen hob Jan den Kopf. „Jan, dürfen wir bitte rein?“

Müde erhob sich Jan von seinem Lager und schlurfte zum Ausgang des Zeltes. „Wer ist da draußen… ah, ihr seid es!“ Vor dem Zelteingang standen Navajo und Nox. Sie schienen sehr in Eile zu sein: Sie hatten sich nicht die Mühe gemacht, ihre Pferde anzubinden. Die Tiere standen schnaufend neben ihnen.

„Ja, wir sind es“, keuchte Navajo. Und Nox meinte: „Und wir dachten schon, ihr wäret alle nicht mehr am Leben!“

…

Jan preschte durch dir Prärie, ohne auch nur einen Blick für die, die ihm folgten oder etwa die Berge in der Ferne zu haben. Sobald er sich den ganzen Bericht von Nox und Navajo angehört hatte, war er aufgesprungen und hatte zehn seiner besten Krieger zurück nach Hause geschickt. Sie würden die Pacos warnen, zu einem Versteck führen und beschützen.

Tatsächlich musste er noch fast zwei Stunden reiten bis er am Ziel ankam.

Zuerst roch er den Gestank. Den schwefligen Gestank, der nach Verbranntem roch. Und kurz darauf war er bei dem Lager der Chartoons angekommen – oder was davon noch übrig war.

Jan wurde ganz blass. „Nein!", flüsterte er und schüttelte den Kopf. Alle Zelte waren entweder zerfetzt worden oder bis auf das kleinste Fitzelchen niedergebrannt.

„Verdammt!", fluchte Jeremiah neben ihm und begann sofort, in das Dorf zu laufen. Jan drehte sich um. Alle waren ihm gefolgt und sahen genauso bestürzt aus wie er. Die beiden Jungen standen bei ihm ganz in der Nähe. Zu denen wandte er sich: „Ihr bleibt hier, klar?"

Dann lief er hinter Jeremiah her in die Zelte.

Doch schon bald war klar: Keiner hatte überlebt. Keine Spur von einem Lebenden.

Und wessen Werk das war, ließ sich auch schnell herausfinden: In der Mitte des Versammlungsplatzes der Chartoons war aus Asche ein Großes *E* zusammengetragen worden. Die Asche war noch heiß.

Jan befahl, den Buchstaben so schnell wie möglich wegzukehren und ließ alle zusammenkommen.

Er räusperte sich. „Was vorgefallen ist, ist schrecklich. Wer dies getan hat, soll bestraft werden! Und wir wissen, wer es getan hat! Das *E* aus Asche! Die niedergebrannten Zelte. Kein einziges Lebewesen weit und breit! Das war Alvoc, der König der Feuermenschen!

Eigentlich war es unser Plan, den Feind unschädlich zu machen, bevor er zuschlägt. Doch dieser Alvoc war schneller. Er hat unsere Verbündeten ausgeschaltet, ehe wir zweimal blinzeln konnten! Die ganzen Fürsten und Barone des Königs – weg! Und nicht zuletzt, unser Bruderstamm! Sie haben sie überrascht. Die Chatoons wurden angegriffen, ohne dass sie vorbereitet waren, ihre Zelte wurden niedergebrannt und die Feuermenschen haben unsere Freunde alle zu Staub zerfallen lassen!

Wenn wir einen Tag früher gekommen wären, hätten wir ihnen beistehen können. Einen Tag!“

Bedrücktes Schweigen breitete sich aus. Und Jan bemerkte, wie er selbst in Rage geriet. Er wandte sich an Nox. „Wir planen keinen Krieg! Wir erwidern ihn nur! Wir verteidigen unser Land und unseren Stamm!

Wir werden wie geplant weiter über das Gebirge reisen und die Wasserschrats um Hilfe bitten. Es ist gut möglich, dass sie uns helfen können.

Laut der Karte des Abtrünnigen warten auch die Feuermenschen in diesem Gebirge auf uns! Wer umkehren will, der soll es. Doch wer mit mir kommt, der hebe die Hand!“

Alle außer Navajo hoben die Hand.

Der schüttelte den Kopf und sagte: „Das ist das verrückteste Vorhaben, von dem ich je gehört habe. Mit nur dreihundert Mann gegen die Feuermenschen!“ Er blickte in die Runde und hob nun auch langsam die Hand. „Aber was bleibt uns anderes übrig?“

23

DAS GROSSE GEBIRGE

Das Feuer warf flackernde Schatten an die Wände des Zeltes. Draußen war es dunkel. Nox war noch nicht da. Doch Falk saß neben Marco. Es herrschte düstere Stimmung. Marco fragte: „Falk? Wer sind denn diese Wasserschrats?"

Falk blinzelte und ließ sich Zeit mit seiner Antwort. „Hm. Sie sind eine Art Kobold, ungefähr so groß wie eine Hand. Sie leben im Gebirge, in der Nähe eines Baches. Sie bauen unterirdische Höhlensysteme. Sind überhaupt ein ziemlich bodenständiges Volk! Und können sehr alt und schrumpelig werden."

Marcos Augen weiteten sich, er hatte, außer Ivan, noch keine Fabelwesen gesehen. (Eine unsichtbare Yafatermorgana, zählte er nicht mit.) „Ihr wisst, wo sie wohnen?"

Falk legte den Kopf schräg. „Ja… also ungefähr!"

Marco konnte nichts dagegen tun, auch wenn er mehr als schlecht gelaunt war: Er freute sich schon auf diese Begegnung. „Woher weißt du solche Sachen?"

„Der Häuptling legt viel Wert auf das Wissen über andere Kulturen. Zusammen mit den Chartoons hätten wir noch viel mehr gewusst."

„Oh."

Falk winkte ab. „Ist schon gut."

Marco nickte. „Und wie helfen uns diese Wasserschrats weiter?“

„Nun, sie beherrschen die Wassermagie.“

Marco überlegte. „Die Feuermenschen die Feuermagie, oder? Meint ihr etwa, dass…?“

Falk nickte und lächelte das erste Mal wieder. „Korrekt! Wasser löscht das Feuer.“

Marco nickte. Ihn heiterte diese Information durchaus auf. So hatten sie wenigstens einen Vorteil! Aber… wieso sollten ihnen diese Wasserschrats helfen? Und wenn sie tatsächlich so klein waren, dann… wie sollte man sie finden, wenn die Pacos nur *ungefähr* wussten, wo sie wohnten? So verfiel er wieder in düsterere Gedanken. Er meinte: „Alessio ist weg. Die Chartoons sind weg. Pass auf, meine Hoffnung ist auch gleich wieder weg!“

Falk schüttelte den Kopf. „Nicht so melancholisch! Vielleicht haben die Schrats ja einen Zauber für uns, sodass die Feuermenschen auf der Stelle tot umfallen.“

„Schön wär's!“

…

Der Mond hing nicht nur über der Prärie. Er hing auch über der schwimmenden Stadt Rae und er beleuchtete die Dächer der Wellengasse. Das eine Haus hatte die Nummer 97. Das andere die Nummer 42.

Kurios, ging es durch den Kopf einer schwarzen Gestalt, die im Hauseingang der Nummer 97 lehnte. Sie verbarg sich im Schatten und starrte zu einem goldenen Schriftzug über der

Tür der 42. Er hieß: NIKOLA SANDORN, KÖNIGLICHER GOLDSCHMIED

Wenn das nicht der richtige Schmied war? Zum Glück gab es selbst bei den hohen Hausnummern nur zwei Häuser in der kleinen Seitengasse. Und nur bei der 42 brannte noch Licht. *Perfekt.*

Eine salzige Brise wehte um die Ecken der Häuser. Die Gestalt schüttelte sich. Wie konnte man nur das Meer mögen? So nass und kalt und salzig wie es war.

Egal. Jetzt hieß es los ans Werk, bevor dieser alte Schmied auch noch das Licht ausmachte. Die schwarze Gestalt stieß sich von der Haustür ab und machte einen Schritt auf die Tür der Nummer 42 zu. Sie war sich sicher: Es würde alles glatt gehen.

...

Gigantisch war das Gebirge vor ihnen aufgetaucht. Falk hatte es natürlich schon oft gesehen. Aber bei dem Gedanken, es zu erklimmen, schlug sein Herz um einiges höher.

Und es war fast genauso, wie er es befürchtet hatte. Ja, vielleicht war die Umgebung ganz nett, doch hauptsächlich war es anstrengend. Fast immer ging es bergauf. Die Pferde hatten sie noch bevor sie sich auf ins Gebirge machten zurücklassen müssen. So mussten sie das ganze Gepäck selber tragen. Doch das war nicht das Schlimmste. Das Schlimmste war die Kälte. Falk war eigentlich nur noch damit beschäftigt, sich seine Finger abzufrieren.

In der Prärie wurde es nur nachts kalt. Doch diese Kälte konnte es mit der, die hier herrschte, nicht aufnehmen.

Dagegen wirkte die Präriekälte warm und verlockend! In der Prärie gab es auch keinen Platzmangel. Man konnte tagelang zu fünft, ja zu zehnt nebeneinander reiten, ohne jemals absteigen zu müssen.

Jan hatte zwar Felle ausgeteilt, doch die reichten noch lange nicht! Und es ging nicht nur Falk so! Er sah, dass alle Pacos froren. Aber sie beklagten sich nicht. So tat er es auch nicht. Die einzigen, denen die Kälte nichts ausmachte, waren Nox und Marco. Marco hatte Falk versichert, dass es eindeutig noch kälter werden konnte.

Na toll. Wenn es stimmte, dann herrschten auf den Gipfeln so eisige Temperaturen, dass es ganze Berge aus Eis geben musste. Eindeutig das Gegenteil der Wüste!

Marco wurde im Gegensatz zu Falk richtig lebendig. Er lächelte öfter und wurde nie müde. Und das jetzt schon seit fünf Tagen, als sie angefangen hatten, einen Berg zu besteigen. Das Dorf Larid lag am Fuß des Gebirges.

Doch eine einzige Ähnlichkeit hatten die Berge und die Wüste doch: Die Stille. Außer ihren knarzenden Schritten auf Schnee, hörte man nur das Kreischen der Vögel, die über ihnen kreisten.

…

Die Bande war ruhig geworden. Die Verfolgung dauerte jetzt schon tagelang. Und auch wenn ihre Hoffnung nicht verschwand; sie wurden immer langsamer. Natürlich gab es einige, die schnell gingen, aber es gab auch welche, die sie wieder ausbremsten. Doch der Junge mit den silbernen Augen wusste: Im Gebirge muss man zusammenbleiben. Ja, sie machten einiges durch. Eine Bande Kinder allein im Gebirge…

…

Nikola saß in seinem Lieblingssessel im ersten Stock und las Zeitung. Doch seine Gedanken waren woanders. Als er merkte, dass er schon das dritte Mal dieselbe Seite gelesen hatte, ohne sich erinnern zu können, was er gelesen hatte, legte er das Papier seufzend weg.

Er richtete die Brille auf seiner Nase zurecht und blickte im großen Raum umher.

Seit die beiden Kinder bei ihm gewesen waren, konnte er nicht mehr richtig schlafen. Er sorgte sich um sie. *Nick,* redete er sich immer zu, *Du hast gar kein Recht, dir Sorgen zu machen. Schließlich sind sie an der Seite des besten Kämpfers des Landes, oder?*

Es half nichts. Er schlürfte ein wenig an seinem Tee und fragte sich, was sie jetzt wohl gerade taten. Vor kurzem hatte er dem König persönlich seine Gürtelschnallen abgeliefert. Klar, er hätte sie auch, wie üblich, mit der Post liefern lassen können, doch er wollte wissen, ob es Neuigkeiten gab.

Daraufhin hatte der König mit den Schultern gezuckt. Ja, es war schon ein Bote von den Pacos gekommen, doch der wusste nichts von den Dreien. Als er losgeschickt worden war, waren die Drei anscheinend noch nicht angekommen. Er sollte nur etwas anderes verkünden:

Eine Warnung! Die Pacos waren sich hundertprozentig sicher: Die Feuermenschen planten eine Invasion!

Nikolas konnte darüber nur den Kopf schütteln! Seiner Meinung nach…

Es klingelte. Er runzelte die Stirn und stand auf. Das war die Ladenglocke unten. Um diese Uhrzeit?

Er polterte die Treppe runter, durchquerte seine pikobello aufgeräumte Werkstatt und kam zu dem kleinen Ladenraum, in dem er Aufträge annahm. Normalerweise waren die Kunden immer in vornehme Kleider gehüllt. Wer sich etwas vom Königsschmied machen lassen wollte, musste Geld hinblättern! Und sagen wir mal… ein festes Einkommen haben.

Doch die Gestalt, die Nick durch das kleine Guckloch in der Tür sah, war in einen abgetragenen, schwarzen Kapuzenmantel gehüllt. Die Kapuze hing so tief, dass man die Augen nicht sehen konnte.

Irgendwie gruselte sich Nikolas ein wenig. *Wenn ich jetzt noch schnell gehe, hat der mich vielleicht nicht gesehen!*

Wobei dieser Gedanke einem Grundsatz seines Vaters widersprach, der immer gesagt hatte: „*Lass keinen Kunden hängen, vielleicht hat er ja einen goldspuckenden Esel zu verschenken!*"

Doch es war mitten in der Nacht. Der da draußen sah nicht danach aus, als hätte er einen Esel. Schon lange keinen, der Gold hätte spucken können. Nikola versuchte, noch mehr durch das kleine Guckloch zu erkennen. Es viel ihm ein, dass er vergessen hatte, das kleine Schildchen umzudrehen, auf dessen einer Seite „offen" und der anderen „geschlossen" stand. Er biss sich auf die Lippen. Jetzt war es schon zu spät. Der da draußen hatte ihn erblickt und klopfte jetzt auch noch.

Nick holte tief Luft, drückte die Klinke nach unten, öffnete die Tür nur einen Spalt breit und sagte: „Der Laden öffnet erst wieder morgen um neun!"

Das wollte er zumindest, doch er war gerade erst bei „Der Laden…“, als sich der Fremde schon an ihm vorbei ins Innere drückte. Nick konnte förmlich spüren, wie ihm das Herz in die Hose rutschte, doch er ignorierte dies und meine aufgebracht: „Was fällt Ihnen ein! Sie können morgen um Neun wiederkommen!“

Die Gestalt schüttelte den Kopf. „Das geht nicht. Morgen ist es dafür schon zu spät!“

Nicks Lippen bebten, doch er sagte nichts, sondern wartete nur darauf, dass der Fremde seine Kapuze abnahm.

Das tat er dann auch. Nick zuckte zusammen. Sein Gast hatte rote Augen. Rote Augen! Sie hatten schon fast etwas Hypnotisierendes an sich.

Der Feuermensch streckte ihm die Hand entgegen und grinste: „Ich bin Soldat, wurde aber heute Nacht als Auftragsmörder angeheuert!“

Nick schluckte und gab ihm nicht die Hand.

„Wo sind denn ihre Manieren geblieben? Herr Sandorn?“, der Feuermensch tat aufgebracht.

Nikola musste an die ganzen Abenteuerbücher denken, die er gelesen hatte. Und was die Helden in einer solchen Situation gemacht hätten. Sicher hätten sie ein Schwert gezogen. Oder den Fremden in einen Kanal Raes geschubst. Irgendetwas in der Richtung musste er auch versuchen.

Doch was er aus sich hervor bekam war: „W-Warum Feuermensch? Was habe ich den getan?“

Als Nick auch noch zum Zeichen, dass er keine Waffe besaß die Hände hob, da dachte er. *Okay. Ich glaube, das ist doch nicht sehr heldenhaft! Wenn ich jetzt doch nur das schmucke Schwert hohlen könnte.*

„Feuermensch!“ Nick störte, dass der Fremde immer noch grinste. „Ich mag den Namen“, meinte dieser. „Er klingt anders als Edan. Doch… Nein, du hast nichts getan. *Noch* nicht. Doch von einem meiner Kollegen weiß ich, dass du die beiden Amulett-Kinder beherbergt hast. Und dass du gute Kontakte zum König hast. Es ist immer besser, auf Nummer sicher zu gehen, oder?“

„Ich verstehe nicht ganz… Was für ein Kollege denn? Dass sie so etwas zu wissen glauben!“, Nick sah sich fieberhaft um. Da! Ein schweres Lineal aus Eisen! Er müsste nur kurz die Hand zu seinem Schreibtisch ausstrecken und er hätte es in der Hand.

„Ach“ Sein Auftragskiller winkte mit der Hand. „Er ist inzwischen schon tot. Niemand besonderes!“

Nicks Hand berührte das Lineal, während er dem Feuermenschen weiter in die Augen blickte. Seine Finger klammerten sich so krampfhaft um das Lineal, dass die Adern hervortraten. Dann zog er es mit einem Ruck hoch und hielt es abwehrend vor sich.

Der Feuermensch hob eine Augenbraue. „Na sowas? Täusche ich mich oder willst du mich damit bedrohen? Was sind das denn für Manieren, mein lieber Herr Sandorn?“

Der Feuermensch hob einen Arm und zeigte auf ihn. Nick versetzte ihm einen Schlag.

Im selben Moment zuckte ein blauer, heißer Blitz auf. Und der alte Schmied zerfiel zu Staub.

Als er schließlich weg war, rieb sich der Feuermensch grinsend die Hände. Sie kribbelten immer ein bisschen nach einem Blitz.

Auftrag erfüllt!

24

DIE WASSERSCHRATS

Der hohe Kamm war ungefähr hundert Meter breit und wenn man sich dem Rand zu sehr näherte, stürzte man ab. Aber: Sie hatten nach Tagen des Marschierens den höchsten Punkt ihrer Reise erreicht!

Der Gebirgskamm zog sich durch die Landschaft wie eine hohe Mauer durch einen Wald voll schneebedeckter Säulen. Obwohl es jetzt immer leicht bergab ging, war es sehr anstrengend. Die Luft hier oben war so dünn, dass man nur langsam vorankam.

Und es dauerte mehrere Tage bis das harte Eis in den Höhen wieder dem weichen Schnee der tieferen Lagen wich.

Es wurde wärmer und das lag nicht nur daran, dass sie immer weiter herunterkamen, sondern auch, weil sich still und unbemerkt der Frühling angebahnt hatte.

Und noch etwas später sah man auch schon wieder die ersten Bäume.

Trotz allem: Marco hatten die hohen Höhen gutgetan.

Die Prärie war ihm eindeutig zu warm gewesen!

Auch Falk war wieder besserer Laune: Klar, sie waren immer noch auf hohen Bergen, doch das Schlimmste schienen sie hinter sich zu haben!

Dass sie nicht mehr so hoch oben waren, wurde auch durch das fließende Wasser bewiesen, auf das sie wieder trafen.

In der zunehmend grünen Landschaft entdeckten sie einen Bach. Nein!, den Bach der Wasserschrats! Und kurz darauf war es soweit: Jan verkündete, dass irgendwo in der Nähe die Wasserschrats lebten!

Doch Marcos Befürchtungen bewahrheiten sich: Den ganzen Tag wurde der Bach entlang seiner Ufer abgesucht, aber die Wasserschrats ließen sich nicht blicken.

Auch Marco und Falk halfen, mit zu suchen. Hinter Steinen und Moos, hinter hohem Gras und auf weiten Ufern: Nichts! Es schien als hätten hier nie kleine Wesen gelebt.

Der Tag ging zur Neige, und eine dunkelblaue Dämmerung setzte über ihnen ein.

Marco war es schon leid sich dauernd zu bücken, da kam ein Ruf. Er kam von Falk: „Ich habe sie! Ich habe einen!"

Alle stürzten zu ihm hin.

Er kniete ein gutes Stück abwärts am Bach und irgendetwas zappelte in seinen Händen. „Ich habe ihn aus dem Wasser gezogen!", rief Falk. „Der Eingang der Wasserschrats liegt unter Wasser!"

Als Marco näher herankahm, musste er sich das Lachen verbeißen. Falk hatte ein kleines Männchen an seinem Jäckchen gepackt und in die Höhe gerissen. Jetzt quiekte, strampelte und fluchte es so laut, dass Falk kurz davor war, es loszulassen.

Doch als Marco in die Gesichter der anderen schaute, wurde er wieder ernst. Sie fanden das Männchen nicht im Geringsten komisch!

Jan war entsetzt: „Um Himmels willen, lass es runter!"

Falk der irgendwie überrascht von dem Entsetzen war, ließ das Männchen nach unten plumpsen.

Da sprang es sofort auf, schoss auf Jan zu und begann mit beunruhigender Entschlossenheit Jans Stiefel zu verprügeln.

Jetzt wiederrum war Jan überrascht. Das Männchen zischte bei jedem Tritt oder Schlag: „ICH… BIN… KEIN… ES! ICH… BIN EIN ER!"

Der Schrat ließ sich erschöpft ins Gras fallen und schielte grimmig zu den vielen Pacos auf, die ihn von oben anstarrten.

„Wollt ihr etwa als ES bezeichnet werden?"

Jan schwieg und hielt hilfesuchend nach Navajo Ausschau, der solche Situationen meist retten konnte.

Der drängte sich vor und hielt dem Männchen die Hand hin, um ihm aufzuhelfen. Das Männchen nahm das Angebot sofort an. Es schien ihm nichts auszumachen, dass Navajos Hand ungefähr so groß war, wie er selbst.

„Ich bin Navajo! Wir sind alle von dem Volk der Pacos. Fast alle. Jedenfalls will ich mich im Namen meines Volkes entschuldigen. Wie heiß du denn, wenn ich fragen darf?", fragte der Magier.

Der Wasserschrat kniff die Augen zusammen. „*DU* darfst! Und ich nehme die Entschuldigung an“, entschied er. „Ich heiße Tabback und bin der Wächter der Schrate.“

„Wie?“, fragte Navajo.

„Tabback!“, wiederholte das Männchen eingeschnappt. „Was dagegen?“

Navajo schüttelte den Kopf, dass seine Locken wild umherflogen.

Marco nutze die Zeit, um sich den Schrat etwas genauer anzuschauen. Er war tatsächlich sehr klein, trug aber eine passende kleine Hose und Jacke und eine kleine Brille auf der Nase. Seine Arme, Beine und nicht zuletzt sein Gesicht waren gut gebräunt und faltig wie Leder.

Sein Kopf war etwas zu groß für den Rest seines Körpers und er hatte riesige spitz zulaufende Ohren und keine Haare.

„Kommt zum Punkt! Warum braucht ihr unsere Hilfe?“

„Ihr wisst davon?“; fragte Jan erstaunt.

Tabback schob die Lippe hoch und meinte. „Ihr seid ja nicht leicht zu überhören! Ihr seid auf unseren Tunneln herum gestampft wie, wie Elche!“

Navajo schaute bestürzt. „Entschuldigung, wenn wir gewusst hätten…“

„Unsere Tunnel sind sehr weitläufig. Einige von ihnen sind eingebrochen.“

Navajo wollte schon wieder zu einer Entschuldigung ansetzen, da winkte Tabback großmütig ab. „Ach, die stürzen sowieso immer ein. Wegen der Elche. Aber nennt endlich euer Begehren, meine Haut trocknet!“

„Hm, so einfach ist das nicht!“, brummte Navajo. „Wir bräuchten eure Hilfe… Also wir sind auf dem Weg in einen Kampf und…“

Der Schrat rümpfte die Nase. „Kampf? Gegen wen?“

„Gegen die Feuermenschen“, mischte sich Jan ein. „Sie planen eine Invasion und wir müssen handeln.“

„Feuer!“ Tabback rümpfte noch einmal die Nase. „Invasion, sagst du? Hm, ich bin ja nur eine einfache Wache, da kann euch nur der Chef helfen!“

Jans Augen leuchteten auf: „Der Chef, ja genau! Könntest du ihn bitte holen!“

Tabback machte große Augen. „Ich? Jetzt? Es ist mitten in der Nacht mein Freund! Ich werde den Chef nicht im Schlafe stören!“

„Nun ja…“, Jan schielte zum Himmel. Der Mond war noch nicht ganz aufgegangen und man sah erst ein paar Sterne. Vielleicht war es acht Uhr abends.

„Kann das nicht noch warten?“ Tabback marschierte in Richtung Bach.

„Halt! Es ist dringend. Wir haben es eilig, wir…“

Tabback schüttelte seinen kleinen Kopf. „Morgen“, sagte er und sprang ins Wasser.

So sehr sich alle bemühten. Tabback, der Wasserschrat tauchte nicht wieder auf. Ihnen blieb nichts anderes übrig, als zurück zu ihrem Lager zu gehen. Marco hörte wie Navajo Falk schimpfte: „Man hält keinen Schrat fest! Man darf sie auf keinem Fall verärgern! Wir müssen vorsichtig sein, wenn wir etwas von ihnen wollen.“

Tja, was wollten sie eigentlich? Eine Zauberformel? Eine Wasserschrat-Armee? Selbst Navajo war sich nicht sicher, wie ihre Hilfe aussehen sollte.

…

Mit eiskalten Gliedern wachte Marco am nächsten Morgen auf. Es war nicht genug Platz gewesen, um die Zelte, in denen sie sonst schliefen, aufzubauen. So erwachte jeder ohne Dach über dem Kopf. Das goldene Licht der Sonne täuschte: Auch wenn sie den Schnee auf den hohen Gipfeln des Gebirges zurückgelassen hatten, es war eisig und der Wind pfiff.

Vorsichtig rappelte sich Marco auf und rieb sich die Hände. Nach und nach erwachten auch die anderen aus der kalten Starre. Alle stöhnten und Feuer wurden gezündet.

Am wichtigsten waren jetzt die Wasserschrats. Diesmal nahm Jan nur ein paar Leute mit: Er selbst, Navajo, Nox, Mika und Jeremiah gingen fort.

Marco begegnete Falks Blick. Er sah ihm an, dass er genau das gleiche dachte, wie Marco. Falk blinzelte und winkte ihn zu sich.

Keiner achtete gerade auf sie! Schnell waren sie am Bachufer. An einer schmalen Stelle sprangen sie auf die andere Seite und liefen im Schutz der Bachböschung abwärts bis zu der Stelle, an der gestern das eher unglücklich verlaufene Gespräch zwischen Tabback und ihnen stattgefunden hatte.

Auch die Anderen waren auf der Seite gegenüber gerade erst eingetroffen und warteten darauf, dass ein Wasserschrat durch die Öffnung auf dem Grund des Baches zu ihnen herauskam.

Lange musste sie nicht warten: Ein launischer Tabback tauchte plötzlich vor Jan, Mika, Navajo, Jeremiah und Nox auf. (Im wahrsten Sinne des Wortes.)

Diesmal streckte er aber nur den Kopf aus dem Wasser. Er prustete und schimpfte schließlich: „Wie könnt ihr nur in solcher Frühe bei uns auftauchen? Ihr habt den Chef geweckt!"

Jan bückte sich zu ihm hinunter. „Entschuldige vielmals. Wir haben es leider sehr eilig. Würdest du uns den Dienst erweisen und euren Herrn fragen, ob er Zeit für uns hätte?"

Tabback runzelte die Stirn und sank wieder in die Tiefe.

„Jetzt bin ich aber gespannt!", murmelte Falk und starrte zwischen dem Gestrüpp hindurch auf den Bach.

Kurz darauf wirbelten aufsteigende Luftblasen das Wasser auf, bevor ein prustender Tabback hastig ankündigte: „Der Chef und seine Frau, die Chefin kommen!"

„Wurde auch mal Zeit!", murmelte Jan.

Sich an den Händen haltend tauchten zwei kleine Gestalten auf. Marco glaubte eine weibliche und eine männliche Gestalt zu erkennen. Da beide lange Haare hatten und Krönchen auf dem Kopf trugen, konnte man den männlichen nur daran erkennen, dass er einen Bart hatte.

Beide hatten eine Art Kleid an und beide Frisuren sahen ziemlich wild aus…

Die Chefin schnupperte: „War schon lange nicht mehr oben, habe ja ganz vergessen, wie es sich anfühlt, Luft zu atmen!"

Ihr Mann wandte sich an den nervösen Tabback, der hin und her zappelte. „Warum sind wir noch einmal hier?"

„Fremde sind hier, Pakus oder so heißen sie. Sie wollen etwas von euch!"

Erst jetzt schienen die Chefin und der Chef sich umzusehen. Der Chef fragte: „Die zwei Jungen im Busch?"

Erschrocken zuckten Marco und Falk zurück. Jetzt waren sie erwischt! Doch Nox schüttelte nur den Kopf. „Wir sind zu Fünft."

Mika hob eine Augenbraue: „Und nicht nur Jungs!"

Endlich sah der Chef zur anderen Seite auf. Marco war sich nicht sicher: Hatte man sie jetzt erwischt, oder dachten sich die anderen nichts dabei?

Doch er war sich mit Falk einig: Sie würden bleiben und weiter zuhören!

Der Chef wirkte reichlich verwirrt: „Oh, äh ja, natürlich!" Er streckte die Hand aus und ließ sie gleich wieder sinken. „Das sind aber vie… Herzlich Willkommen, was führt euch zu uns? Nennt mich einfach Chef!"

Navajo nickte. „Wir sind von den *Pacos.* Wir und viele andere sind aufgebrochen um…"

„Pacos?", fragte der Wasserschrat interessiert. „Irgendwoher kenne ich diesen Namen!"

Jan strahlte. „Ja, das kann gut sein. Wir sind ein großer Stamm an der Grenze zur Wüste!“

Der Chef rümpfte die Nase. „Wüste?!? Mag ich nicht. Da gibt es nirgendwo Wasser!“

Jan sackte innerlich zusammen und Navajo übernahm wieder: „Doch, sonst würden wir verdursten, oder? Sehen wir verdurstet aus?“

Der Chef war sich immer noch nicht ganz sicher, aber seine Gemahlin stieß ihn an und entschied: „Nein! Das seid ihr nicht!“

„Wir sind auf dem Weg zu den Feuermenschen!“, erklärte Jeremiah.

„WAS?“ Diesmal gleich zwei gerümpfte Nasen.

„Also Feuer ist das Letzte!“, rief der Chef aus.

Navajo schüttelte den Kopf. „Nein! Wir wollen sie bekämpfen! Sie wollen das ganze Land in Schutt und Asche legen!“

„Kämpfen?“, fragte der Wasserschrat. „Schutt und Asche, sagst du?“

Navajo nickte geduldig.

„Und da sie in der Mehrheit sind, wollten wir euch fragen, ob ihr uns helfen könnt“, erklärte Mika.

„WIR?“, fragten die beiden Wasserschrats aufgeregt.

„Ja, wie sollen wir euch helfen?“, fragte die Chefin. „Wir sind doch bloß…“

„Wasserschrats!“ Jan nickte. „Ihr beherrscht die Wassermagie.“

„Was für ne‘ Magie?“ Die Chefin machte große Augen.

„*Wassermagie!*“ Jan wirkte genervt. „Ihr könnt zum Beispiel unter Wasser atmen. Oder Regen beschwören.“

„Aha!“, sagte der Chef. „Und was bringt uns das?“

„Uns zu helfen?“, fragte Jeremiah fassungslos. „Wir verhindern, dass das ganze Land in…“

„Schutt und Asche liegt!“, nickte der Schrat. „Aber würde das auch unseren Bach betreffen. Meinst du, dass er austrocknet?“

„Nein“, gab Jeremiah kleinlaut zu.

„Hört mal!“, ließ sich nun Nox vernehmen. „Ihr seid unsere letzte Hoffnung. Gibt es denn irgendeinen Grund uns *nicht* zu helfen?“

„Einige unserer Tunnels sind wegen euch eingebrochen!“

„Aber brechen die nicht auch ein, weil die Elche…“

„Ihr habt den Chef aufgeweckt!“, warf Tabback in die Diskussion ein.

„Genau!“ Die Chefin verschränkte die Arme. „Ihr, habt *uns* aufgeweckt!“

Jan schaute hilflos zum roten Morgenhimmel. Doch selbst der wusste nicht weiter. „Habt ihr etwas, das uns helfen könnte?“

„Nicht so laut!“, beschwerte sich der Chef aufgebracht.

„HABT IHR ETWAS???“, brüllte ihn Jan aus vollem Halse an.

Der Chef schwamm etwas weiter in die Mitte des Baches und wandte sich an Tabback.

„Also wirklich“, fragte er ihn ärgerlich. „Wieso hast du uns wegen so unhöflichen Leuten heraufgebracht?“

„Tja“, Tabback putze verlegen seine Brille. „Ich weiß auch nicht genau warum…“

„Nun, dann bin ich enttäuscht. Ich werde einen anderen als Bewacher nehmen müssen!“

Der Chef und die Chefin sanken wieder ins Wasser. Das letzte was man von ihnen hörte, war die fürsorgliche Stimme der Chefin: „Ach, bist du jetzt echt enttäuscht? Sieh es doch positiv! Wenigsten waren wir an der frischen Luft…“

Als letzter tauchte Tabback unter, doch nicht bevor er den fünf Erwachsenen auf der anderen Bachseite einen wütenden Blick zugeworfen hatte.

Marco und Falk machten sich auf den Heimweg.

25

EIN GRAUSAMER HERR

Eric war General.

Es gab so viele Generäle und Hauptmänner im System, dass selbst er sich nicht mehr auskannte.

Alvoc hatte sich das alles ausgedacht. Man konnte auch nicht widersprechen. Wenn man ein Amt zugewiesen bekam, sollte man es ausführen, solange einem sein Leben lieb war.

Und so kam es, dass Eric, der eigentlich gerne Geschichtenerzähler geworden wäre, General für den äußersten Verteidigungsring war.

Klar, er durfte sich nicht beschweren: Als Kind einer hoch angesehenen Familie besaß er eine kleine Hütte und konnte sich mit dem Beruf als General sein tägliches Brot verdienen. Er wollte nicht an die Armen denken, die es schlimmer erwischt hatte. Sie wurden als Sklaven oder Diener benutzt, nur weil sie irgendjemanden in ihrem Umfeld gehabt hatten, der den Aufstand geprobt hatte.

Was mit denen geschah, die sich bei solch einem „*Königsverrat*" - so hieß es – ertappen ließen, sollte er eigentlich nicht wissen. Aber er konnte es sich ziemlich gut ausmalen…

Nun, in dieser Hinsicht ging es ihm gut.

Doch wenn er an das dachte, was er eigentlich mit seinem Leben anfangen könnte, wenn Alvoc nicht gewesen wäre… Dann brodelte Hass in ihm auf.

Der Sohn tauchte wieder auf – keinem schien's zu behagen. Und die Flammen begannen wieder höher zu schlagen...

Und außerdem gab es noch immer Leute, die über ihm standen. Dachte man doch bloß an Kesc und Zec! Sie hatten keine besondere Aufgabe von Alvoc erhalten, außer so viele Edans wie möglich einzuschüchtern. Außerdem himmelten sie Alvoc an als sei er ein Gott: Sie konnten machen, was sie wollten.

Begehrenswert, ja - wenn es so einfach wäre würde er gerne mit ihnen tauschen… Aber so einfach war es natürlich nicht: Sie konnten machen, was sie wollten – vorausgesetzt es schadete Alvoc nicht.

So, gab es also noch etwas, das ihn wohl hindern würde, an diesem Job… *Er* plante den Aufstand. Und man hatte ihn noch nicht enttarnt! Mit dem Gefolge Alvocs musste man aufpassen… Jeder tat zwar so, als sei er Alvocs Meinung, doch viele, Eric wusste nicht wie viele es waren, dachten in Wahrheit anders.

Das war ja alles schön und gut, aber es gab noch weitere, die dem Widerstand zwar zustimmten, jedoch in Wahrheit nur darauf warteten, jemanden zu melden, der nicht Alvocs Meinung war. Und alles nur, um seine Gunst zu erringen. Diese Ekel! Doch Eric wusste, dass das Melden nicht viel brachte:

Alvoc hörte zwar auf ihre Aussagen, doch selbst er mochte wohl Petzen genauso wenig, wie alle anderen.

Es hatte schon viele Widerstände gegeben: Die bis jetzt erfolgreichste und gleichzeitig unüberlegteste Aktion war gewesen, den Pacos eine Nachricht zu übermitteln, um sie vor Alvocs Pläne zu warnen. Das hatte zwar geklappt – die Pacos hatten die Karte bekommen, doch der Übermittler hatte es eilig gehabt und nicht auf Verfolger geachtet: Jemand von Alvocs Leuten hatte ihm nachspioniert. Was zur Folge hatte, dass dieser Widerstand aus dem Weg geräumt wurde *und* dass man die Pacos nicht aus den Augen gelassen hatte – so wussten alle schon längst, dass die Pacos zu ihnen kommen würden...Plötzlich schlug Eric jemand kumpelhaft, aber viel zu stark, auf die Schulter. Er drehte sich um.

„Eric, wie läuft es so?“, fragte ihn Kesc und lächelte hinterhältig. Zec stand dicht neben Kesc, an die Mauer gelehnt.

„Geht euch zwei Teufel gar nichts an“, grummelte Eric in seinen nicht vorhandenen Bart.

„Was hast du gesagt?“

„Ich sagte, dass bis jetzt alles ruhig blieb.“

„Ich hab was anderes verstanden. Du?“, fragte Zec zweifelnd.

Kesc zuckte die Schultern und fragte Eric: „Also wurde noch niemand gesichtet?“

Eric schüttelte steif den Kopf. Es stimmte. Bis jetzt waren die Pacos noch immer nicht gesehen worden. Nach den Vermutungen sollten sie sich langsam blicken lassen. Doch irgendetwas verhinderte, dass sie die Pacos finden konnten. Auf dem direkten Weg vom Lager der Pacos zur Festung waren es, wenn man langsam ritt, höchsten vier Wochen. *Vielleicht haben sie sich doch dagegen entschieden,* dachte er hoffnungsvoll.

„Seltsam“, nickte Kesc. „Ich hoffe, deine Männer leisten gute Arbeit, sonst… machen wir ne‘ Meldung.“

„Selbst wenn ich irgendetwas verheimlichen würde, würdet ihr es auch bald bemerken. Dreihundert Krieger können uns unmöglich unbemerkt angreifen.“, sagte Eric verärgert. „Da müsstet ihr euch eher an die Späher wenden. Dies ist nur der äußerste Verteidigungsring.“

„…Sir!, wenn ich bitten darf.“, korrigierte ihn Kesc.

„Entschuldigung!“, ließ Eric überhöflich verlauten deutete eine Verbeugung an. „Ich meine natürlich: Dies ist nur der äußerste Verteidigungsring - eure Hoheit!“

Kesc knurrte: „Wenn du nicht aus einer hoch angesehen *Geschichtenerzähler*-Familie kommen würdest, würden wir dich sofort in den Kerker werfen. Ich weiß wirklich nicht, was Alvoc an deiner Familie so mag!“

Zec sah ihn vorwurfsvoll an: „Aber Alvocs Worte und Entscheidungen sind nicht anzuzweifeln!“

Kesc lief rot an. „Ja, natürlich! Komm gehen wir!“ Er warf Eric noch einen nicht sehr freundlichen Blick zu, dann marschierten die beiden fort.

Griesgrämiger als sonst ging Eric seiner Arbeit nach: Er marschierte auf dem Verteidigungsring herum und schaute, dass die Soldaten ihre Arbeit leisteten - Nach einem Feind Ausschau halten.

Es hieß, dass Alvoc an einem Plan arbeitete, die Pacos zu überlisten, doch Alvoc war noch nicht fertig. Dazu gehörte wohl irgendetwas feuriges, denn Alvoc experimentierte mit Feuer und wie man Verbindung zu ihm aufbaut…

Sein Volk hatten einfach Pech gehabt, mit diesem grausamen Herrn. Alvoc. Und selbst der unentdeckte Widerstand, den er leitete, konnten wahrscheinlich nichts gegen ihn ausrichten. Denn es gab etwas, was Alvuc von den normalen Edans unterschied: Er war unsterblich. Man konnte ihn so oft umbringen wie man wollte, er entstand immer wieder neu.

Er dachte an die Pacos und ihnen galt sein Mitleid. Mit dreihundert Mann wollten sie anrücken: Eric wusste die genauen Angaben nicht, doch er war sich sicher, Alvocs Armee hatte wahrscheinlich die doppelte Zahl an Soldaten.

26

DER MERYL-STEIN

Die Bande hielt an. Ein Junge kauerte niedergeschlagen am Boden.

Als Silberauge auf ihn zutrat, schaute er zu ihm auf: „W-Wir werden es nie schaffen. M-Mir ist kalt."

Sie waren auf einem Gletscher.

Silberauge sagte nichts, er berührte nur die Schulter des Jungen. Und dem Jungen wurde wärmer…

Er fühlte sich, als hätte er die Kraft eines Drachen…

…

Das nächste Frühstück wurde eher düster verschlungen. Die Wasserschrats wollten ihnen nicht helfen. Jan gab sich geschlagen. Er wusste einfach nicht mehr weiter.

„Wir haben uns das alles viel zu einfach vorgestellt!", fasste Jan zusammen.

Navajo, Nox und er saßen zusammen um ein kleines Feuer.

„Aber wir *brauchen* die Hilfe des Schrates!", Nox war besorgt. „Mein Vater würde nie ein Kriegsheer, das unterlegen ist, in einen Kampf schicken, wenn sie keine Geheimwaffe haben!"

Jan seufzte und meinte: „Wir können es noch einmal versuchen, aber… ich glaube nicht, dass der Chef und die Chefin ihre Meinung ändern werden…"

„Warten wir jetzt erst noch einmal ab“, entschied Nox.

„Aber eigentlich dürfen wir nicht länger warten!“, widersprach Navajo. „Je länger wir warten, desto größer ist die Wahrscheinlichkeit, dass die Feuermenschen von uns erfahren. Sie hatten schon immer gute Spione, auch in den Zeiten der Hüter! Und unser ganzer Angriff soll ja eine Überraschung werden!“

Alle schwiegen. Schließlich stand Jan auf. „Ich gehe noch einmal zu den Wasserschrats. Was anderes fällt mir gerade nicht ein! Wer mitkommen mag, der soll das!“

Nox stand auf. „Ich nehme Marco und Falk mit. Die beiden haben echt was durchgemacht und verdienen es dabei zu sein! Außerdem hat Falk die Wasserschrats gefunden.“

Jan machte den Mund auf und ließ ihn wieder zufallen. „Soll mir recht sein!“, brummte er und stapfte los.

Kurz darauf standen sie zu viert wieder am Ufer und Jan stampfte so energisch auf den Boden, dass sie gehört wurden. Kurz darauf schwamm Tabback zu ihnen herauf. Er protestierte: „Wie kann man so heftig auf unseren Höhlen rumstampfen wie… oh ihr seid es. Ihr seid ja immer noch hier!“

„Wir wollten fragen, ob der Chef seine Meinung inzwischen geändert hat!“, erklärte Jan ernst.

„Es ist uns sehr wichtig“, pflichtete ihm Nox bei.

„Die Feuermenschen sterben nicht einfach so!“, meinte Marco. „Wenn man sie einmal umgebracht hat, verbrennen sie von innen heraus. Und aus ihrer Asche entstehen sie wieder neu! Erst beim zweiten Mal passiert so etwas nicht mehr!“

„Es ist mir echt egal, was diese Feuermenschen alles können und der Chef hat seine Meinung selbstverständlich *nicht* geändert. Meine Haut trocknet, darf ich wieder gehen? Herzlichen Dank!“

„Halt!“, rief Falk. „Du weißt nicht, was alles auf dem Spiel steht!“

Plötzlich hielt Tabback, der gerade dabei war abzutauchen, wie vom Blitz getroffen inne und machte große Augen. „WAS…IST…DAS?“

„Was?“, fragte Falk, etwas aus dem Konzept gebracht. „Naja, sie wollen den König stürzen und uns alle versklaven. Glauben wir zu mindestens. Hundertprozentig wissen selbst wir es nicht.“

„WAS…?“, setzte Tabback an und putzte seine Brille an seinem Jäckchen.

„JA!“, sagte Jan, der wieder Hoffnung witterte. „Außerdem hassen die Feuermenschen Wasser über alles! Sie, sie würden es abschaffen, wenn sie könnten!“

Der kleine Wasserschrat schüttelte seinen Kopf und deutete gen Himmel. „Ich meine was ist *das?*“

Jan runzelte die Stirn und blickte nach oben. „Was soll denn sei… Oh!“

Alle blickten hoch.

„Der Mond!“, kreischte Tabback. „Der Mond! Der Mond stürzt ab!“ Und damit war er wieder weggetaucht.

Tatsächlich sah es so aus als würde der Mond, der noch gut sichtbar am Himmel stand, immer größer werden!

Jetzt erklangen auch schon die Rufe der restlichen Pacos. Sie zeigten auf die silberne Sichel, die sich gegen den hellen, blauen Himmel abhob.

Jan zwinkerte und rieb sich die Augen. Die Sichel blieb. Aber… war es wirklich der Mond?"

„DER MOND!" Plötzlich schauten aus dem Wasser unzählige Wasserschratköpfe herauf.

Sogar der Chef und die Chefin waren gekommen – ihre Frisuren waren sagenhaft verstrubbelt.

Alle waren in hellster Panik. Überall rief man „Der Mond!"

„Das ist nicht der Mond!", brüllte Jan.

„Was ist es dann?", brüllte ein anderer.

„Ich, ich weiß nicht! Aber es kommt näher!"

Ja, das stimmte. Die Sichel kam immer schneller auf sie zu. Aber es sah immer weniger nach einer Sichel aus. Es schlängelt sich hin und her und etwas flackerte an seinen Seiten.

Jan stockte der Atem. Ein Feuerschwall kam aus dem Mund des Mondes.

…

„Beeilt euch!", schrie Alvoc Kesc und Zec an. „Wenn ihr nicht bis morgen Birkenholz gebracht habt, dann setzt es was!"

Eingeschüchtert, liefen die beiden aus dem Saal und Alvoc war mal wieder alleine. Er sorgte dafür, dass er oft alleine war. Er mochte das. Es war so still. Da konnte er am besten nachdenken.

Zum Beispiel über seinen Plan, den Pacos eins auszuwischen. Er war schon fast fertig…

Außerdem konnte er sich beruhigen, wenn er ausrastete – so wie jetzt. *Jemand, der dauernd ausrastet, ist dumm!,* dachte er. *Weil er viel zu sehr damit beschäftigt ist, wütend zu sein und dann denkt er nicht mehr über seine Vorhaben nach. Er will nur noch Rache.*

Und solche unüberlegten Sachen fielen dann meist ins Wasser. Sehr schlecht. Man musste einen kühlen Kopf bewahren und eine Strategie brauchte man.

Alvoc hoffte, dass die beiden Trottel, Zec und Kesc möglichst bald mit seinem Holz zurückkamen.

Es ging nur mit Birke. So hatte es in dem Buch gestanden. Und er musste dieses magische Ritual so schnell wie möglich durchführen, das gehörte zu seinem Plan.

Er musste dringend mit dem Anführer der Pacos ein Wörtchen reden…

…

Marco lachte. Alle waren in Panik, um sich zu verstecken. Doch er blieb da wo er war und winkte gen Himmel.

Falk schaute ihn an, als sei er verrückt geworden. „Marco! Komm! Wenn das Wesen da oben dich sieht… Du weißt nicht, was es alles für Wesen hier oben im Gebirge gibt!“

„Doch“, erwiderte Marco und begann aufzuzählen. „Hasen, Füchse, Adler, vielleicht sogar Bären, und nun ja: Elche. Doch der da, ist nicht von, von…“ Marco unterbrach sich und rannte los. Der Drache war beinahe gelandet.

„Ivan!“

Nox rannte ebenfalls. Er lächelte. Außer Marco war er der Einzige, der auch verstanden hatte.

Ivan brüllte und seine Pranken berührten beinahe den Boden. Von seinem Rücken rutschen zwei Personen.

„Alessio! Du bist nicht tot!“, rief Marco.

Der kleine schwarzhaarige Fürstensohn sprang ihm entgegen.

Sie umarmten sich. Alessio war kurz davor zu weinen. „Marco! Bitte entschuldige! Ich, die Yafatermorgana… sie“

Marco schüttelte nur den Kopf.

Schließlich ließ er los. Jetzt war Nox an der Reihe.

„Hallo Marco! “

Marco fuhr herum. Vor ihm stand niemand anderes als: Aurora, die Räuberin.

„Hallo!“, entfuhr es Marco und umarmte Aurora, die überrascht die Augen aufriss.

„Was machst du denn hier!“, fragte Marco irritiert.

Aurora trug wie damals ihren grünen Frack und ihr rostbraunes Haar war zu einem einfachen Pferdeschwanz gebunden.

Marco war verblüfft, als er sah, dass sie ein wenig rot angelaufen war. Doch das war sicher nur, weil sie vom Fliegen so angestrengt war.

„Das…ist ne' längere Geschichte!"

…

Am Abend versammelten sich alle um ein großes Lagerfeuer. Es gab viel Aufregung und einiges zu erzählen. Zu Marcos Rechten saß ein fassungsloser Falk und zu seiner Linken eine fröhliche Aurora.

Alessio lehnte sich an Ivans Seite und spielte aufgeregt mit seinem Amulett. Die restlichen Pacos saßen mit gehörigem Abstand zu dem Drachen und wirkten alle recht durcheinander.

Und dann wurden die drei überraschenden Neuankömmlinge gebeten, zu erzählen, was geschehen war.

Alessio begann: „Ich, äh ja bin in eine Yafatermorgana gelaufen. Marco hat versucht, es zu verhindern, aber... das kennt ihr ja schon." Alessio schluckte. Vor so vielen Leuten zur reden war nicht leicht. Doch Ivan gab ihm neue Kraft. „Auf jeden Fall auf der anderen Seite…"

…Auf der anderen Seite der Yafatermorgana hatte tatsächlich Ivan gewartet. Alessio hatte riesiges Glück gehabt, er war nicht auf irgendeinen beliebigen Rücken eines ähnlich aussehenden Drachen gekommen, sondern auf den von Ivan.

Seinen Vater hatte er allerdings leider nicht getroffen, doch die Zusammenkunft mit dem Drachen war wunderbar gewesen!

Nachdem Alessio dem Drachen alles erzählt hatte, wollte er eigentlich noch einmal Nick besuchen, doch Ivan drängte: Sie mussten die anderen schnell einholen!

Alessio bestand jedoch darauf, noch einen kleinen Zwischenstopp einzulegen…

Nämlich bei Auroras Räuberbande. Jeder wollte auf Ivan reiten und Alessio sah seinen alten Freund Max wieder. Noch ein tolles Erlebnis. Schließlich war Ivan einverstanden, dass Aurora auch mitkommen durfte. Alle anderen aus der Räuberbande wollten auch mit, aber das ging nicht. Derek hatte lautstark protestiert, er müsse mit, Marco seelischen Beistand leisten. Er konnte sich erst beruhigen, als ihm gesagt wurde, dass er dann von Mariam getrennt sein würde. Er hatte etwas von seinen Pflichten gemurmelt und dann aufgegeben!

Die Pacos, die die ganzen Namen nicht kannten, wirkten während Alessios Erzählung eher skeptisch und tuschelten.

„Auroras Räuberbande?"

„Sind das nicht lauter ungebildete, verwahrloste…"

„Denen bin ich auch schon einmal begegnet. Wenn man nach Rae will, kommt man nicht an ihnen vorbei!"

Alessio bemerkte von all dem nichts und erzählte weiter:

„Wirklich jeder wollte mit um zu helfen. Aber es ging ja nicht." Alessio zuckte die Schultern. „Und hm, wir sind zu euch, also zu eurem Zeltdorf geflogen."

Die Männer, die Jan zurückgeschickt hatte, kurz nachdem er erfahren hatte, dass das Lager der Chartoons vernichtet worden war, waren auch gerade zurückgekehrt. Sie waren gerade dabei, die restlichen Pacos in ein sicheres Versteck zu führen. Gerade noch so konnte Ivan sie abfangen.

Man sagte Alessio, Aurora und Ivan, dass die Pacos sich von den Chartoons aus in das Gebirge auf gemacht hatten. So begaben sich die drei so schnell wie möglich dorthin und suchten den dreihundert Mann starken Trupp, der sich auf dem Weg zu den Feuermenschen befand…

Nach Alessios Erzählung schwiegen alle erst einmal.

Marco musterte Alessio, Ivan und Aurora misstrauisch. Er war sich ziemlich sicher das die Drei etwas *nicht* erzählt hatten. Irgendein Geheimnis, von dem er und alle anderen der Expedition besser nichts wussten…

Plötzlich dröhnte eine Stimme, die sich anhörte, als rede sie in den Kopf jedes einzelnen hinein: „*Und ihr habt Probleme mit den Wasserschrats?*"

Die Pacos schielten nervös zu dem Drachen. Es war das erste Mal, dass er gesprochen hatte.

Marco hingegen mochte Ivans Stimme. Sie hatte etwas sehr Beruhigendes.

Jan riss sich zusammen und nickte. „Ja, wir haben Probleme mit ihnen… Ivan"

„*Mal sehen, ob ich mit ihnen reden kann!*"

Als erstes wirkte Jans Blick verwirrt, doch dann hellte sich seine Miene auf. „Ja. Ja, vielleicht überlegen sie es sich jetzt noch einmal!"

Ivan nickte.

„Ivan wird auch mitkämpfen!", rief Alessio.

Plötzlich redeten alle durcheinander, doch Jan brüllte: „Ruhe!"

„Wenn das stimmt, sind das mehr als nur erfreuliche Nachrichten. Wir überlegen, wie wir Ivan in unseren Kampf einbinden können. Ein Drache auf unserer Seite… Das ist ein wahrer Vorteil.“

…

Ein Drache machte in vieler Hinsicht die Dinge leichter. Doch auf die Hilfe der Wasserschrats mochte man dennoch nicht verzichten: Ivan spie Feuer und es war nicht sicher, dass dies den Feuermenschen etwas ausmachen würde. So konnte er nur mit seinen Krallen und seinem peitschenden Schwanz arbeiten.

Die Pacos wollten zusätzlich die Sicherheit des anderen Elements. Des Wassers.

Doch diesmal erschien kein Wasserschrat an der Oberfläche des Baches.

Jan befürchtete, dass bei dem Schrat ein paar Gänge eingebrochen waren und sie auf diese Weise sehr schnell die Anwesenheit von Ivan mitbekommen hatten. Obwohl er zur Sicherheit von der anderen Seite des Flusses gekommen war.

Er und alle anderen, die mitgekommen waren, mussten lange warten, bis ein Kopf aus dem Wasser gestreckt wurde: Er gehörte zu Tabback und sah nur so weit heraus, dass seine Augen aus dem Wasser schauten. Er blinzelte und als er den Drachen sah, war er sofort wieder unten.

Da konnten sie so viel rufen, wie sie wollten. Doch endlich tauchten doch noch drei Köpfe aus dem Wasser auf. Tabback und, den Frisuren nach zu urteilen, der Chef und die Chefin.

„Wir machen euch ein Angebot:“, rief ihnen Jan zu. „Wir verschwinden, wenn ihr uns helft! Wenn nicht, dann kann es brenzlig werden!“

„Wie denn?“, quiekte die Chefin; jetzt waren die Köpfe aller ganz aus dem Wasser.

Jan zuckte die Schultern und schielte zu Ivan. Und was der machte, erschreckte ihn sogar selbst. Völlig lautlos stieß eine große Flamme aus Ivans Rachen. Jan hatte erwartet, dass er brüllen würde, wenn er eine Feuerfontäne hervorstieß.

Allein das Feuer hatte eine erschreckende Wirkung und es reichte dafür aus, dass die drei Köpfe längst verschwunden waren, als die Versammelten Pacos wieder zum Bach schauten.

Auch Navajo, Nox, Mika, und die beiden Jungs Falk und Marco waren beeindruckt. Alessio, der bei den beiden stand, wirkte kein bisschen überrascht.

Jan schaute zu Aurora. Sie lächelte vorsichtig. Er lächelte nicht zurück. Sie war immer noch eine Räuberin. Das Lächeln verschwand von ihrem Gesicht und sie nickte ihm mit kaltem Blick zu, bevor sie sich wieder umdrehte. Er duldete eigentlich keine Banditen bei sich im Volk. Bei dem Gedanken, dass noch mehr mitgekommen wären…

Aber im Grunde sind sie doch wie Falk. Der Gedanke schoss ihm in den Kopf, obwohl er nicht wusste, woher er gekommen war. *Sie und ihre Bande sind wie Falk, Waisen. Du weißt nicht, was Falk ohne Niall geworden wäre…*

Er schüttelte wie zu sich selbst den Kopf. *Aber das war doch etwas ganz anderes…*

Doch bevor er mehr darüber nachdenken konnte, erschien Tabback wieder. Er hielt etwas in der Hand, was wie ein faustgroßer Stein aussah. Also fast so groß, wie Tabback selbst.

Er schnaufte. „Aber nur wegen dem Drachen."

Als Jan sich langsam wunderte, wie der Schrat den Gegenstand halten konnte, schwamm der Schrat auch schon ans Ufer und stellte ihm ab. Warum er wie ein Stein aussah? Die einfachste Antwort: Es war ein Stein.

Jan blickte enttäuscht zu Tabback. „Was sollen wir denn damit anfangen?"

„Was ihr damit anfangen könnt? Ihr wisst es nicht?"

Stumm schüttelten alle den Kopf.

„Oh", machte Tabback verwirrt. „Das ist ein Meryl-Stein. Wenn man ihn wirft, kommen von ihm riesige Wassermengen."

„Und was soll uns das bringen?" Jan war skeptisch.

Tabback runzelte die Stirn. „Ich denke, dass müsst ihr euch selbst überlegen. Aber ihr habt gesagt, sie verbrennen und entstehen aus ihrer Asche wieder neu, richtig?"

Jan nickte.

„Nun, dann gilt es, nachdem ein Feuermensch im Kampf besiegt wurde und er anfängt zu verbrennen, den Stein zu werfen. Der Meryl-Stein löscht das Feuer, und so kann er nicht ganz zu Asche werden. Und wenn er nicht ganz zu Asche werden kann, kann er auch nicht aus ihr wieder neu entstehen."

Jan überlegte kurz und er spürte, wie seine Laune deutlich besser wurde, doch…

„Kann man ihn mehrmals benutzen?"

„Hm", überlegte Tabback. „Das vermutlich schon. Man muss ihn auf das Opfer werfen und fertig. Danach muss man ihn nur wiederfinden."

Jan stöhnte: „Wenn man den Stein im Kampfgetümmel wirft, findet man ihn sicher nicht mehr!"

Tabback nickte. „Ihr solltet also gut zielen, es gibt keine zweite Chance!"

„Und wir kriegen nur *einen?*"

Tabback blickte entrüstet. „Meryl-Steine sind sehr schwer herzustellen. Die unendlichen Wassermengen, die er hervorzaubert… Außerdem kann man ihn zu unendlich vielen verschiedenen Sachen benutzen. So ist das Wasser, das er hervorzaubert, trinkbar! Die Steine sind sehr selten und kostbar."

„Ja, aber was sollen wir denn nur mit einem Merie-Stein anfangen?"

„Er heißt *Meryl*-Stein und wie ich schon sagte: Das müsst ihr euch selbst überlegen! Und jetzt verschwindet! Ihr müsst euer Versprechen einhalten!" Er begann zu sinken, doch dann fiel ihm noch etwas ein: „Ach ja, bevor ihr ihn in die Hand nehmt: Nicht ausversehen fallen lassen, ja? Derjenige würde dann wahrscheinlich in dem Wasser ertrinken!"

Damit war er weg. Es herrschte erst einmal Stille in der Versammlung. Schließlich beugte sich Jan nach unten und steckte den Stein vorsichtig in seine Tasche. Er war leichter, als Jan gedacht hatte. Und ihm fiel ein seltsam bläuliches Glänzen auf.

…

Ein Elch sprang erschrocken weg, als zwei Tage später eine größere Bande von Kindern bei dem Bach auftauchte. Sie wirkten hungrig und erschöpft. Sie schauten sich ein wenig um. Da entdeckte ein stämmiger, schwarzhaariger Junge verbranntes Holz von einem Lagerfeuer.

„Sie haben hier Halt gemacht!", sagte Derek.

27

KRIEGSRAT

Es war schön, wieder bei den anderen zu sein. Und eine enorme Erleichterung, dass ihn niemand wegen der Yafatermorgana Vorwürfe machte.

Alessio hatte sehr großes Glück gehabt, das wusste er. Die Wahrscheinlichkeit, dass er tatsächlich zurückkommen würde, war minimal gewesen. Das hatte ihm Marco, bevor er in die Yafatermorgana hinein gelaufen war, erklärt. Auch dass er überleben würde, war lediglich ein glücklicher Umstand. Das hatte er alles gewusst.

Doch es war unmöglich gewesen, den Drang der Yafatermorgana zu ignorieren. Es hatte sich angefühlt, als wäre er in einen Wasserstrudel hineingeraten. Er hatte noch versucht, sich zu wehren und dennoch *zerrte* es ihn dort hin.

In dieser Nacht war Marco, nachdem er ihm die Yafatermorgana erklärt hatte, schnell wieder eingeschlafen, er jedoch nicht. Er hatte sich immer wieder eingeredet, dass er nicht dorthin zurück wollte. Doch es stimmte nicht, es hatte ihm sogar sehr gut gepasst: Eine Ausrede zu haben, weshalb er dorthin laufen konnte – *Es ist nur wegen der Yafatermorgana. Ich kann nichts dafür.*

Schuldbewusst hatte er sich auf die Lippen gebissen und war möglichst leise nach draußen geschlichen, um Marco nicht zu wecken.

Von da an war das Zerren immer stärker geworden. Er musste anfangen zu laufen und…

Da war dann noch Marco gewesen. Er konnte sich gar nicht mehr genau erinnern, was gewesen war, doch er wusste leider noch, wie er Marco die Nase blutig geschlagen hatte. In seinen Träumen musste er dies oft wiederhohlen. Immer wieder sah er sich, ohne etwas dagegen tun zu können, wie er Marco die Nase blutig schlug.

Marco hatte ihm nicht erzählt, auf welche Weise er es zurück zu den Pacos geschafft hatte und Alessio traute sich nicht zu fragen. Er hatte zu große Angst, dass Marco dann wütend wurde.

Alessio war damals weitergerannt, in die Yafatermorgan hineina. Seine Gefühle konnte er schwer beschreiben, doch es war anders gewesen, wie als er und Marco damals durch die Amulette nach Rae katapultiert wurden. Es fühlte sich an als wäre er plötzlich taub geworden. Als wäre er durch graue Wolken immer tiefer gefallen. Er war immer schneller geworden, bis er bemerkt hatte, dass er gar nicht mehr fiel. Und er hatte noch ein bisschen länger gebraucht, bis ihm klar geworden war, dass er auf Ivans Rücken saß.

Yafatermorganen waren nicht gut erforscht, doch Alessio wusste jetzt eines: Der Yafatermorgana war es im Grunde egal, wo ihr Opfer landete, wenn es in sie hineinlief. Sie waren nicht in dem Sinne Gut oder Böse. Das Einzige, was ihr wichtig war, war, dass das Opfer in sie hineinlief. Was die Yafatermorgana davon hatte, wusste er nicht und er wollte es auch gar nicht wissen.

Doch man landete immer an dem Ort, von dem die Yafatermorgana das Bild des Wunsches herhatte. Sicher, sie hätte auch irgendeinen anderen silbernen Drachen nehmen können. Doch Alessios Glück war nicht von ihm gewichen, wie es das schon so oft getan hatte…

…

Marco lehnte sich an einem Baum.

Wieder waren sie lange gewandert. Sogar bergauf war es wieder gegangen. Geführt hatte sie die Karte des *Abtrünnigen Feuermenschens.* Die Karte, von der sie auch wussten, die Feuermenschen eine Invasion planten: *Der Sohn tauchte wieder auf – keinem schien's zu behagen. Und die Flammen begannen wieder höher zu schlagen...*

Doch jetzt waren sie da: Jan hatte seit kurzem ein paar Späher ernannt, die immer vorausliefen und den weiteren Weg auskundschafteten. Mittlerweile fragten sie sich schon, ob sie nicht völlig falsch herumirrten und die Feuermenschen ganz wo anders lagerten - die Karte falsch lag, da kamen die Späher zurück. Sie meldeten, dass die Festung nur noch eine gute Stunde entfernt lag. Die Pacos und ihre Freunde waren schon länger durch einen großen Wald gelaufen und so mussten sie warten, bis sie einen baumfreien Platz gefunden hatten, um ihr Lager aufzuschlagen – unter den Bäumen war meist nicht genug Platz für die großen Zelte.

Obwohl Marco schon so oft mitgeholfen hatte, das Zelt aufzubauen, war es schwierig gewesen. Der erdige Boden war von der Kälte gefroren und fast zu hart um Pflöcke hineinzuhauen.

Es schien, als sei der Schnee hier erst vor einer Woche geschmolzen und der Frühling bahnte sich sehr langsam an. Aber ohne Zelt wollte hier wegen der Kälte keiner schlafen. Außerdem würden sie hier wohl nicht so schnell wieder abreisen…

Als Alessio auf Marco zukam, riss er sich von seinen Gedanken los und hob den Kopf.

„Marco!“, rief Alessio und kam näher. „Komm schnell, Jan hat den Kriegsrat einberufen. Er erklärt jetzt, wie die Pacos angreifen wollen!“

Marco nickte aufgeregt und stolperte hinter Alessio zur Versammlung.

Sie wurden schon von Aurora und Falk erwartet. Die Vier waren mittlerweile zu richtigen Freunden zusammengewachsen.

„Was hast du denn da allein gemacht?“, meinte Falk. „Hast du dich mit einem Baum unterhalten?“

Marco ging nicht darauf ein, sondern setzte sich mit Alessio neben die beiden.

„Bin schon gespannt, was jetzt kommt!“, meinte er und alle nickten bedächtig.

Sie und alle anderen Pacos saßen um ein kleines Lagerfeuer herum und warteten, dass es losging. Es war eine besondere Stille. Die letzte Woche hatten sich Nox, Jeremiah und Jan am Abend oft zusammengesetzt und diskutiert, wie sie mit dem Zuwachs eines Drachen und einem einzigen Meryl-Stein vorgehen sollten. Doch diese Strategiebesprechungen waren streng geheim gewesen.

Als Marco, Falk und Aurora einmal versucht hatten, zuzuhören, waren sie entdeckt und fortgeschickt worden.

Jetzt hatten die drei Männer endlich zu einem Ergebnis gefunden.

Jan begann zu reden: „Gut! Hört jetzt alle gut zu!“ Mit Begrüßungen, dass hatte Marco schon festgestellt, tat sich der Häuptling eher schwer. „Es ist uns nicht leicht gefallen, uns zu einigen und so haben wir jetzt zwei Pläne, die wir euch vorstellen werden. Welchen wir umsetzten werden, hängt nur von einer Person ab!“ Er schielte zu Alessio.

Nox trat vor: „Nun, der Anfang ist bei beiden Möglichkeiten gleich: Wie die Späher berichtet haben, liegt die Festung in der Mitte eines riesigen, tiefen Kraters, so weit entfernt, dass man sie vom oberen Rand nicht mit Pfeilen erreichen kann. Und das bedeutet, dass der Krater wirklich *riesig* ist. Das Erste, was wir wollen, ist unbemerkt hinunter in den Krater zu kommen. Ist das geschafft, drücken wir uns in den Schatten der Kraterwand und haben noch ein gutes Stück Weg vor uns, bis wir tatsächlich auf den ersten Verteidigungsring stoßen. Insgesamt gibt es drei, bis zur eigentlichen Festung. Wir kommen nur zur Festung durch, wenn wir überraschend angreifen. Also ist es wichtig, unbemerkt nach unten zu gelangen!

Als nächstes wird Ivan sich auf die andere Seite der Festung stürzen und so für Aufmerksamkeit sorgen. Während die

Feuermenschen mit Ivan beschäftigt sind, laufen wir bis zum ersten Tor des Verteidigungsringes und durchstoßen es, genauso wie die beiden anderen. Navajo wird uns dann während des Kampfes vor jeglichem Feuerzauber beschützen. Wir brauchen uns also weder davor zu fürchten von heraufbeschworenen Flammen sich zu verbrannt zu werden noch davor zu Staub verwandelt werden."

Anerkennendes Raunen ging durch die Reihen der Pacos. Der Plan hörte sich durchaus umsetzbar an!

Doch die drei waren noch nicht fertig, diesmal trat Jeremiah vor. „Und jetzt kommen wir zu den beiden Möglichkeiten. Die Erste ist: Einer von uns hat den Meryl-Stein und hat nur eine einzige Aufgabe in dem Gemetzel: Finde Alvoc, das Oberhaupt der Feuermenschen, greife ihn an und besiege ihn. Wenn es sein muss, macht das auch zu zweit.

Wenn das Oberhaupt dann in Flammen aufgeht, wirft derjenige den Stein und so bleibt wenigstens der König im Reich der Toten. Schließlich kann er, wenn er nicht ganz zu Asche wird, und dafür wird der Stein sorgen – wir haben ihn schon getestet -, nicht wieder neu entstehen. Anders kann man ihn ja, laut der Karte des Abtrünnigen Feuermenschen, gar nicht bezwingen. Er würde sich ja – im Gegensatz zu einem normalen Feuermensch – immer wieder neu auferstehen lassen. Außerdem wird es Verunsicherung bei unseren Feinden stiften, die wir nutzen können."

Jetzt blieb jeder erst einmal still. Man konnte sich an den eigenen Fingern abzählen, wie viel Glück man für diese Aktion brauchte.

„Die andere Möglichkeit“, fuhr Jeremiah fort. „Die andere Möglichkeit ist zwar aussichtsreicher, doch durchaus gefährlicher!“ Er blickte zu Marco, Falk, Aurora und Alessio. „Wir wissen, wie gefährlich das Ganze ist und auch, dass wir sagten, ihr vier bräuchtet nicht mitzukämpfen, doch einen brauchen wir für die andere Möglichkeit.

Die andere Möglichkeit wäre, dass einer von uns das Oberhaupt umbringt und einer der auf Ivan reitet, den Stein wirft. Dieser hätte somit eine bessere Changs, zu treffen. Und da es hier nur einen gibt, der Erfahrung auf dem Gebiet des Drachenreitens hat, bleibt uns nichts anderes übrig, als dich zu fragen, Alessio. Würdest du diese Sache machen? Außer diesem entscheidenden Akt wärst du vom Kampfgeschehen ausgeschlossen. Ivan ist ja unsere letzte Hoffnung. Er unterstützt uns nur wenn wir es ohne Hilfe nicht schaffen.“

Die Emotionen auf Alessios Gesicht waren nicht zu deuten, doch er nickte sofort: „Klar, werde ich’s tun!“

„Du musst es wirklich nicht!“, meinte Nox und kniete sich vor ihm hin. „Du kannst auch *nein* sagen.“

Alessio nickte. „Und ich sage *ja!*“

Marco musterte Alessio ausgiebig. Er zeigte keine Furcht. „Ich kann das sicher auch!“, schoss es ihm aus dem Mund, bevor er etwas dagegen unternehmen konnte.

Doch Nox lächelte. „Sehr nett von dir Marco, aber nein! Wir brauchen Alessio ja, weil er gewohnt ist auf Drachen zu reiten. Wenn du es kannst, dann könnte es ja auch einer von uns!“

Jan räusperte sich. „Noch etwas. Wir werden uns in drei Gruppen aufteilen. Ich führe die erste, Nox die zweite und Jeremiah die dritte. Wie bei den Hütern. Da hat ja immer Leod den ersten Teil, Achak den zweiten und Niall den…"

Er stockte. Irgendetwas schien mit dem Feuer, um das alle saßen, nicht zu stimmen. Die Flammen schossen immer höher. Und ein seltsames Zischen war zu hören.

Ein paar Männer standen auf und wollten Wasser holen, doch da war noch etwas: Für ein paar Sekunden schien es Marco, als würde das Feuer die Form eines Mannes annehmen. Eines Mannes, der eine Krones auf dem Kopf trug… Alvoc.

28

FEUER UND FLAMME

Graue Wolken bedeckten den Himmel und eine unangenehme Brise kam auf, als sich der Kampftrupp in Bewegung setzte.

Als letzter im Zug ritt Alessio auf Ivan. Weil sie nicht gesehen werden durften, musste Ivan seine Beine benutzen. Er war es nicht gewohnt, so im Wald zu laufen. Er war groß, und musste sehen, wie er durch die Bäume kam.

Ganz vorne an der Spitze: Jan, Nox und Jeremiah. Sie führten die drei einzelnen Trupps an.

„Die Späher", erklärte Jeremiah, „haben berichtet, dass es wirklich schwer ist, die Festung anzugreifen, es gibt nur eine Stelle, an der man in den Krater hinunter kann: ein mehr oder weniger steiler Grashang. Wir müssen also möglichst einzeln hinunterkommen, damit sie uns nicht sehen!"

Sie liefen noch eine Weile durch den Wald, dann blieben sie abrupt stehen. Sie standen vor dem Krater. Mehrere hundert Meter ging es hinunter.

„Wo ist dieser verfluchte Grashang?", fragte Jan nervös.

Schließlich entdeckte ihn Nox. Eine ganze Weile mussten sie an dem tiefen Abgrund entlang gehen, bis sie zu der Stelle kamen. Doch einen Vorteil hatten sie dadurch: Sie konnten die Festung gut von oben sehen. Wenn man am Fuß der

Felswände stand, war es vielleicht noch ein Kilometer Grasfläche bis zum ersten Verteidigungsring. Die Mauer des Verteidigungsrings machte immer wieder Kurven und war nicht perfekt rund, doch sie diente erfolgreich als Hindernis. Wie das Kampftrupp schon wusste, gab es noch zwei weitere Ringe.

Zwischen dem äußeren und dem nächsten Ring standen Häuser und ein paar Hütten verstreut. Leider waren die zwei inneren Mauerringe so dicht aneinander, dass man nicht sehen konnte, was sich dahinter abspielte. Doch die eigentliche Festung sah man: Sicher fünf Mal so groß wie eine gewöhnliche Burg. Sie hatte dicke Mauern und Türme.

Jan schauderte unwillkürlich. Würden sie durch alle drei Verteidigungsringe kommen und dann noch die Festung stürmen können?

Doch er vergaß: Sie hatten einen Drachen. Trotzdem musste alles fürchterlich schnell gehen, das wusste Jan. Sonst waren sie verloren.

Als sie schließlich an dem steilen Hang angekommen waren, machten sich immer fünf ihrer Krieger nacheinander im Abstand von mehreren Metern an den Abstieg. Der Rest versteckte sich im Wald. Aus dieser Entfernung konnten die Feuermenschen sie nicht herunterkommen sehen, hoffte Jan. Wenn ihre Feinde zusätzlich zu ihren wahnsinnigen Kräften auch noch Adleraugen hatten, wusste er auch nicht mehr weiter. Denn sie durften keine Zeit verlieren! Würden sie jetzt nicht angreifen, könnten sich die Feuermenschen schon in ein paar Tagen auf den Weg nach Rae machen!

Als die drei kleinen Armeen unten waren, verblieben nur noch Alessio und Ivan, die oben im Schatten der Bäume standen.

„*Hast du den Meryl-Stein?*“, fragte Ivan.

Alessio steckte seine Hand in seine Hosentasche, sie zitterte leicht. „Ja!“, sagte er. Und richtete sich im Sattel auf.

„*Fall nicht runter, ja?*“ Dann setzten sie sich in Bewegung und flogen in Richtung Schicksal.

…

Nox wartete ungeduldig mit den anderen, bis sich Ivan weit genug entfernt hatte, dann schlich die Truppe an den Kraterwänden entlang. Die Wand war so bröckelig, dass wahrscheinlich weiter oben eine Bewegung einen Stein zum Herabfallen brachte. Doch das Risiko mussten sie eingehen, wenn sie nicht entdeckt werden wollten.

„Du wirst sehen!“, murmelte Jan dem besorgten Prinzen zu. „Die Ablenkung wird perfekt sein!“

Und Jan hatte Recht. Plötzlich ertönte auf der anderen Seite des Kraters Gebrüll. Drachengebrüll. Ivan flog in einer Steilkurve auf die Festung zu. Das war ihr Moment!

„Jetzt!“, rief Jan und alle liefen schnell los. Sie rannten in Richtung Tor des ersten Verteidigungsrings. Alle sprinteten in Richtung der großen hölzernen Türflügel. Natürlich hatte man sie gesehen – das war bei einer so großen Festung gar nicht anders zu erwarten aber zu Wünschen war es, dass die große Aufmerksamkeit bei dem Drachen war.

Zuletzt stieß Ivan mit einem weiteren Brüllen zu ihnen hinab. So gefährlich war er Nox noch nie vorgekommen. Hoffentlich hielt sich der arme Alessio gut fest.

Sie hatten keinen Rammbock, mit dem sie das Tor aufbrechen konnten. Brauchten sie auch nicht.

Es donnerte laut, als Ivan aus dem Tor mit mehreren Prankenhieben Sägespäne machte. Mit Siegesgebrüll überwand die kleine Armee den ersten Verteidigungsring. Das ging doch schon mal ganz gut! Jetzt waren es ungefähr noch fünfhundert Meter bis zum nächsten Tor.

Während sie rannten, wurde das Siegesgebrüll jedoch leiser. Keine einzige Reaktion. Die Hütten und Häuser, an denen sie vorbei liefen, schienen verlassen. Irgendetwas war hier faul. Doch sie hatten keine Zeit, sich damit zu beschäftigen. Von Ivan kam warnendes Gebrüll. Jan befahl der Truppe: „Stopp."

Mit einem Ruck blieb der Zug der Pacos stehen. Misstrauisch blickte sich Nox in der Gegend um. Von hinten nichts. Von oben auch nichts, nicht einmal etwas von der Seite. Sein Kettenhemd klirrte leicht. Plötzlich hörte er es auch. Das nächste Tor, vor dem sie zum Stehen gekommen waren, öffnete sich leise knarzend.

Sie standen einer fünfhundert Mann starken Feuermenschenarmee gegenüber.

„Kämpft", brüllte Jan.

...

Hatte der Kampf schon begonnen? Hatten sie schon verloren? Solche Fragen schwirrten durch Marcos Kopf. Er, Falk und Aurora durchschritten unruhig das leere Zeltlager der Pacos. Nervös fütterten sie ihre Pferde und wie zufällig näherten sie sich Navajos Zelt.

Als sie davor angekommen waren, meinte Falk: „Ich schau mal hinein! Ja?"

Die anderen beiden nickten und Falk verschwand im Zelt. Als sie alleine waren, meinte Aurora: „Marco, es gibt da etwas Wichtiges, was ich dir sagen muss!"

Jetzt kommts!, dachte Marco und wartete gespannt ab.

„Und zwar wegen dem Kampf! ..."

„Ja?"

„Ich habe", Aurora holte tief Luft – da wurde sie unterbrochen. Die beiden hörten aus dem Zelt Mikas verärgerte Stimme: „Verschwinde, aber sofort! Ihr könnt Holz sammeln gehen, wenn ihr euch nützlich machen wollt!"

Kurz darauf stolperte Falk mit finstererer Miene wieder aus dem Zelt.

„Und?", fragte Marco, während sie weiterschlenderten.

„Hab nichts Interessantes gesehen. Ich glaube Navajo saß auf dem Boden und hat sich in Trance versetzt oder so. Aber, pah!" Falk verzog das Gesicht und kickte gegen einen Stein. „Holzsammeln, was Langweiligeres ist denen wohl nicht eingefallen. Ich will kämpfen!"

„Aber das ist es!“, entfuhr es Aurora. „Hier ist keiner, der auf uns aufpasst. Wir können uns unter dem Vorwand, Holz zu sammeln, zur Festung schleichen und schauen, was passiert!“

Falks Augen leuchteten auf. „Perfekt!“

Marco zögerte und bekam Bedenken, doch das wollte er nicht vor den anderen zugeben.

So machten sie sich durch den Wald in die Richtung auf, in die die anderen vor knapp zwei Stunden gegangen waren.

„Und überhaupt ist es unfair, dass Alessio mit hindarf, wir aber nicht!“, fand Falk und Aurora nickte zustimmend.

„Er ist ja noch ein Kind.“

Marco, dem das Gerede unangenehm war, wechselte das Thema: „Also, was wolltest du mir sagen, Aurora? Irgendetwas mit Kampf. Oder?“

Er kriegte einen eisigen Blick von ihr ab. „Ach, das war nichts!“

„Was war nichts?“, fragte Falk, jetzt auch interessiert. „Gegen wen?“

„Wie gesagt: Das war nichts Wichtiges!“, behauptete Aurora und schließlich ließen Falk und Marco sie in Ruhe. Doch Marcos Verdacht, dass sie, Alessio und Ivan irgendetwas ausgeheckt hatten, verstärkte sich.

Lange ging es noch durch den Wald, dann sahen sie wieder Licht und Falk rannte darauf zu. „Da sollte jetzt die Festung sein!“, rief er aufgeregt.

Marco und Aurora liefen ihm hinterher. Und dann schrie Aurora auf. Marco erschien es wie ein Traum. Der Krater! Falk wollte vor dem Abgrund bremsen, doch er rutschte auf den Steinchen, die den Rand des Kraters säumten, aus – er verzog das Gesicht, torkelte und hatte keinen Boden mehr unter den Füßen. Marco wurde es auf einmal ganz kalt ums Herz.

…

„Ich schütze euch vor aller Art magischen Angriffs! Gegen das Schwert müsst ihr kämpfen!", hallte Navajos Stimme in allen Köpfen der Kämpfenden wieder. Auch in Alessios weit über dem Schlachtfeld. So weit oben in der Luft pfiff ihm der kalte Wind um die Ohren. Und er konnte immer nur einen kurzen Blick hinunter riskieren. Ihm war so elend wie nie zuvor zumute. Sie würden es nicht schaffen!

Er verkrampfte sich und krallte sich noch fester an den Sattel. Die Feuermenschen waren zu viele und sie hatten sie unterschätzt. Dies war etwas anderes, als das Duell zwischen Nox und Ceores. Hier hatte man es mit Hunderten von Ceoreses zu tun - Magie hin oder her.

„Ivan, du musst mitkämpfen!", schrie Alessio gegen das Rauschen des Windes.

Als der Drache nicht reagierte, wiederholte er noch einmal: „Wir müssen ihnen helfen!"

Der Drache schnaubte, doch es hörte sich wie ein Seufzen an.

Dann ging es im Sturzflug hinab.

Sie rasten auf das mit Feuer und Flammen übersäte Schlacht-feld zu.

29

DIE ÜBERREDUNG

„Alles gut?“, keuchte Aurora.

„Einigermaßen, ja!“, Falk grinste schwach.

„Mann, du hast uns zu Tode erschreckt“, meinte Marco. „Wenn da nicht dieser Felsvorsprung gewesen wäre…“

„… dann läge ich jetzt schön zerbrochen, zerschmettert da unten, ja, ich weiß. Denkst du, ich hätte das mit Absicht gemacht?“

Marco schüttelte den Kopf, er musste den Schock erst einmal überwinden. Nach einigem Zögern fügte Falk hinzu: „Aber vielen Dank, dass ihr mir hochgeholfen habt. Allein hätte ich es nie geschafft, an dem Felsen hochzuklettern.“

Jetzt gelang es auch Aurora, zu grinsen. „Ich glaube, du bist mehr an uns hochgeklettert, als am Felsen. Ich dachte schon, du ziehst mich mit runter, so hat es an meinem Arm gezerrt!“

„Entschuldigung. Sag mir mal bitte, wie du an einer Wand hochklettern willst, die gerade anfängt, einzustürzen?“

„Schaut doch lieber mal zur Festung“, lenkte sie Marco ab. „Wenn ihr mich fragt, hat der Kampf begonnen.“

Alle sahen zur Festung hinüber. In der Ferne erklang Kampfeslärm und Flammen stiegen zum Himmel auf.

„Oh mein Gott“, flüsterte Falk. „Ich fürchte, du hast Recht.“

„Zu dem Abhang da vorne“, kommandierte Aurora und alle liefen zu dem Hang.

Als sie dort waren, meinte Marco: „Ich wette, hier sind die anderen auch hinuntergekommen. Hier sind überall Trittspuren!“

„Sicher! Lass uns mal runterrutschen. Dann können wir uns den Kampf näher anschauen“, drängte Aurora.

…

Alessio blickte besorgt nach unten. Ihre Lage hatte sich weiter verschlechtert. Der Kampf ging schon eine halbe Ewigkeit. Und die Feuermenschen hatten inzwischen schon herausgefunden, dass sie ihnen nichts mit Magie anhaben konnten. Dafür kämpften sie umso aggressiver. Sie waren einfach zu viele! Und immer noch kein Alvoc da! Oder vielleicht doch? Aber wo?

Von oben sahen die Feuermenschen einander sehr ähnlich aus. Im Gegensatz zu den Pacos trugen sie eine Art Uniform: Schwarzer Mantel, Brustpanzer, Langschwert.

Aber wer von ihnen war der König? Daran hatten sie gar nicht gedacht. Was, wenn dieser Alvoc nicht mitkämpfen würde? Und selbst wenn, wie sollten sie ihn erkennen? Und wie sollte Alessio dann seinen Stein loswerden, bitte schön? Er war schon wiederholt versucht, den Stein auf einen brennenden Feuermenschen zu werfen. Aber er hielt sich zurück. Sie brauchten ihn für Alvoc.

Man merkte, dass die Pacos immer langsamer wurden. Alessio wusste nicht, ob schon jemand gestorben war. Er wollte es gar nicht wissen.

Die Feuermenschen waren vielleicht nicht ganz so gut im Schwertkampf, aber sie waren so in der Überzahl, dass es hin und wieder einmal vorkam dass zwei Feuermenschen gegen einen Paco kämpften. Alessio schlang dic Arme um Ivans Hals, als dieser wieder zu einem Sturzflug ansetzte. Für einen Moment tauchten sie in den Kampf ein und waren zwischen den Kämpfenden. Und in diesem Moment sah Alessio Nox.

Er kämpfte allein gegen fünf Feuermenschen. Keiner konnte ihm helfen. Und Alessio sah, dass auch er das Schwert kaum noch halten konnte. Selbst der beste Krieger des Landes brauchte irgendwann einmal eine Pause, jedenfalls unter diesen Umständen! Ein Feuermensch schlug ihm mit voller Wucht gegen den Rücken, so stark, dass er stürzte und am Boden lag. Alle fünf Feuermenschen kamen nun mit Schadenfreude auf ihn zu.

„Ivan!", rief Alessio, doch der Lärm um ihn herum verschluckte seine Stimme.

Und Ivan flog mit drei kräftigen Schwingen wieder nach oben. „Ivan, du musst, äh, da, nein" Suchend blickte Alessio auf den Kampf unter sich. Aber er fand Nox nicht mehr. Wo war er gewesen? Er hatte ihn bei all dem Kampf aus den Augen verloren. Verdammt!

…

Fluchend richtete sich Marco auf und schüttelte den Dreck von seiner Hose. Auch Falk und Aurora rappelten sich auf.

„Ich mag es ja, zu rutschen, aber dies war wirklich… Naja, ich werde jedenfalls nie wieder hier rutschen!" Falk schüttelte energisch den Kopf.

„Musst du ja auch nicht!“ brummte Aurora. „Kommt, lasst uns doch mal hier umschauen.“

„Wahnsinn!“, staunte Marco. Und blickte sich in dem riesigen Felsenkessel um. „So was habe ich noch nie gesehen! Wie ist wohl das hier entstanden? Ich meine, so ein Krater ist nicht gerade normal.“

Falk zuckte die Schultern. „Keine Ahnung. Vielleicht war das schon immer hier.“

„Mist!“, schimpfte Aurora. „Jetzt sind wir zwar unten, aber uns wird die Sicht versperrt!“

Tatsächlich konnten sie jetzt, da sie auf einer Höhe mit dem Kampf waren, nichts mehr sehen. Die Mauer des ersten Verteidigungsrings versperrte die Sicht.

„Kommt!“ Aurora winkte mit der Hand. „Lass uns mal näher heran laufen!“

Falk und Marco wirkten alles andere als überzeugt.

„Lieber nicht!“, sagte Falk langsam. „Da wären wir dann doch ein wenig zu nahe dran.“

Marco gab ihm Recht: „Der Kampf findet ja kurz hinter der Mauer statt. Wir könnten gesehen werden!“

„Quatsch!“, unterbrach ihn Aurora. „Die sind doch viel zu beschäftigt mit dem Kämpfen! Kommt!“, sie winkte noch ein mal. „Das ist eure einmalige Chance, so etwas mit anzusehen!“

Falk seufzt, blickte Marco an. „Naja…“

…

Alvoc saß in seinem Lieblingszimmer. Es hatte keine Fenster und die Wände waren nicht verputzt. Der rohe Stein war zu sehen. Die Festung war alt und hatte somit auch viele geheime Gänge und Kammern. Genau wie Alvoc es mochte. Das Zimmer war karg möbliert. Es gab ein paar Regale. Der Herrscher über die Feuermenschen saß auf dem einzigen hölzernen Stuhl vor einem Tisch. Eine einzige Kerze erhellte den Raum.

Das flackernde Licht spiegelte sich in… Gold, Silber und Juwelen.

Doch darauf achtete Alvoc nicht. Es war ihm sogar ziemlich gleichgültig.

Er hielt jetzt schon eine ganze Zeit lang seinen Finger in die Kerze. Es machte ihm nichts aus. Natürlich. Er war ein Edan. Er hätte auch in das Feuer eines Schmieds fassen können.

Halb Mensch. Halb Phönix.

Es war wie eine Art Meditation. Der Geruch des schmelzenden Wachses. Das Licht. Die Geräusche der Schlacht von oben – das Zimmer befand sich unter dem Erdboden.

Alvoc stutzte. War da nicht noch ein Geräusch? Eines von *unten*? Aber wie konnte das sein? Das Zimmer lag tief. Unter ihm war nichts als Erde.

Doch es war eine alte Festung… gab es noch tiefer gelegene, verborgene Orte von denen er nichts wusste?

Es zischte und die Regale wackelten. Misstrauisch stand Alvoc auf, mit der Kerze in der Hand.

Das Zischen wurde immer lauter und wertvoller Schmuck fiel aus den Regalen.

Dann rumpelte es und der Boden bekam Risse.

Hitze schlug ihm ins Gesicht. Er mochte Hitze. Feuer war heiß. Doch diese Hitze war feucht wie Wasser...

Wasser schoss aus den Ritzen und spritzte bis an die Decke.

Die beiden Regale mit samt dem Gold kippten in seine Richtung. Gerade noch so konnte er zur Seite zu hechten und riss die Tür auf, die aus dem Zimmer führte.

...

Es war ein einziges Durcheinander. Die Pacos und Feuermenschen drängten dicht aufeinander.

Aber es war nicht alles hoffnungslos: Oft sah man Feuermenschen in Flammen aufgehen. Einige waren auch schon zum zweiten Mal umgebracht worden.

Damit ein Feuermensch wieder neu entstand, brauchte es wirklich nicht lang. Starb er im Kampf, fiel er zuerst um wie jeder normale Mensch. Doch schon im Fallen fingen seine Augen an zu glühen und unter seiner Haut begann es zu leuchten. Dann verbrannte er von innen heraus und das Feuer verzehrrte seinen Körper. Schließlich blieb nur noch ein Haufen Asche übrig. Doch die Asche dampfte und aus dem Dampf materialisierte sich eine neue Gestalt.

Die Pacos versuchten, die Gestalten währenddessen mit dem Schwert aus dem Weg zu räumen: Aber es brachte nichts - und dann war der Feuermensch auch schon wieder da! Und es schien, als sei er sogar noch etwas stärker.

Und in diesem ganzen Durcheinander: Marco.

Wie das alles zu stande kam?

Er, Aurora und Falk hatten eine Weile lang dem Kampf zugesehen, da flog ein Schwert in hohem Bogen aus dem Kampfgetümmel. Und bevor Falk oder Marco sie daran hindern konnten, rannte Aurora zu der Stelle und holte es sich: Das war mehr als gefährlich. Das Schwert war weit geflogen, aber es gab auch keine genaue Abgrenzung des Schlachtfeldes… Schließlich kam Aurora zu den beiden zurück und meinte mit leuchtenden Augen, dass sie es ihr nachmachen könnten und sie dann ein bisschen den Pacos helfen könnten… Den Rest kann man sich schon denken!

Marco und Falk blickten sich an und da keiner der beiden kneifen wollte, passierte das schicksaalhafte, was schon die ganze Zeit für die drei bestimmt gewesen war: Marco, Falk und Aurora gerieten in den Kampf.

Doch es war anders, als Marco es sich vorgestellt hatte. Die drei stolperten eigentlich nur durch die Menge. Obwohl sie verabredet hatten, nicht weit voneinander entfernt zu kämpfen, verlor Marco die beiden anderen aus den Augen. Zwei Mal war er gestürzt.

Der kleine Dolch wog schwer in seiner Hand und er wusste nicht, was er damit anstellen sollte!

Er war nur damit beschäftigt, irgendwie auszuweichen.

Er zuckte jedes Mal zusammen, wenn irgendetwas in Flammen aufging. Außerdem fluchten alle laut und schwitzten, was das Zeug hielt.

Mit anderen Worten: Er wollte einfach nur noch weg!

Weg.

Und dann wirbelte plötzlich eine Feuerkriegerin zu ihm herum. Ihre Augen waren zusammengekniffen und sie versuchte, nach seinem Handgelenk zu greifen.

Da lief er los. In seiner Panik rannte er sogar ein paar Leute um. Es war ihm egal, wer ihm nachschaute: Er wollte hier heraus.

Blöderweise bemerkte er nicht, dass er immer tiefer ins Kampfgetümmel hineinlief…

…

Falk blickte sich panisch um.

Er sah Aurora. Sie kämpfte gerade gegen einen Feuerkrieger. Eines musste man ihr lassen: Sie kämpfte gut.

Als er versucht hatte, jemanden anzugreifen, hatte der Feuermensch ihn nur düster angesehen und gefragt, was er hier, bitte schön, mache. Nun, was machte er?

Er sprang von einem Ort zum anderen und…

Falk schrie, als ein Schwert seinen Arm streifte.

Auf seinem Arm zog sich nun ein langer blutiger Schnitt. Er presste seine andere Hand auf die Wunde und jemand anders stolperte über sein Bein.

Dann stand plötzlich Nox vor ihm. Er trug nur ein leichtes Kettenhemd und ein Schwert. Sein blondes Haar war verstrubbelt und auf seiner Stirn waren zwei Schnittwunden, die er aber gar nicht zu beachten schien.

„Falk!“, schrie der beste Kämpfer des Landes. „Was um alles in der Welt… Was? Du hast Aurora auch noch hierher geschleift?“

Falk wich zwei Duellierenden aus und schüttelte den Kopf. „Das können wir später klären. Es geht hier um Marco: Er ist auch hier und wir haben ihn aus den Augen verloren!“

Nox fluchte und verschwand im Getümmel.

…

Auch Marco hatte es mittlerweile erwischt: Ein Ellbogen, der eigentlich gerade einen anderen Kampf ausfocht, hatte ihn voll in die Seite gerammt!

Marco war schwummrig und er hatte ein paar Schnittwunden an seinen Beinen: Er trug eine kurze Hose an und somit waren seine Schienbeine völlig ungeschützt.

Auch sonst trug er die völlig falschen Sachen. Aber woher hätte er wissen sollen, dass er heute doch noch kämpfen würde?

Während er weiterrannte, ging ihm durch den Kopf: *Es scheint mir so, als hätte Aurora das alles geplant.*

„Marco!“

Es würde jedenfalls passen! Sie…

„Marco, siehst du mich?“

Sie war es gewesen, die ihn und Falk dazu gebracht hatte, zu dem Krater zu gehen.

„Hier ist Nox! Marco…“

Sie war es gewesen, die vorgeschlagen hatte, den Hang hinunter zu rutschen und…

„Marco!“

Endlich bemerkte Marco die Rufe. Er stoppte im Lauf und drehte sich um.

Da sah er Nox auf sich zurennen.

Marco runzelte die Stirn. Hatte es nicht unter seinen Füßen seltsam gezischt? Nervös wichen die Kämpfenden um ihn herum zurück.

Marco erstarrte. Das Zischen wurde lauter.

Der Boden bebte.

30

DIE SCHWARZEN VÖGEL

DES GEMETZELS

War Laufen nicht eine gute Tätigkeit? Alvoc lernte gerade ernsthaft zu begreifen, wie toll es war, dass der Mensch Beine hatte!

Wenn man die Tür aufriss, kam dahinter eine schmale Treppe zum Vorschein. Gerade hatte er diese überwunden und sprintete einen alten, staubigen Gang entlang. Es war düster und nur durch vereinzelte Schächte in den Mauern fiel fahles Tageslicht herein. Hin und wieder zweigten Gänge ab, doch Alvoc lief geradeaus und eine weitere Wendeltreppe hinauf.

Schließlich kam er ansTageslicht! Endlich nicht mehr in diesem unterirdischen, dreckigen Keller! Jetzt eilten ihm Wachen entgegen. Hastig stieß er sie beiseite. Er hörte Geraune hinter sich. *„Hast du gesehen? Der König ist gerade eilig vorbeigerannt!“*, oder *„Wenn etwas nicht stimmt, dann werden wir es bald erfahren.“*

Ja, es kam nicht oft vor, dass Alvoc so durch die Festung rannte, aber diesmal war es wirklich wichtig! Je weiter er in die Festung eindrang, desto gepflegter sah sie aus. Er war nicht sparsam damit gewesen, diese Festung zu renovieren! Sie lag zwar nicht auf einem Berg, sondern im Gegenteil: In einem Krater, aber dies hatte auch Vorteile. Der Felsenkessel, in der sie sich befand, war so riesig, dass man die Festung nicht vom oberen Rand beschießen konnte. Außerdem entdeckte man die Festung nicht leicht. Wenn man etwas entfernt war, sah man gar nicht, dass es da in ein verborgenes Tal ging, in dem eine Festung lag.

Und wenn man sie gefunden hatte, musste man erst einmal den steilen Hang hinunter und bis dahin hatte man Eindringlinge längst aus der Festung erspäht. Feuermenschen hatten gute Augen.

„Wartet, was ist los, Sir?" Ein Mann kam um eine Ecke gebogen und versuchte, ihn einzuholen. „Ich bin es, mein Gebieter!"

Alvoc drehte sich um. „Ah Kic, ich habe dich gesucht!"

Alvoc mochte ihn, *seinen Berater*. Der Mann hatte immer einen komplett schwarzen Anzug an und war einen ganzen Kopf kleiner als er.

Vermutlich mochte er ihn hauptsächlich wegen Letzterem.

„Was ist denn, Gebieter?"

„Der Vulkan, Kic!"

„Der Vulkan? Welcher?"

„Wir stehen auf einem zur Ruhe gekommenen Vulkan!" Hastig sah Alvoc sich um. „Schwer von Begriff heute, was?"

„Was ist mit ihm?"

Schnell zog Alvoc den Mann in einen leeren Raum. Er wollte nicht, dass sich die Botschaft gleich wie ein Lauffeuer in der

Festung verbreitete, das würde zu nichts führen. Im Gegenteil, es würde Chaos ausbrechen.

„Nun, wie soll ich es ausdrücken“, sagte Alvoc gelassen. „Sagen wir es einmal so: Er macht sich bemerkbar. Vielleicht hat er sich das mit der Ruhe doch anders überlegt. Und da wir gerade in seinem Krater stehen, sollten wir…“

„Sie wollen sagen, dass wir jeden Moment in Lava schwimmen könnten?“ Kics Gesicht war blass.

„Rede keinen Unsinn, Kic“, antwortete Alvoc kühl. „Bis jetzt begnügt sich der Vulkan damit, eine heiße, nasse Vorwarnung in die Luft zu spucken.“

„Mein König, ich weiß nicht, was sie meinen“, antwortete Kic nervös und spielte mit dem Amulett des armen Ceores, das um seinen Hals hing. Ihm war das *„Bis jetzt“* nicht entgangen.

„Ich meine die für uns sehr tödlichen Geysire!“

„Geysire? Sie meinen die Wasserfontänen, die ultraheiß sind und in die Höhe schießen?“

„Ja, bin gerade unten in meinem *Privatzimmer* einem begegnet. Es scheint, als würden gerade ein paar entstehen.“

„Die geheime Schatzkammer? Es gibt sie wirklich? Ich dachte, sie wäre nur ein Mythos.“ Die Augen Kics leuchteten. „Man erzählt sich, dass es da unten im riesigen Keller der Festung eine Kammer gibt. Eine Kammer voller Gold, Silber und Diamanten.“

„Ja, es gibt sie wirklich! Zufrieden? Und jetzt lass uns einen…“

„Oh nein!“ Kic machte ein verzweifeltes Gesicht. „Wir müssen die Kammer vor jeglichem Schaden schützen. Denken sie doch mal an das arme Gold!“

Kic wollte loslaufen, doch Alvoc hielt ihn zurück. Dafür genügte ein Blick.

„Nein, verdammt! Du gehst da jetzt nicht runter! Es ist sowieso schon zu spät. Abgesehen davon, dass du sie nicht finden wirst. Und außerdem… Vielleicht schon übermorgen wird uns noch viel mehr Gold und Silber gehören. Ich gedenke an dem Tag, an dem wir Rae erobert haben, der kaiserlichen Schatzkammer einen Besuch abzustatten!“

Manchmal war Kic nicht sonderlich schnell von Begriff. Alvoc fand, dass der Name Kic zu ihm passte. Manchmal bekam er große Lust, ihn zu kicken…

„Schon klar, Hoheit!“, murmelte Kic, der sich anscheinend nicht sonderlich mit dem Gedanken anfreunden konnte. Seinetwegen mussten sie Rae nicht überfallen! Doch stattdessen sagte er: „Das kann doch kein Zufall sein. Ich meine, dass der Vulkan ausgerechnet während des Kampfes ausbricht.“

„Natürlich ist das kein Zufall!“, antwortete Alvoc, stieß die Tür des Zimmers auf und verließ das Zimmer. „Es lässt sich ganz einfach an den fünf Fingern ausrechnen: Es liegt an der Magie! Hier, während dem Kampf, wird viel Magie benutzt. Und durch diese baut sich Druck auf. Anscheinend überträgt sich der Druck auf den Vulkan.“

„Wo wollen sie hin, oh König?“, keuchte Kic und versuchte, mit seinem Gebieter Schritt zu halten.

„Wo ich hinwill?“, fragte Alvoc. „Ich will Rache. Ich werde meinen kleinen Haustieren einen Auslauf gestatten!“

„Sie wollen was?“, Kic schnappte nach Luft. „Ist das n-nicht zu blutig?“

„Wenn es blutig ist, dann ist es gut“, antwortete Alvoc. „Ich will den Kampf hier nun so schnell wie möglich beenden!“

Kic schwieg betroffen. Sie liefen gerade einen weiß gestrichenen Gang entlang, der endlos zu sein schien. *Damit bringt er nicht nur unsere Feinde um, dachte Kic entsetzt, damit bringt er auch viele von uns um. Dies ist zu gefährlich!* Aber er wagte nicht, zu widersprechen. Schließlich meinte er leise: „Mein König?“

„Ja?“

„Soll ich die Festung evakuieren lassen?“

„Nein!“ Zackig drehte sich Alvoc zu ihm um. „Wir sind gerade mitten in einem Kampf. Nein, lass lieber unter unseren Männern auf dem Schlachtfeld verbreiten, dass sie auf gar keinen Fall mehr Magie einsetzen sollen! Vielleicht lässt es sich noch verhindern, dass wir, wie du sagst: *Alle in Lava schwimmen.*“

„Alles klar, Gebieter“, antwortete Kic gehorsam, drehte sich um und lief in eine andere Richtung davon.

Alvoc ging weiter geradeaus. Immer weiter entfernte er sich vom Hauptteil der Festung. Jetzt waren die Wände nicht mehr bemalt. Zierlose, nackte, dicke Steinwände. Er schritt ein paar hölzerne Stufen hinunter. Seine Miene war unbewegt. Seine Augen starrten - *rote Pupillen* - in die Dunkelheit. Hier gab es keine Fenster mehr. Nur durch irgendwelche

Ritzen schimmerte etwas Licht. Es war kein Keller. Obwohl hier die Luft um einiges kühler war. Es war der überirdische Teil des früheren Kerkers der Festung. Alvoc bog um eine Ecke und da waren sie. Seine Haustiere. Er lächelte.

Er näherte sich den drei Kerkern. Plötzlich kam ein lautes Fauchen aus ihrem Inneren. Dies war normal. Sie fauchten immer, wenn jemand an ihnen vorbeischritt.

Vorsichtig begann er, die vielen Schlösser, die vor dem ersten Kerker hingen, mit Hilfe eines Schlüsselbundes zu öffnen.

Er schrak zurück, als ein riesiger, schwarzer Vogelkopf ihm kreischend entgegenfuhr. Doch der hätte ihn sowieso nicht verletzten können. Denn der Hals war mit einer Eisenkette an der Mauer festgehalten. Vorsichtig schritt Alvoc an dem Riesenvogel vorbei, um dessen Halskette zu lösen. Doch bevor das Tier davonstürmen konnte, rief Alvoc die Worte: *Rim Echroheg!* Und dass Tier blieb wie gebannt stehen.

So verfuhr er auch mit den anderen beiden Vögeln. Sobald er die Worte: *Rim Echroheg* rief, gehorchten sie ihm. Tja, sein Vater hatte das nicht gekonnt. Sein Vater. Ja, er war ein absoluter Schwächling gewesen.

Er hatte es nicht geschafft, das Land zu erobern.

„Vater, Vater, ich werde dein Vorhaben zu Ende führen. Ja, ich schwöre es! Dieses Land wird brennen!“, flüsterte Alvoc, während er mit den riesen Vögeln über den Steinboden schritt. Der Steinboden war wichtig! Holz würde brennen! Denn überall, wohin der Schatten dieser Tiere fiel, loderten die Flammen auf.

Nach einer Weile kamen sie zu einem großen, eisernen Tor. Alvoc stieß es auf. Direkt vor ihm war die Schlacht. Da waren seine Leute, die emsig gegen die Feinde kämpften. Und noch dazu bebte der Boden. An manchen Stellen war die Erde aufgerissen und heißes Wasser schoss zwanzig Meter in die Höhe. Geysire! Um sie herum kämpfte keiner. Es war zu heiß. Auch für seine Männer. Feuermenschen, hielten die Hitze des Feuers problemlos aus. Aber dafür hassten sie Wasser. Und dies war heißes Wasser, auch sie würden sich verbrühen.

Und dann stürzte plötzlich Kic auf Alvoc zu. Er schnaufte.

„König! Ich lasse einige freiwillige sich unter die Kämpfenden mischen und die Botschaft verbreiten!"

Alvoc nickte, doch jetzt stellte sich Kic direkt vor die Phönixe und versperrte ihnen den Weg. Er machte ein steinernes Gesicht: „Mein König, ich habe mich in euch getäuscht! Es ist falsch was ihr tut! Bringt die Tiere zurück in ihren Kerker! Das ist eure letzte Change!"

Alvoc lachte und zu seinen Haustieren gewandt sagte er: „Seid frei!"

Die riesigen Vögel zuckten zusammen.

Kic wurde im Nu weggefetzt. Die drei riesigen Tiere schwangen sich in die Luft und Alvoc lächelte.

„Möget ihr mehr Feinde als Edans ermorden", rief er noch, dann stand er schon im Feuer. Der Schatten eines der Phönixe über ihm hatte die Wiese angezündet. Aber ihm machte es nichts aus. Er war ein Feuermensch.

Nun, dies war wohl das Ende der Schlacht. Die Feuermenschen würden gewinnen. Jedenfalls der Teil, der überleben würde.

Denn kein Außenstehender vermachte sich vorzustellen, wilden Phönixen zu begegnen, die ihr ganzes Leben lang in schmutzigen, finsteren Gefängnissen eingesperrt waren. Jetzt waren sie frei und wütend - wollten nur noch eines: Töten.

...

„Weg hier!", rief Nox. Alle rannten los – auch ihre Feinde, die Feuermenschen. Hinter ihnen fauchte es. Ein Geräusch war zu hören, das sich nach brodelndem Wasser anhörte.

Marco rannte. Er blickte nicht nach hinten. Erstens hätte das Zeit verschwendet, zudem wollte er gar nicht wissen, was dort war. Aber eines war sicher: Es war gigantisch. Alles um ihn rannte, Panik war in der Luft. Marco kam ins Taumeln, fiel hin und blieb liegen. Leute stolperten über ihn. Es war das reinste Chaos!

Er hörte einen ängstlichen Schrei. „Marco! Renn!"

Alessio. Ja, das war seine Stimme. Wenigstens er war in Sicherheit. Das sagte Marco sich immer wieder. *Alessio* war in Sicherheit! Und auch dieses gewaltige Tier hinter ihm würde Ivan nicht erreichen, was auch immer es war.

Marco schaffte es nicht mehr, aufzustehen.

Und dann war es zu spät, zu spät für Marco, um wegzurennen! Er sah auf: Ein großer Riss hatte sich im Boden gebildet, Wasser quoll daraus hervor und das Zischen wurde immer lauter. Plötzlich vernahm Marco etwas, das sich so anhörte, als stünde er vor einem riesigen Wasserfall. Die Luft füllte sich mit stickiger Wärme.

Und das Wasser in der Kluft – zwanzig Meter von ihm entfernt – erhob sich.

Trotzig schaute Marco dem Geysir entgegen. Er wusste nicht, dass es ein Geysir war. Er hatte noch nie von so etwas gehört. Aber eines wusste er: Dass dieses Ding da verdammt gefährlich war!

Wie in Zeitlupe sah er, wie das heiße Wasser sich über ihm erhob. Gespenstisch ragte eine vielleicht vierzig Meter hohe Säule aus kochendem Wasser gen Himmel. Für Marco schien es, als erhebe sich direkt vor ihm ein Meeresgott.

Plötzlich zog ihn jemand hoch und rannte mit ihm vor dem Meeresgott davon. Kurz bevor das Wasser mit einem gewaltigen Platschen wieder in sich zusammenfiel. Nur noch ein wenig heißen Dampf trug der Wind davon.

Er wurde abgesetzt.

„Marco! Du musst weg! Er kommt wieder!"

„Der Meeresgott?", murmelte Marco schwach.

„Nein, der Geysir!"

„Hä?"

„Jetzt komm schon! Wir müssen weiter" Nox sah ihn an. „Komm!"

Und so schleppte Marco sich weiter. Keine Sekunde zu früh! Einen Augenblick später hörte man wieder das Fauchen.

Wieder erhob sich eine Wassersäule aus dem Spalt. Diesmal war sie noch höher. Ein Gigant aus Wasser. Dort, wo Marco vorhin gelegen hatte, ließ der Geysir es heiß regnen. Er wäre verbrüht worden.

„Jetzt wird so einiges klar", murmelte Nox. „Wir sind in einem Vulkankrater."

„Wir sind in einem was?", fragte Marco.

„Wir stehen gerade im Schlund eines alten Vulkans. Doch jetzt wird er aus irgendeinem Grund wieder aktiv – jedenfalls schickt er gerade seine Geysire los."

„Und was sind Geysire?"

„Ein Geysir ist Wasser im Boden, das durch den Vulkan erhitzt und somit an die Oberfläche gedrückt wird.", erklärte Nox.

„Nox!", rief Marco plötzlich. „Deine Schulter ist ja…"

„Was guckst du mich so vorwurfsvoll an? Selbst der erfahrenste Krieger des Landes ist nicht immer im Stande, unversehrt zu bleiben. Also mach es nicht so dramatisch, klar? Ich habe mir schon öfter mal die Nase gebrochen oder…"

„Das hier ist *schlimmer* als eine gebrochene Nase!" Marco sah, wie Nox erschöpft wankte. „Bitte versprich mir, dass du jetzt sofort zu den Zelten zurückkehrst, okay?"

Nox lachte auf. „Das hättest du wohl gerne, was! Ich weiß selbst, dass ich schwer verletzt bin. Ich, ich werde gehen. Ihr geht aber auch! So wie es aussieht, hat es sich für uns ausgespielt."

„Nein", sagte Marco ruhig. „Du gehst, wir nicht. *Es hat sich noch lange nicht ausgespielt!* Du bist verletzt, wir nicht und diese Chance müssen wir nutzten. Weißt du? Wir müssen nämlich gewinnen."

„Ach, Marco." Nox versuchte zu lächeln. „Weißt du eigentlich, dass du die Eigenschaft besitzt, so daherzureden, als hättest du alles Erdenkliche studiert? Bewahre diese Eigenschaft, klar? Bin schon auf dem Weg zum Lager, leider bin ich nicht mehr in der Lage, dich unter meinen Arm zu klemmen und mitzunehmen. Und noch eine Botschaft: Schaut lieber, dass ihr hier heil rauskommt, als dass ihr gewinnt. Euer Leben ist wichtiger. Dieser Kampf ist noch lange nicht vorbei!"

…

Ein Schatten fiel auf die Armeen. Kreischen war zu hören. Mittlerweile dämmerte es schon. Aber es war nicht die Sonne die da flackerte – es war das Gras auf dem Boden. Jedenfalls das, was davon noch übriggeblieben war. Es brannte.

Die Phönixe kamen. Alle zuckten zusammen, als sie über ihnen erschienen.

Später würden Chronisten, die von dieser Schlacht schrieben, es so beschreiben: *„Riesige, dunkle Vögel. Eine Welle des Entsetzens rollte über die Krieger. Aber das Entsetzen war mehr bei den Feuermenschen, denn sie wussten, was da auf sie zu kam…"*

Wieder tobte der Kampf. Und dieser Kampf war noch heftiger als zuvor. Noch nie hatte eine Schlacht so heftig getobt. Und nie wieder würde es so heftig zugehen.

Eine letzte verzweifelte, lebensmüde Energie entlud sich auf die Armeen. Schwerter wurden geschwungen, Äxte verteilten Hiebe.

Im Laufe des Geschehens bildeten sich noch zwei weitere, größere Geysire, die die Mauern der Verteidigungsringe zum Einstürzen brachten. Jeder hatte Angst, dass der Boden direkt unter ihm aufbrechen und siedend heißes Wasser hervorschießen könnte. Der Boden fing an manchen leeren Stellen urplötzlich an zu brennen, wenn der Schatten eines Phönix darauf fiel. Viele taumelten in die Flammen hinein.

Die Phönixe wüteten. Manchmal fuhren sie urplötzlich herab, um so manchem das Leben zu nehmen. Aber es gab ja auch noch Ivan.

...

Ivan hatte genug. Schluss mit der Grausamkeit. Sein Brüllen ließ alles erzittern. Er schoss auf die drei Phönixe zu.

Die Augen der Vögel glühten rot, als sie sich in einer Reihe vor dem Drachen formatierten.

Wie ein Adler in einen kleinen Schwarm Krähen schlug Ivan in sie ein und wirbelte sie auseinander. Sie kreischten überrascht und stiegen höher in die Lüfte.

Ivan schoss ihnen nach, doch er erwischte sie nicht. Der Drache war zwar um einiges größer als sie, doch sie waren wendiger. Jetzt stießen sie von allen Seiten herab und fingen an, mit ihren langen hässlichen Schnäbeln nach Ivans Schuppen zu picken.

Ivan brüllte vor Schmerz und stieß eine riesige Feuerflamme aus.

Doch die Phönixe krächzten nur belustigt. Wie sollte Feuer ihnen etwas ausmachen?

Sie stießen auch Feuer aus, doch auch dem Drachen machte Feuer nichts aus.

Er musste die Phönixe so schnell wie möglich vom Himmel holen, sonst würden sie sich wieder auf die Kämpfenden stürtzen. Selbst ihre Schatten waren gefährlich.

Ivan musste die drei schwarzen Vögel in einen Hinterhalt locken…

Die Phönixe stießen erneut auf ihn herab. Ivan flüchtete ängstlich zur Festung.

Sofort nahmen seine Gegner die Verfolgung auf. Auf ihren Jagdinstinkt war verlass. Immer weiter ließ Ivan sich an eine Mauer drängen. Die Phönixe spien wieder Feuer.

Die Phönixe krächzten erfreut als sie sahen dass es dem Drachen nicht gelang zurück zu speien.

Doch das war alles nur gespielt.

Der Drache schoss nach oben und flog, so schnell er konnte, um die Phönixe herum, so dass nun sie es waren, die in die Enge getrieben wurden.

Er wartete nicht so lange, bis sie reagieren und sich wehren konnten! Seine Krallen gruben sich nacheinander in das Gefieder der Phönixe. Sie versuchten freizukommen, konnten jedoch gegen die gewaltige Kraft des Drachens nichts ausrichten.

Ivan ließ sie fallen, schoss nach oben um sich für den nächsten Angriff bereit zu machen. Aber… sie waren tot.

Die Phönixe waren tot.

Waren sie nicht unsterblich? Entstanden sie nicht aus ihrer Asche wieder neu? Aber nichts regte sich an den schwarzen Phönixen. Sie brannten nicht.

Vielleicht liegt es daran, weil ich, der sie getötet hat, genau wie sie ein magisches Feuerwesen ist…, überlegte der Drache. Doch ihm war, als hätte er etwas vergessen…

„Hu!", keuchte Alessio auf seinem Rücken.

…

„Neeeiiiin!" Ein Schrei war zu hören. „Meine Haustiere!"

Alle wandten den Kopf. Und da kam er. Der König der Feuermenschen kam persönlich. Das war nicht schwer zu erkennen. Er trug einen schwarzen Mantel mit aufgestelltem Kragen. An jedem seiner Finger glänzten edle Ringe. Und in der Hand hielt er ein glänzendes Schwert.

An seiner Seite folgten zwei Männer, die nicht danach aussahen, als wäre mit ihnen gut Kirschen essen.

„Das werdet ihr bereuen!", brüllte Alvoc mit donnernder Stimme.

In diesem Moment veränderte sich etwas auf dem Schlachtfeld. Während die Feuermenschen noch wie erstarrt dastanden, erstaunt, ihren Anführer hier zu sehen, bewegten sich die Pacos entschlossen durch die Menge. Jetzt war der Moment gekommen, auf den sie den ganzen Tag lang gewartet hatten.

Zielsicher steuerten die Pacos auf Alvoc zu. Jeder Schritt war so lange durchdacht worden. Und jetzt würden sie es zu Ende bringen. Jetzt und nicht zu einem anderen Zeitpunkt. Ein lauter Kriegsschrei war zu hören.

Auch die Feuermenschen bewegten sich wieder. Stellten sich den Pacos in den Weg und schlugen auf sie ein. Doch sie hatten nicht mit der plötzlichen Entschlossenheit der Pacos gerechnet.

„Vorsicht Hoheit!“, riefen mehrere Feurkrieger gleichzeitig. Darunter waren auch Zec und Kesc. Doch es war zu spät. Sie hatten alle nicht bemerkt, wie sich Jan von hinten an Alvoc herangeschlichen hatte.

Blitzschnell durchstach Jan Alvocs Samtmantel. Und vielleicht hatte es auch nur geklappt, weil Jan so wild entschlossen war.

Der große Moment war gekommen!

Mit einem gewaltigen, ohrenbetäubenden Brüllen stürzte sich Ivan vom Himmel und blieb direkt über dem brennenden Körper von Alvoc stehen.

Alessio konnte es nicht glauben, sie hatten es bis zu diesem Augenblick geschafft. Und jetzt konnte er endlich das loswerden, was er schon die ganze Zeit in der Hand gehalten hatte. Alessio warf!

31

VERLOREN

In diesem Moment, kurz davor oder kurz danach, das konnte später niemand mit Sicherheit sagen, geschahen viele Dinge gleichzeitig.

Erst einmal flog ein Stein durch die Luft.

Alle verharrten in ihren Bewegungen.

In der Ferne begann ein gewisser Magier in seinem Zelt zu fluchen.

Jan hatte Alvoc zum Brennen gebracht und war sofort einige Meter zurückgesprungen.

Alvoc sank fast in Zeitlupe auf die Knie und brüllte wegen der Schmerzen des Schwertstichs und der Tatsache, dass er gerade verbrannte.

Doch dann kam der Meryl-Stein angeflogen. Alessio hatte gut gezielt und es war auch genau im richtigen Zeitpunkt geschehen.

Auf der Hälfte des Weges schien es, als würde der Stein explodieren, (obwohl sich Jan sicher war, kurz darauf das Klackern eines Steines zu hören, der auf den Boden gefallen war).

Die Wasserschrats hatten sie nicht enttäuscht. Ein ganzer Wasserfall schoss auf Alvoc herab.

Selbst Jan erreichte die Gischt der Wassermassen. Es toste und prasselte.

Und dann hört man das Zischen und Fauchen, das man auch bei den Geysiren gehört hatte.

Nebel breitete sich aus und umhüllte Alvoc.

Plötzlich war alles still. Diese Stille, die sich über alle legte, schien nach dem stundenlangen Kampf ohrenbetäubender als die Blaskapelle des Königs in Rae.

Während alle anderen noch den Atem anhielten, schrien die beiden großen Männer, die Alvoc begleitet hatten, auf. „NEIN!“, schluchzten sie und warfen sich auf die Knie. „Das, das kann nicht sein, das…“ Sie standen auf und wollten sich auf die Menge stürzen, da wurden sie unterbrochen.

„Halt!“

„Ihr habt uns nichts zu befehlen!“, brüllte einer von ihnen. „Für mich war er wie ein Vater und ihr werdet bezahlen!“

„Wie rührend, aber ich befehle euch als König das nicht zu tun!“

Wie zwei wütende Wölfe drehten sie sich um. „Wer wagt es, das zu sagen!“

„Ich!“

Mit aufgerissenen Augen starrte Jan auf die schwarze Gestalt die sich vor dem weißen Nebel abhob.

…

Der Junge mit den silbernen Augen merkte, dass seine Augen den Glanz verloren.

„Das heißt doch, dass wir ganz in der Nähe von dem Drachen sind!", vermutete ein Mädchen.

Silberauge nickte, - da rief jemand anderes aus der Bande: „Ich habe sie gefunden! Da vorne stehen Zelte!"

Bald darauf schlichen sie zwischen den Zelten…

Keiner war dort. Auch kein Drache.

Silberauge bedeutete allen, ihm zuzuhören: „Es hat keinen Sinn, hier herum zu schleichen – ich weiß, dass es noch ein gutes Stück zu gehen ist. Der Drache befindet sich irgendwo hinter diesen Bäumen da… "

Später erreichten sie den Vulkankrater.

„Was passiert da?"´, fragte jemand bestürzt.

„Da ist der Drache!", rief Silberauge. „Schnell! Habe ich noch silberne Augen?"

Die anderen schüttelten den Kopf. Und Silberauge war nicht mehr Silberauge, sondern nur noch Edward. Er fühlte sich plötzlich viel hoffnungsloser…

„Was macht ihr denn hier?", fragte Nox.

…

Marco kämpfte mit den Tränen. Wortlos ging er auf die Festung zu. Seine Hände waren hinter seinem Rücken gefesselt und er ging zwischen zwei Feuermenschen. Seltsamerweise schienen sie auch nicht ganz glücklich zu sein.

Einer der beiden lächelte ihm aufmunternd zu. Marco starrte ihn mit zusammen gekniffenen Augen verständnislos an.

Der andere meinte: „Schon in diesem Alter!"

Was wollte der Typ von ihm? Sich entschuldigen? Nun, dafür war es jetzt zu spät. Vor seinem inneren Auge malte Marco sich aus, was auf ihn in dieser Festung warten würde. Wahrscheinlich der Tod.

Aber er weinte nicht. Er würde sich nicht ergeben, auch wenn es schon zu spät war. Er ging mit erhobenem Haupt auf die Festung zu.

Marco blickte sich um. Vor und hinter ihm wurden viele Pacos geführt. Alvoc hatte befohlen die Überlebenden nicht zu töten, sondern gefangen zunehmen.

Alle Feuermenschen trugen Fackeln. So konnte man schattenhaft seine Umgebung wahrnehmen.

Die Türme der Festung standen still und schwarz über ihnen. Unheilverkündend irgendwie.

Kurz darauf durschritten sie ein großes Tor. Jetzt waren sie in der Festung.

Die Luft fühlte sich kühl an. Sie gingen an dicken, unverputzten Mauern vorbei. Es roch nach Ruß, ein schneidender Geruch, den man nicht mehr aus der Nase bekam.

Nun kamen sie an einer Reihe von Kerkern vorbei. Nach und nach wurden sie eingekerkert. Die Türen wurden aufgehalten und die Pacos wurden recht unfreundlich hineingestoßen.

Marco fragte sich, wann er endlich drankam.

Endlich wurde auch aufgefordert, in eine Zelle zu gehen. Ihm wurden die Handfesseln durchgeschnitten, und er wurde *nicht* hinein geschubst. Er durfte selbst hinein gehen. Wenigstens etwas.

Der Feuermensch lächelte ihn hilflos an, schloss die Tür, sperrte aber nicht ab.

Düster ließ sich Marco auf den Boden sinken. Plötzlich regte sich etwas. Anscheinend war er nicht allein in der Zelle.

Er wich zurück, bis sich die Gestalt erhob und er ihr Gesicht sehen konnte.

„Aurora!“

...

Alvoc war wütend. Die Fackel in seiner Hand flackerte. Beinahe hätten die Feinde gesiegt. Sie hatten tatsächlich einen schlauen Plan zu Stande gebracht!

Anscheinend hatten sie noch nie etwas davon gehört, dass es nirgendwo ein heißeres Feuer gibt, als das Feuer, das aufflammt, wenn ein Edan verbrennt. Oder bei Phönixen. Selbst Wasser kann dieses Feuer nicht löschen.

Sie hätten ihn beinahe getötet. Das verlangte Rache. *Rache.*

Er hatte den Befehl gegeben, diejenigen der Pacos, die versuchten, zu fliehen, nicht einzufangen. Er hatte ihren Anführer. Er hatte den Häuptling der Pacos. Das war das Wichtigste. Aber leider hatte er noch nicht den Magier. Er hatte ihn nicht unter den Kämpfenden entdecken können. Deshalb hatte er einen Trupp seiner Männer losgeschickt, ihn im Lager der Pacos zu suchen.

Sie hatten gewonnen. Alvoc zuckte deswegen nicht einmal mit der Wimper. Es galt, bald etwas anderes zu gewinnen…

Schweigend ging er durch das brennende Tor seiner ehemaligen Festung. Es war halb eingestürzt. Die Phönixe waren auch über die Festung geflogen. Und das Beben des Vulkans hatte die Festung nicht verschont. Naja, bald würde er eine neue haben.

Auch innerhalb der Mauern waren Dächer eingestürzt. An manchen Stellen brannte der Boden. Alvoc hätte nur mit der Hand winken können und all das Feuer wäre verloschen. Er tat es nicht.

Alle Gefangen waren abgeführt worden. Die, die geflohen waren, waren geflohen. Alle Aufmüpfigen waren aus dem Weg geräumt. Von den Pacos hatte er nichts mehr zu befürchten. Er hatte gehört, dass es unter den Gefangenen auch drei Kinder gab.

Zwei Personen gingen hinter ihm. Und sie *versuchten* so zu gehen, dass er sie nicht hörte.

Aber er drehte sich nicht um. Er hatte gerade keine Kraft mehr, sich mit ihnen auseinanderzusetzten. Er war gerade gestorben. Schon sein drittes Mal in seinem… konnte man es Leben nennen? In seinem Dasein.

Als er durch die etwas schräg hängende Tür schritt, die in das Innere der Festung führte, hörte er, wie seine Verfolger es ihm gleichtaten.

In dem Gang, den er entlangging, waren auch ein paar Fensterscheiben zerbrochen. Sie waren alt gewesen und Bilder waren darauf gemalt gewesen. Von großen Kriegstaten der

Ritter, die früher hier gelebt hatten. Er hatte sich immer vorgestellt, die Ritter wären seine Männer gewesen. Er bog um eine Ecke und ging einen weiteren Gang entlang. Schließlich ließ er die Flamme seiner Fackel erlöschen und ließ sie auf den Boden fallen. Er blieb stehen.

Augenblicklich verstummten auch die leisen Schritte seiner Verfolger.

„Nun gut“, sagte er. „Wer seid ihr?“

Zuerst war es still. Doch schließlich hörte man ein zögerndes: „Ähm.“

Noch einmal, gefährlich leise, sagte Alvoc: *„Wer seid ihr?“*

Wieder ein: „Ähm“, und dann ein: „Wir wollten nur nach dir sehen, oh König.“

„Kesc und Zec, richtig?“

„Ja. Ich und mein Bruder Ze…“ Er konnte nicht mehr zu Ende sprechen, denn Alvoc wirbelte herum. Er starrte sie hasserfüllt an.

„Äh, alles gut, Gebieter?“ Die Brüder wichen zurück.

Alvoc mochte sie nicht. Dauernd liefen sie ihm hinterher. Sie beteten ihn an. Das störte ihn. Dies und vielleicht noch seine schlechte Laune trugen dazu bei, dass er mit ihnen kurzen Prozess machte.

Ohne Verfolger ging er weiter. Jetzt war er noch mieser drauf als vorhin. Aber er hatte ja die Gefangenen.

Rache.

…

„Ivan!“ Zeitgleich schluchzte Alessio hoch in der Luft auf. „Ivan, mach doch etwas!“

Mache doch etwas.

Ivan flog schweigend durch die dunkle Nacht über die Festung hinweg. „Warum tust du nichts? Du bist doch ein Drache.“

Schließlich antwortete Ivan bedächtig. „*Es ist zu spät, Kleiner.*“

„Nein! Es ist nicht zu spät! Stürz dich doch auf sie hinab. Du bist ein Drache! Verwandle ihre Festung in eine Feuerhölle! Und ich bin nicht klein!“

„*Ich könnte die Festung der Feuermenschen in eine Feuerhölle verwandeln, aber es würde ihnen nichts ausmachen, weil sie Feuermenschen sind. Und du bist klein. Du bist sechs Jahre alt. Wie du sehr passend gesagt hast: Ich bin ein Drache. Ich habe deinen Vater noch in Windeln miterlebt und ich bin für einen Drachen noch nicht einmal alt!*“

Alessio schwieg. Ivan sagte selten so viel auf einmal. „Aber wenn du ihre Festung in eine Feuerhölle verwandeln würdest“, fragte der Fürstensohn hoffnungsvoll. „Würde es sie vielleicht aufhalten? So dass wir Zeit bekommen, um die Pacos und unsere Freunde zu befreien? Ich meine, nur ein bisschen. Ein kleines bisschen? Hält es sie nicht ein klein wenig auf?“

Soweit Alessio mitbekommen hatte, war Nox schon länger vom Schlachtfeld verschwunden, aber er wollte trotzdem nicht nur die Pacos befreien. Ja, er hatte Aurora gesehen. Falk war auch dort unten abgeführt worden. Und dass schlimmste:

Marco! Natürlich hatte er ihn gesehen. Ein Kind unter Erwachsenen.

Dass erste Mal hatte er Marco entdeckt, als dieser nicht weit entfernt von dem Geysir gelegen hatte. Ihm wurde schlecht vor Angst, wenn er daran dachte.

Während des darauffolgenden Kampfes hatte er ihn wieder aus den Augen verloren. Die Phönixe waren genug Ablenkung gewesen.

Und er sah ihn wieder, als er abgeführt wurde.

Einmal – Alessio schien es ewig her – da hatte er sie alle verlassen. Jetzt verließen *sie* ihn. Doch er befürchtete, dass sie im Gegensatz zu ihm nicht wieder zurückkamen.

„*Vielleicht wären sie vom Feuer abgelenkt. Doch unseren Freunden würde das sehr wohl etwas ausmachen. Sie müssten sich schon vor dem Feuer fürchten. Denn was ich spucke, ist echtes Feuer, kein magisches Feuer, vor dem sie Navajo schützt. Und wie sollen wir so schnell alle befreien? Es sind überall Bogenschützen stationiert, die auf mich zielen.*“

Alessio schwieg. Was sein Freund da gerade von sich gab, klang einleuchtend. Leider. Aber es musste doch noch eine andere Lösung geben!

Er hatte sonst alle verloren, mit denen er reden konnte. Außer Ivan, aber der war ein *Drache*. Kein *Mensch*. Ivan war viel älter, das hatte er selbst gesagt. Alessio hatte keinen mehr in seinem Alter. Klar, er könnte auch in das Dorf Torquil zurückkehren. Dort gab es sicher jemanden, der ihm freundlich gesonnen war. Aber es wäre trotzdem nicht richtig. Außerdem würde er, wenn er nach Torquil zurückkehrte, dauernd die Burg sehen, die auf einem Hügel inmitten der Häuser stand. Die verlassene Burg. Die früher einmal sein Zuhause war.

Marco, Nox, Falk, Aurora sie wären einfach nicht mehr da. Es wäre kaum ertragbar.

Auch seinen Vater würde er dann nicht mehr sehen: Fürst Torquil. Denn wenn sie die Feuermenschen nicht besiegten und alle umbrachten, kehrten auch sein Vater und alle anderen Verschwundenen niemals aus dem Nichts zurück.

„*Es tut mir leid*“, sagte Ivan schließlich. „*Mir fällt nichts anderes ein, als zurückzufliegen. Wir könnten in ein paar Tagen wieder Zuhause sein.*“

„Nein!“, sagte Alessio entgeistert. „Wir können sie doch nicht so zurücklassen! Heimfliegen? Nee!“

Ivan schwieg bedrückt. Er wandte den Kopf und blickte Alessio mit seinen glühenden, gold-blauen Augen an. Verlegen wandte Alessio den Blick ab. Keiner hält auf längere Zeit dem Blick eines Drachen stand.

„*Alessio, morgen sieht alles anders aus.*“

„Is‘ mir auch schon aufgefallen. Morgen ist es wieder hell. Doch, wenn wir nichts tun, kann ich nie mehr richtig schlafen.“

Ivan seufzte und schlug mit seinen silbernen Flügeln heftiger, als er zum Heimflug ansetzte.

„Ivan!“, rief Alessio und weinte. „Ivan, nicht. Du kannst doch nicht einfach aufgeben. *Du bist ein Drache.* Stürme doch einfach… Ivan!“

Alessio konnte nicht mehr weitersprechen. Etwas erhellte die Nacht. Etwas brannte.

Ein Pfeil schwirrte durch die Luft.

32

DER VERRÄTER

Ein wenig Wasser tropfte von der Decke. Die Kerkergänge der Festung waren alt. Und jede Wand bestand aus dickem Stein. Holzdielen knarrten, als jemand die Gänge nach unten schlich. Es war so dunkel, dass man ihn kaum erkennen konnte. Nur durch ein paar Ritzen sickerte Licht, gerade so viel, um seine pechschwarzen Haare zu erkennen.

Er musste achtgeben, von keinem Wachhabenden erwischt zu werden, aber die ließen sich nur selten blicken.

Er war unter Seinesgleichen nicht gerade beliebt. Er wollte es sich nicht eingestehen, aber er war ein General gewesen. In einer Position, die höher hätte nicht sein können.

Ich habe mich Alvoc - besser gesagt seien Phönixen in den Weg gestellt, dachte Kic. *Sicher werde ich schon gesucht.*

Er hatte schon länger an Alvoc gezweifelt. Doch während der Schlacht hatte sich seine Meinung über Alvoc vollständig gewandelt. Als der dann auch noch seine Phönixe losschicken wollte… Ja, die Phönixe hatten Kic richtig aus dem Weg gefetzt, aber er war schnell in Deckung gegangen und außer kleineren Verletzungen, darunter auch eine Schnittwunde am Hals, war er mit seinem Leben davongekommen. Doch das wusste sicher auch Alvoc.

Damit steckte er in einer schwierigen Situation: Er durfte weder von Alvocs Leuten gefunden werden, noch von den anderen vom Widerstand. Er musste sich verstecken, bis alles vorbei war – so ihm sein Leben lieb war. Doch er hatte keine Angst: Das Amulett das um seinen Hals hing war das Amulett eines Hüters. Beschützen war eine Fähigkeit, die ihnen zugeschrieben wurden. So hieß es das der Träger Unsichtbar werden würde, wenn große Gefahr droht…

Wie ein Schatten, hüpfte er von einer Zelle bis zur nächsten. Alle waren abgeschlossen.

Mist! Bitte! Sie konnten doch nicht so viele Pacos erwischt haben, oder?

Eine Fledermaus flatterte aufgeschreckt vorbei.

Kic ließ in seiner Hand eine Flamme entstehen.

Er stand einem Wächter gegenüber.

Der zog eine Augenbraue hoch. Sagte aber nichts.

„I-Ich mache nur meinen Rundgang, Sir!", sagte Kic unsicher.

„Das ist ja seltsam!", überlegte sein Gegenüber. „Jetzt werde ich schon von Kic dem General, als Sir angesprochen!"

„Ich gehöre zu den guten!", zischte Kic erbost.

„Jaja! So heißt es überall! Kic, hat den König verraten." Der Wächter spuckte abfällig. „Du warst viel mit Alvoc zusammen! Woher sollen wir wissen, dass du nicht uns… oh!"

Kic begann zu lächeln. „Aha. Du bist also im Widerstand!" Er stemmte die Hände in die Hüften. „Entnehme ich das deinen Worten richtig?"

„Äh, nun ja!", begann der Mann. „Natürlich nicht, euer Ehren! Bitte tut mir nichts!"

„Ich bin nicht mehr General!", fauchte Kic. „Ich werde verfolgt. Das weißt du. Und Leute, die von Alvoc verfolgt werden, bekommen doch normalerweise immer Unterschlupf beim Widerstand. Oder?"

„Nicht du!", antwortete der Wächter und nahm Kampfhaltung ein.

Kic blieb ganz ruhig. „Es tut mir leid für dich!", dann stürzte er so plötzlich über seinen Gegner her, dass dieser überrascht zu Boden ging.

Kic nahm dem bewusstlosen Mann die Schlüssel ab und ließ ihn einfach liegen, und schlich weiter. Doch alle Zellen waren abgeschlossen und das bedeutete, dass sich ein Paco darin befand.

Doch wozu hatte er einen Schlüssel? Gab es nicht auch Kinder, die eingesperrt worden waren? Er hatte eigentlich keine Reserven mehr, sich mit ihnen abzugeben, aber es gab wirklich keine bessere Möglichkeit, unbemerkt in der Festung zu bleiben, als in einem Kerker. Und Kinder würden sich wohl am wenigsten widersetzen. Jetzt, wo er die Schlüssel hatte, kam er überall rein und raus!

…

„Was hast du denn?", fragte Aurora herausfordernd. „Hast du etwa Angst? Nur wir können das machen – schließlich sind wir die einzigen, deren Zelle offen ist!"

Marco schüttelte wütend den Kopf. „Wir können nicht einfach so abhauen. Wir müssen uns einen besseren Plan überlegen als: Durch die Gänge laufen, den Schlüssel suchen und klauen, zurücklaufen, alle befreien und davonschleichen!"

„Gut! Und *hast* du einen besseren?"

Marco stöhnte und lehnte den Kopf zurück. „Aurora! Du weißt doch genau, dass das ein viel zu schwerer Plan ist! Unser Versuch hat es gezeigt!"

Sie hatten tatsächlich versucht zu fliehen, doch schon nach kurzer Zeit hatten sie eine Wache gehört, die laut gesprochen hatte – da waren sie erst einmal wieder zurück gerannt. Und jetzt zoffen sie sich hier.

„Man muss manchmal Risiken eingehen, und hier rumsitzen bis wir irgendwann sterben müssen, ist doch wohl auch keine Lösung!"

Die Tür war zwar offen, doch Marco hatte Aurora gerade noch so zurückhalten können, als sie einfach so ein zweites Mal hinausspazieren wollte. Das war doch Wahnsinn!

Marco wollte gerade zu einem Widerspruch ansetzen, da wurde ihre Zellentür, die sie nur angelehnt hatten, aufgerissen.

Ein Mann stolperte herein und schloss die Tür gleich hinter sich. Er holte einen Schlüsselbund aus der Tasche und Marco hörte, wie sich ein Schlüssel dreimal im Schloss drehte.

Dann erst drehte sich der Mann um und zuckte zusammen. „Wer seid ihr?", fragte er entgeistert.

Marco stand auf, hielt aber Abstand. Er versuchte etwas hervorzubringen, doch es kam nur ein Räuspern.

„Wer bist *du*?", fragte Aurora feindselig. Wenn sie mochte, konnte sie jemanden so anstarren, dass es demjenigen ziemlich unangenehm wurde…

„Ich?", fragte Kic nervös. „Äh ich bin Kic, der höchste General Alvocs und…"

Als Aurora zurückwich, schüttelte er den Kopf. „Ach das ist noch Gewohnheit. Ich gehöre jetzt zum Widerstand."

„Ein Widerstand?", fragte Marco unsicher.

„Oh, ja!", Kics Augen leuchteten. „Der Widerstand aller Edans, die Alvocs Pläne und sein Verhalten nicht gut finden."

„Hast du nicht gerade gesagt, du seist General?", fragte Aurora misstrauisch.

„Ja! Das war ich! Eine lange Geschichte, ich äh, habe ihn verraten."

„Und warum sollen wir dir glauben?", fragte Marco. Es gelang ihm nur deshalb, ruhig zu bleiben, weil er vor Aurora nicht den Angsthasen spielen wollte. Nicht nach dem vorherigen Streit.

Doch Kic seufzte. „Ach! Das hat der Wachhabende vorher auch gefragt! Aber sagt mal, warum war eure Zelle offen?"

„Du willst dich vor Alvocs Leuten verstecken, oder?!", fragte Aurora.

„Mich hat einer abgeführt, der, glaube ich, von dem Widerstand war!“, antworte Marco.

„Ach!“, sagte Kic. „Ich werde mich hier ein wenig ausruhen, bevor ich weitergehe. Wenn eure Zelle heute früh geöffnet wird, um euch zu foltern, bin ich wieder weg!“

„Wir werden gefoltert?“, fragte Aurora und zum ersten Mal bemerkte Marco Furcht auf ihrem Gesicht.

„Und anschließend vermutlich getötet!“, nickte Kic.

„Du bist doch vom Widerstand!“, antworte Marco. „Wenn du gegen Alvoc bist, dann solltest du uns doch jetzt hier herausholen, oder?“

Kic verzog sein Gesicht zu einer Grimasse. „Nun… äh, das wäre viel zu gefährlich! Ich könnte gefunden werden!“

Aurora starrte ihn wütend an. „Ein schöner Widerstand seid ihr!“

„Ich nehme das jetzt als Kompliment!“, erwiderte Kic und machte es sich so gut es irgendwie ging auf dem Steinboden bequem.

Marco und Aurora verkrochen sich in eine Ecke möglichst weit weg von dem schlafenden Feuermensch.

Sie blieben still und bliesen Trübsal. Was Falk oder Jan jetzt machten? Sie mussten warten, bis Kic ging! Dann würden sie mit hinausschlüpfen. Ihm den Schlüsselbund zu klauen war unmöglich: Er hing mit ein paar anderen Sachen um seinen Hals.

Kic würde es sicher merken, wenn sie ihn klauten.

Marco fielen vor Müdigkeit schon fast die Augen zu, da schrie er auf: „Er hat es!“

„Was hat er?“, fragte Aurora hochgeschreckt.

Kic war zum Glück nicht aufgewacht.

„Er hat mein Amulett!“, hauchte Marco.

Tatsächlich glitzerte etwas blausilbern um Kics Hals. Marco fühlte sich an den Abend zurückversetzt, an dem er geglaubt hatte, Alessio hätte sein Amulett gestohlen. Erst danach hatte er bemerkt, dass es immer noch um seinen Hals gehangen hatte! Er erinnerte sich ganz deutlich daran: An das Gefühl, wenn einem das Amulett um den Hals hing. Die Kette war ganz dünn und kalt und… er fasste sich an die Stelle an der das Amulett immer hätte hängen sollen.

Seine Hand fand etwas.

Verwirrt blickte er zu Kic. Das Amulett hing nicht mehr ums dessen Hals.

Das Amulett seines Großvaters hatte zu Marco zurückgefunden. Sicher war das alles hier, dasselbe Zufallsprinzip, wie dass, das zu dem Aufeinandertreffen von ihm und Alessio geführt hatte! Das Amulett *wollte* wieder zu seinem Herrn. Als er gesehen hatte, wie es um Kics Hals hing, hatte es seinen Blick gespürt. Es war also doch magisch.

33

ALVOC

Die beiden waren dann wohl doch eingeschlafen, denn Marco erwachte, als sich die Gefängnistür quietschend öffnete. Kic war nicht mehr zu sehen. Marco fasste sich reflexartig an den Hals. Das Amulett war noch da.

Eine halbe Stunde später wurden er und Aurora durch die Festung geführt. Draußen war es noch dunkel.

Marco schien es, als könne er im Gehen einschlafen. Geschlafen hatte er wohl gestern Nacht nicht sehr viel. Ihm war, als hätte er sich gerade noch mit dem Rücken an die kalte Steinmauer gelehnt und sein Amulett wieder betrachtet. Es gab keinen Zweifel: Es war das Amulett von Leod, seinem Großvater!

Bevor sie losmarschiert waren, hatte der junge Feuermenschen-Soldat, während er ihnen die Hände hinten am Rücken zusammengebunden hatte, folgendes erklärt: Nun würden alle Gefangenen in einen großen Saal gebracht. Dort würden sie dann wohl „aus dem Weg geschafft“ – traurig hatte er noch hinzugefügt: „Unser König ist wirklich nicht mehr ganz dicht! Wir anderen haben beschlossen, es wenn möglich zu verhindern.“

Aurora, der er dabei gerade die Hände fesselte, war herumgefahren und hatte gezischt: „Soso! Bist du auch im *Widerstand*?“

…

Anschließend waren Aurora und Marco in eine riesige Halle geführt worden. Auch alle anderen Gefangenen waren dort. Sie mussten sich alle auf den einfachen Steinboden knien, eng aneinandergedrückt.

Im Quadrat um sie herum standen Wachen. Sie hatten die Schwerter gezogen und sich nach außen gedreht.

Der Morgen dämmerte. Marco sah den verblassenden Sternenhimmel durch das eingestürzte Dach.

In der Halle lagen viele Geröllhaufen aus Ziegeln, Steinen und Holzbalken herum, die man mit wenig Erfolg versucht hatte, in die Ecken zu schieben. Das Beben des Vulkans hatte so manche Mauern und Dächer der Festung einstürzen lassen.

Weil draußen die Sterne noch zu sehen waren, es aber nicht genug waren, um den Saal zu erhellen, waren an den noch stehenden Wänden Fackeln aufgehängt. Zwischen ihnen – und dass erschien Marco ganz Surreal – hingen noch alte, wertvolle Wandteppiche an den Wänden. Vor der Schlacht musste dieser Saal sehr schön gewesen sein!

Auch viele Feuermenschen hatten Fackeln in der Hand:

Fast alle Feuermenschen hatten sich nämlich im ramponierten Saal eingefunden. Hunderte Gesichter warfen den Gefangenen misstrauische, freundliche oder neugierige Blicke zu. Alle schienen sich unwohl zu fühlen. Irgendwie nervös.

Marco wusste nicht, wie er damit umgehen sollte. Also beachtete er die Feuermenschen nicht. Er warf einen Blick über die Schulter. Ein wenig weiter entfernt saß Falk. Er starrte grimmig vor sich hin.

„Hast du Jan gesehen?“, fragte Aurora neben ihm. „Er ist dort vorne!“ Sie deutete mit dem Kopf nach rechts. Ihre Hände hatte sie ja nicht frei.

„Ah“, sagte er. Ja, jetzt sah er Jan auch. „Oh!“

Jan saß ganz am Rand des Quadrats. Er war blass und sein Gesicht schien wie versteinert. Dort saß der einst so hoffungsvolle und kühne Anführer auf dem Boden, die Knie angezogen und starrte in die Leere.

Verloren.

Marco wandte den Blick ab. Er konnte es nicht ertragen, Jan so zu sehen.

„Warum nur bin ich letzte Nacht nicht abgehauen?“, fluchte Aurora plötzlich. „Du hättest ja nicht mitkommen müssen… Als Räuberin hätte ich doch wohl dem vom Widerstand die Schlüssel abnehmen können! Und hier sind viel zu viele Wachen!“

„Stimmt!“, murmelte Marco. Auch ihn grämte die Sache und wahrscheinlich hatte Aurora recht gehabt: Sie hätten es noch einmal versuchen sollen!

Abwesend blickte er in das Licht einer Fackel

Es war alles umsonst gewesen. Marco bereute, in dieses Abenteuer hinein-geraten zu sein. Schon von da an, als er Alessio mit Ivan im Wald begegnet war. Alessio! Reflexartig schaute er zu der aufgerissenen Decke empor. Gen Himmel sah man das Glitzern von Ivans Schuppen. Und wo Ivan war,

war auch Alessio. Beruhigend irgendwie. Ob Ivan ihnen helfen könnte?

Ja, Marco hatte auch viele Freunde gefunden. Aurora, Nox, Falk, Alessio. Aber was brachten einem Freunde, wenn man die Aussicht hatte, bald zu sterben?

Bei diesem Gedanken geriet Marco für einen Moment in Panik. Er wollte schreien und aufspringen.

Doch er beherrschte sich.

Eine der Wachen hatte sich zu ihnen umgedreht.

„Oh, Marco!“, flüsterte Aurora bestürzt. „Du weinst!“

Marco gab keinen Laut von sich, ihm rannen die Tränen stumm über die Wangen. Er war selbst erschrocken, dass er weinte. Seine Gedanken sagten: *Marco! Nicht vor Aurora.*

Er neigte seinen Kopf und wischte frustriert seine Tränen an der Jacke ab. Gerade wollte er etwas sagen, da ging plötzlich ein Raunen durch die Menge. Jemand Neues hatte den Saal betreten. Er trug einen schwarzen Mantel der auf der Innenseite rot war. Seine Haare waren schwarz wie bei vielen Feuermenschen. Alvoc.

Das Raunen verstummte. Alle schauten gespannt auf den Anführer. *Er wirkt, als würde er jeden Moment explodieren,* ging es Marco durch den Kopf, *schön wär's.*

Alvoc ließ seinen Blick über die Gefangen schweifen. „Ihr dachtet, ihr könntet gewinnen, nicht wahr? Nun, für eure Verhältnisse wart ihr ganz gut vorbereitet“, begann er. „Eure ganze Hoffnung war, mich zu töten.“ Er spuckte aus. „Und mich mit einem Stein zu löschen. Habt ihr etwas dazu zu sagen? Nichts? Gut. Ihr wusstet wohl nicht, dass das Feuer eines wieder auferstehenden Feuermenschen heißer ist, als jedes normale Feuer. Nun denn, außer eines Mordversuches habt ihr - oder nein! Dieser Abschaum eines Drachens hat *meine Haustiere* zur Strecke gebracht! Und ihr habt uns einfach so angegriffen. Was verdient ihr dafür?“

Er wandte sich an sein Volk. Statt einer Antwort trat eine bedrückte Stille ein. Gerade als Alvoc fortfahren wollte, schnitt ihm eine scharfe Stimme das Wort ab.

„Wir haben euch nicht grundlos angegriffen!“ Jan schäumte vor Wut. „Einer von euch hat drei von uns angegriffen! Ihr habt unseren befreundeten Stamm der Chatoons vernichtet! Ihr plant, Rae zu überfallen und das ganze Land in Schutt und Asche zu verwandeln! Außerdem habt ihr einem Jungen seinen Vater, sein einziges Familienmitglied und alle anderen der Bug Torquil vernichtet!“

Alvoc warf ein Stück Holz nach ihm, das, während es durch die Luft flog, anfing zu brennen. Jan verzog das Gesicht vor Schmerz als das Holzstück ihn traf. „Wage es nicht noch einmal, mich zu unterbrechen!“, zischte Alvoc und sprach plötzlich im Plauderton weiter. „Es tut mir leid, dass ich euch in diesen *zerstörten* Saal holen musste. Aber so ein Vulkan kann viel anrichten… Der Boden hat überall gebebt! Das ist jetzt zum Glück vorbei, hat aber leider viel Zerstörung hinterlassen. Doch soweit ich weiß, ist die Folterkammer nicht zu Schaden gekommen. Nicht wahr mein lieber Vaac?“

Vaac, ein schwerer, untersetzter Mann in der ersten Reihe der Zuschauer zuckte bei seinem Namen zusammen. Seine dicken Lippen bebten.

„Äh."

„Was?"

„Ähm, ja, i-ich glaube schon. Es ist nichts kaputt, äh, gegangen."

Aurora kniff die Augen zusammen und zog an ihren Handfesseln. Sie fand, man sah, dass der Folterknecht viel lieber Vorkoster geworden wäre. Zumindest konnte man dies von seinem Körperbau ablesen…

„Nichts kaputt? Gut. Dann steht nichts im Wege, dass unsere *Gäste* ihr einen kleinen Besuch abstatten, oder?"

Vaac, wurde bleich. „Aber, …äh, ich weiß nicht. Mei-meinen sie wirklich? Das Holz ist etwas morsch. Und die eine Seilwinde ist ge…"

„Ach, das ist doch nicht so schlimm!" Mit einem fiesen Lächeln wandte Alvoc sich an die Gefangenen. „Das stört euch doch hoffentlich nicht? Ich denke so *morsch* ist das Holz nun auch wieder nicht. Jedenfalls nicht so, dass es uns – mich - daran hindert, es euch auch einmal vorzuführen. Obwohl, es wird wohl nicht nur einmal sein."

„Du bist ein ehrenloser Herrscher!", schoss es Marco aus dem Mund. „Seine gefesselten Feinde so zu quälen! Ich bin der Enkel des…"

Aurora hatte sich eine Hand losgemacht und zischte ihm zu: „Bist'e noch ganz dicht? Denk mal lieber über die Konsequenzen nach!"

Alvoc gab einen Wink und eine Wache fesselte Aurora von neuem.

„Soso“, fragte Alvoc und lächelte bittersüß. „Von wem bist du der Enkel?“

Marco senkte denn Kopf.

„Nun“, fuhr Alvoc fort. „ist ja auch egal. Um dich kümmere ich mich später!“

„Du bist wirklich ohne Ehre!“ Alle drehten sich um. Ein hagerer Feuermensch trat vor. „Und nicht nur das! Du solltest dich schämen!“

Alvoc trat vor Wut gegen einen zusammengeschobenen Geröllhaufen. „Der General für den äußersten Verteidigungsring?“

„Der bin ich!“

„Fesselt ihn!“

Die Wachen rührten sich nicht. Alvocs Züge entgleisten. „Was ist? Gehorcht ihr mir, eurem Herrn, nun auch nicht mehr?“

Eine Wache wollte etwas sagen, klappte den Mund dann aber wieder zu.

Alvoc starrte sie kühl und voller Hass an. Und weil niemand auf längere Zeit den Blick Alvocs ertragen konnte, machten sich schließlich zwei Wachen zögernd ans Werk. Der Feuermensch ließ sich fesseln, und schritt von selbst zu den Gefangen und setzte sich in der Nähe Marcos hin.

Alvoc schritt ihre Reihen ab. „So, vergessen wir erst einmal, was gerade passiert ist! Ich muss zugeben, ihr werdet, ob ihr wollt oder nicht, in die Folterkammer kommen! Denn ihr seid hier die Verräter! Ihr hättet euch uns anschließen sollen! Nicht gegen uns kämpfen! Und dafür verdient ihr alle den *Tod*!

Nur durch euch ist der Vulkan aktiv geworden! Sonst wäre der magische Druck nicht entstanden! Der Boden hat ordentlich gebebt und zusammen mit den Geysiren hat er viel Schaden angerichtet!", donnerte Alvoc. „Jetzt steht es mir erst recht zu, ein neues Heim zu erobern. Wir werden schon morgen aufbrechen, um Rae zu stürzen. Und es wird fallen! Die Hüter sind nicht mehr da! Und nicht nur dies: Rae ist weiter geschwächt, denn ihr Beschützer ist verloren! Und zudem", er baute sich zu seiner ganzen Größe auf, „sind wir stärker! Wir sind *viel* stärker. Wir haben uns jahrelang auf diese Invasion vorbereitet, während ihr geschlafen habt! Und *wir* werden siegen! Das Land wird brennen!"

Missmutig betrachtete Alvoc sie. „Ich weiß doch, dass es euch, dank dem Zauberer, nichts ausmacht! Aber glaubt mir! Ihr werdet auch noch brennen! Das schwöre ich euch."

Marco wandte seinen Kopf und konnte es kaum glauben: Aurora weinte. Da wurden ihm auch die Augen feucht. *Sie hatten verloren.* Langsam rückte er zu ihr hin und legte seinen Kopf auf ihre Schulter. Wenn er es gekonnt hätte, hätte er sie jetzt umarmt.

Doch jetzt war alles zu spät.

Verloren.

34

ERINNERUNGEN EINES AMULETTS

„Jetzt seid ihr alle bereit!“, verkündete Alvoc. „Die Folterkammer wartet. Vaac?“

Der Mann erbleichte.

„Ich glaube du kannst dich schon einmal auf den Weg machen. Für unsere Gäste! Verstehst du?“ Alvoc grinste. „Du musst dieses spezielle Zimmer vorbereiten.“

Und dann begann es.

Marco merkte entsetzt das plötzlich alles immer dunkler wurde.

Das Amulett auf seiner Brust fühlte sich plötzlich ziemlich kalt an. „Aurora!“, flüsterte er leise. Doch sie reagierte nicht. Sie schaute aufmerksam zu einer halb eingestürzten Wand.

Alvoc begann wieder, über die *Invasion* Raes zu predigen und Aurora war abgelenkt.

„Aurora!“ Endlich drehte sie sich zu ihm um.

„Oh!“, sie zuckte zusammen. „Marco! Dein Amulett!“

Marco nickte hastig. „Ich glaube das Leuchten bedeutet das es mir irgendwie helfen will – du weißt doch, dass es den Träger beschützen will!“ Marco sah sie flehend an. Er hoffte jedenfalls, dass das Amulett ihn schützen wollte. Alles wurde leiser um ihn herum, plötzlich spürte er nicht mehr den

Boden auf dem er saß. „Ich, ich bin immer noch neben dir, doch es ist zu spät. Das passiert gerade, weil ich in allerhöchster Lebensgefahr bin! Und wenn ich das bin, bist du das auch!“

Und dann sah und hörte er nichts mehr. Er hatte das Gefühl in seinen Armen verloren. Er spürte nicht mehr seine Fesseln. Alles ertrank in Dunkelheit. Er konnte nur noch herauspressen: „Was auch immer passiert – tu so als wäre nichts Besonderes!“

Dann spürte er nur noch das kalte Amulett das ihn verschlang.

Und er fing an zu träumen.

…

Ivans Augen huschten unruhig über die Festung. Wo waren die Bogenschützen? Zwei Dinge waren ihm klar geworden, als auf ihn gezielt worden war: Erstens: Er konnte nicht einfach so wegfliegen und alle anderen zurücklassen. Alessio hatte Recht! Zweitens: Es würde nicht einfach werden, es gab noch mehr als den einen Bogenschützen.

Doch was sollte er tun? Er hatte Lust, sich hinabzustürzen und die übriggeblieben Wände der Halle einzureißen. Doch so war diese Aktion unnütz!

Wozu war er überhaupt hier, wenn er nichts für sie tat. Er war immerhin ein Drache und war so ziemlich jedem da unten überlegen.

Aber die Wände einzureißen wäre ziemlich dumm. Zum einen, weil er mit einen Pfeilhagel rechnete, der sich sofort auf ihn prasseln würde, zum anderen, weil er selbst gesagt hatte, dass man bei so einer Aktion auch die Pacos erwischte.

…

Aurora versuchte, sich nichts anmerke zu lassen. Seltsam… Nach dem Marco sie gebeten hatte, so zu tun, als wäre nichts, hatte das Leuchten seines Amuletts aufgehört. Doch jetzt saß er seltsam versteinert neben ihr und blickte in die Leere. Innerlich fluchte Aurora. Wenn das Amulett schon eingriff…

„Nein.“, sagte Vaac.

„Wie?“, fragte Alvoc drohend und kniff ein Auge zusammen. „Was: Nein?“

Vaacs Stimme wurde immer höher. „Ich will nicht! Ich bin kein Folterknecht! Ich bin Koch!“

Hm, dachte Aurora. Da hatte sie ja gar nicht so unrecht gehabt mit dem Vorkoster…

„Du bist widerwärtig!“, schnaubte Alvoc. „Und ich sage dir: Du wirst heute den Folterknecht spielen. Du wirst sogar der sein, der sie umbringt!“

Der Koch schüttelte fest den Kopf. „Nein, das wirst vielleicht du sein, aber nicht ich!“

Aurora versuchte das Gerede nicht zu beachten. Ihr musste endlich ein Plan einfallen! Sonst wären alle Vorkehrungen umsonst gewesen! Und, ja, sonst wären sie alle bald tot.

Sie schielte zu einer breiten, steinernen Mauer an der Wandteppiche hingen. Sie drohte ganz einzustürzen. Doch stimmte es? Sie war sich nicht sicher. Vielleicht hatte sie sich nur getäuscht…

Tausende Fragen durchströmten ihren Kopf…

Was sollte man hier denn schon ausrichten können? Alvoc schrie wütend seinen Folterknecht an und Marco war verschwunden.

…

Sonnenstrahlen fielen durch die Zweige und Äste der Bäume. Zwischen moosbedeckten Stämmen und Felsenbrocken, die mit Flechten überwuchert waren, so dass man kaum noch Fels darunter sah, wanderten zwei Gestalten Hand in Hand.

Die eine war groß, die andere klein. Ein Junge und sein Vater. Doch wenn man genauer hinsah, bemerkte man, dass die größere Gestalt ein wenig zu alt war, um der Vater des Jungen zu sein.

Das kurze Haar war schneeweiß und die Hand, die die des Kleinen hielt, war so runzlig wie die Rinde eines Baumes. Doch der Alte ging aufrecht wie ein stolzer Krieger und sein Gesicht hätte das eines Mannes sein können, der einige Jahrzehnte jünger war.

Der kleine Junge an seiner Seite trug eine dicke Jacke. Man sah, dass ihm jemand den Kragen ordentlich zurückgeschlagen und seine Füße in lederne Stiefel gezwängt hatte. Sein sandfarbenes Haar glänzte in der Sonne und er ließ sich eher mitziehen, als dass er selber ging.

Schließlich ließ er die Hand seines Großvaters los und blieb stehen. „Ich mag nicht mehr!“, Marco schob seine Unterlippe vor, zog eine Schnute und blickte trotzig in die Augen seines Beschützers. Er wusste, immer wenn er das machte, konnte Leod ihm einfach nicht widersprechen!

Und richtig, der Alte lächelte, zog aber gleichzeitig eine Augenbraue nach oben. „Wirklich? Wir laufen doch noch gar nicht lange!“

„Will wieder zurück!“

„Hast du Hunger?“

Klein-Marco nickte.

„Gut.“ Auch Leod nickte. „Wir laufen noch ein Stück, dann setzen wir uns hin.“

Marco willigte ein. „Aber du musst mir eine Geschichte erzählen!“

„Was für eine Geschichte?“, fragte sein Großvater.

„Du hast mir doch früher immer Geschichten erzählt. Über mich und zwei andere Reiter. Wir haben immer Abenteuer erlebt. Und wir haben unsere Feinde immer besiegt.“

Der Alte stutzte.

Doch Marco erzählte weiter: „Wir drei hatten verzauberte Amulette, genau wie deines. Darf ich's noch mal sehen?“

Gedankenverloren reichte Leod ihm das Schmuckstück.

Ein paar Minuten später hatten sie sich eine Raststelle ausgesucht und Leod hatte ein kleines Lagerfeuer zum Brennen gebracht. Er holte zwei Butterbrote aus seinem Rucksack.

Zusammen aßen sie und schwiegen. Als Marco satt war, beugte er sich zu ihrem Feuer hin und begann zu pusten.

Leod runzelte die Stirn und sah ihm eine Weile zu. Doch die Flammen stiegen höher, und eine Wolke aus Asche stieg Marco ins Gesicht.

Der hustete.

„Marco!“, sagte Leod und zog ihn vom Feuer weg. „Was sollte das werden?“

„Ich wollte das Feuer auspusten!“ Der Kleine wirkte gekränkt. „Eine Kerze geht doch auch aus!“

Da musste Leod wieder grinsen. „Aber das Feuer hier ist doch keine Kerze! Eine Kerze ist ganz klein, das Feuer ist ganz groß. Nein! Auch das Wedeln hilft nichts. Da fachst du es nur an. Im Gegenteil, man muss dem Feuer die Luft wegnehmen!“ Ächzend richtete sich der Alte auf und begann mit seinen schweren Stiefeln, das Feuer auszutrampeln. „Das machst du besser nicht nach, hörst du?“

Bald war nichts mehr außer rauchende Stöcke, von dem Feuer übrig.

Da machte Marco große Augen und starrte auf die Stelle, wo vorher die Flammen gezüngelt hatten.

„Wie gesagt, nicht nachmachen!“ ermahnte Leod und reichte seinem Enkel die Hand hin. „Komm Marco. Lass uns zurückgehen, nach Larid.“

…

Und dann war Marco wieder da. Aurora durchzuckte es heftig. „Marco!“

„Ich, ich!“, stotterte er. „War ich weg?“

Sie schüttelte verstört den Kopf. „Nein! Du warst nur komisch versteinert. Aber jetzt ist es weg.“ Ihre Augen begannen zu leuchten. „Das heißt doch, dass du nicht mehr in Lebensgefahr bist, oder?“

„Ja schon, aber…“

„Und somit wir alle anderen auch nicht!“

Marco nickte geduldig. „Aber es hat doch nicht versucht mich zu schützen!“ Als ihn der strenge Blick einer Wache streifte, wurde er leiser. „Ich hatte nur eine Erinnerung!“

„Du hattest was?“

„Ich, äh, glaube es war eine Vision!“

„DU?“

„Ja, ich habe noch einmal miterlebt, wie ich mit meinem Großvater durch unseren Wald spaziert bin. Es war vor mindestens sieben Jahren!“

Aurora zog eine Augenbraue hoch. „Na super. Ein tolles Amulett hast du da wiedergefunden! Es lässt dich, kurz bevor du sterben wirst, noch einmal eine unnütze *Erinnerung* durchleben!“

„Nein! Sie war nicht unnütz! Wir haben nicht mehr viel Zeit, da hast du recht, also lass mich zu Ende erzählen! Sie hatte eine Botschaft. Mit was macht ihr in eurem Lager die Feuer aus, wenn ihr kein Wasser habt?“

„Na, wir ersticken sie.“ Aurora blickte kurz verwirrt, dann leuchteten ihre Augen auf. „Ich verstehe!“

„Wir haben den Meryl-Stein nicht mehr, aber könnten wir nicht Alvocs Leiche ersticken?“

„Es muss einfach irgendetwas geben, wenn…“ Doch die Räuberchefin konnte nicht zu Ende reden.

Hunderte schillernde Lichtreflexe leuchteten in der eingestürzten Halle auf, durch das aufgerissene Dach schwang sich ein Drache, dessen Schuppen silbern glänzten.

35

DAS DRITTE ELEMENT

Alessio war fassungslos: Was tat Ivan da? Er war so plötzlich in den Sturzflug übergegangen, dass Alessio bis in Ivans Nacken vorgerutscht war.

Wer auf Drachen ritt, musste sich immer, so gut er konnte, festhalten, wenn ihm sein Leben lieb war.

Tatsächlich war Ivan mit Alessio so schnell nach unten gestürzt, dass die Bogenschützen gar nicht reagieren konnten. Oder hatten sie etwa die Sehnen absichtlich nicht losgelassen? Seltsam, aber Alessio kam es so vor, als hätte er einen Bogenschützen gesehen, der, sobald er Ivans Reaktion gesehen hatte, seine Waffe gesenkt hatte…

Doch das alles war gar nicht so wichtig gegenüber der Tatsache, dass Ivan unten war. Der Drache versetzte dem König der Feuermenschen einen solchen Schlag mit seinen gewaltigen Pranken, dass es Alvoc nach hinten schleuderte.

Wieder starb Alvoc… und brannte. Ein normaler Feuermensch wäre nach der zweiten Tötung gestorben. Aber aus irgendeinem Grund galt diese Regel bei Alvoc nicht. Wie bei einem echten Phönix begann wieder dieses Unsterblichkeitsritual, das Alvoc schon vor kurzem einmal hatte durchmachen müssen.

Aurora rief: „Nehmt die Wandteppiche!“

Alessio traute seinen Augen nicht. Derek. Mariam. Max. Einfach alle aus der Räuberbande kamen hinter einer halb eingestürzten Mauer der Halle hervor. Sie waren gekommen, sie hatten es geschafft hier her zu kommen!

Alvoc brannte ein zweites Mal. Wenn es nur das letzte Mal wäre! „Nehmt die Teppiche und erstickt sein Feuer!", rief Aurora hitzig,

Die Bande zögerte kurz bis sie begriff. Und das allein war der Fehler.

…

Sie rissen Wandteppiche herunter – alle anderen schauten ihnen wie erstarrt zu. Die Kinder legten die Teppiche auf Alvocs brennenden Körper ab.

Das dritte Element war die Luft, und in ihrer Abwesenheit konnte nichts brennen. Und die Teppiche, die über das Feuer gehäuft wurden, nahmen dem Feuer das für es lebenswichtige Element weg.

Wenn das Feuer erst einmal erstickt war, konnte es Alvoc nicht ganz zu Asche verbrennen und er konnte somit nicht wieder aus ihr auferstehen!

Marco sah, wie Derek versuchte einen ganzen, großen Teppich alleine über Alvoc zu ziehen. Doch plötzlich wankte er wie betäubt zurück. Alvoc hatte recht gehabt:

Das Feuer eines brennenden Feuermenschen war verdammt heiß! Marco glaube sogar zu sehen, wie ein paar Teppiche durch das Feuer wegbröckelten und somit nur zusätzliches Brennmaterial brachten…

Aber unermüdlich wurden weitere Teppiche von der Räuberbande auf Alvoc gehäuft.

Alle in dem Saal, ob Feuermenschen oder Pacos, schauten wie gebannt auf Alvocs brennenden Körper.

„Schneller!", schrie Aurora.

Doch Marco sah, dass es bereits zu spät war: Alvocs Flammen stiegen immer höher in den Himmel!

Der Anführer der Feuermenschen war schon fast ganz zu Staub zerfallen! Nach und nach wich die Bande zurück und Marco sah mit Entsetzen, wie sich eine Gestalt aus dem Staub erhob. Bald erkannte man ihr Gesicht. Es machte keine freundliche Miene.

Und kurz bevor sich die Gestalt wieder ganz materialisierte, lief ein Mädchen im weißen Kleid auf ihn zu.

Mariam war aufgesprungen und beging eine verzweifelte Tat: Sie nahm noch ein Teppichfetzen, der übrig geblieben war, und warf ihn auf Alvoc.

Das Stück Teppich traf ihn im Gesicht – doch es fiel einfach durch ihn hindurch. Noch hätte man ohne ernsthafte Konsequenzen durch Alvoc hindurchlaufen können, wenn er nicht so heiß gewesen wäre.

Nur ein wenig Staub wurde durch das Teppichstück aufgewirbelt. Dann war es auch schon vorbei. Und Alvoc war zurück.

Weil sich alles so schnell ereignet hatte, bemerkte Mariam erst zu spät, was geschah. Alvoc packte sie an ihren blonden Haaren und sie schrie auf.

Marco hielt die Luft an und da hörte er schon den zweiten Schrei. Derek kam mit wilder Entschlossenheit auf Alvoc und Mariam zu gerannt. „Nicht, sie ist meine Verlobte!“

Da streckte der mächtigste Feuermensch seine Hand aus und Derek wurde von der heißen Luft nach hinten getrieben.

Alvoc hatte stählerne Augen, sein Mund war ein Strich. Die ganze Schadenfreude war aus seinem Gesicht wie weggewischt, als er mit donnernder Stimme sagte: „Ich habe hier ein Mädchen gefangen!“ Dann blickte er ruckartig gen Himmel, wo Ivan und Alessio über ihnen kreisten. „Drache, wenn du dich nicht sofort ergibst, landest und dich und deinen Reiter fesseln lässt, stirbt es!“

Ein unruhiges Raunen ging durch alle Anwesenden. Mariam schaute flehend nach oben und Ivans Schwanz zuckte unruhig. Er war weit oben, doch Marco glaubte, Alessio und Ivan streiten zu hören.

„Bitte!“, rief Derek verzweifelt.

Auch Marco überlief es eiskalt, als er sah wie der Drache höher stieg. Alvoc zog mit einem lauten *Zing* ein silbern glänzendes Schwert aus der Scheide. Würde Marco es mit ansehen müssen, wie Alvoc Mariam…

Weiter konnte er nicht denken, denn Ivans Krallen schabten über den Boden, als er neben Alvco landete. Staub wirbelte auf und Alvoc ließ Mariam los.

Die rannte, so schnell sie konnte, zu der restlichen Bande und in Dereks Arme.

Doch was Marco sah, weckte in ihm Übelkeit: Ivan, der sich von mehreren Edans die Pranken fesseln ließ, und Alessio, der tränenüberströmt zu den Gefangenen geführt wurde.

Aus war es mit der Sicherheit der Lüfte, die man dem Sechsjährigen versprochen hatte!

Wenn Marco in jener ersten Nacht ihrer Begegnung gewusst hätte, dass er Ivan und Alessio so sehen würde, er hätte es nicht ertragen!

Die Hilfe des Amuletts hatte ihnen nichts gebracht! Die Teppiche hatten das Feuer nicht ersticken können!

Dann herrschte für einen Augenblick Totenstille im Saal. Schließlich befahl Alvoc Vaac abermals mit kaltem Ton die Folterkammer vorzubereiten. Und diesmal gehorchte dieser.

Die Schritte auf dem steinigen Boden erschienen Marco viel lauter, als sie tatsächlich waren. Er sah die wackligen Beine des dicken Kochs, der langsam Schritt für Schritt ging.

Dieses Geräusch sollte ihm noch Ewigkeiten in den Ohren bleiben.

Er würde es hören, wenn er in der Nacht aufwachte und nicht mehr einschlafen konnte. Er würde es beim Wandern nach Larid hören. Auch in seinen Träumen konnte er das leise Flappen von Ledersandalen auf Stein hören. Selbst an den einsamsten Ort der Welt würde es ihn verfolgen.

Vaac, der sich noch vor kurzem so konsequent geweigert und behauptet hatte, er sei eigentlich Koch, gab auf einmal einfach so nach.

Und vermutlich hatte er Recht, denn es war endgültig vorbei. Das sah Marco in jedem einzelnen Gesicht, in das er blickte. Selbst ihre Feinde, die Feuermenschen, wirkten traurig und müde.

„Halt!“, sagte da plötzlich jemand.

…

Marco erkannte den Mann als General für den äußersten Verteidigungsring. Der Feuermensch, der ihn bei seiner Anschuldigung gegenüber Alvoc unterstützt hatte.

Doch der General war nicht alleine. Er und Jan standen, losgebunden von ihren Fesseln da, Schwerter in ihren Händen.

Ganz langsam drehte sich Alvoc zu ihnen um. Er blinzelte. „Was?“

Die Gesichter der beiden Krieger wirkten entschlossen und verzweifelt.

„Wer war das?“, fragte Alvoc mit einer Stimme, die so scharf war, dass sie Stein wie Butter durchschnitten hätte.

„Wer hat sie befreit? Und warum haben diese beiden Männer Schwerter in den Händen, die für die Leute der Verteidigungsringe bestimmt sind?“ Man konnte zusehen, wie Alvocs Gesicht vor Wut rot anlief. „Warum?“

„Das kann ich dir erklären!“, entgegnete Eric fest. „Ja, wir haben die Schwerter der Männer des ersten Verteidigungsrings. Du hast vergessen, wer ich bin!“

Alvoc kniff die Augen zu und starrte die Wachen an, die die Gefangenen bewachten. Sie wichen zurück. „Ich verstehe, die Wachen dort sind deine Leute."

Eric zuckte mit den Schultern. „Ich bin ihr General. Sie befolgen deine Befehle genauso wie die meinen. Denkst du, sie würden ihren eigenen Vorgesetzten festbinden?"

„Und sie haben auch noch den Paco-Häuptling losgemacht!"

Eric nickte. „Dafür können sie nichts, ich habe es ihnen befohlen."

...

Alessio war verwirrt und durcheinander. Sehnsüchtig blickte er zu Ivan, der ein ganzes Stück entfernt unbewegt auf dem Boden lag. Alessio wusste nicht, ob Ivan die Ketten, die er trug, zerreißen konnte.

Doch dann bemerkte er etwas anderes: Alvoc. Alle wichen zurück. Nur Eric und Jan blieben da, wo sie waren.

Was passierte? Man konnte sehen wie Alvocs Haut immer röter wurde. Es wurde wärmer... Und ja, Alvocs Augen, sie glühten wie Feuer. Nein, die Augen waren Feuer!

Dann rannten Jan und Eric los. Ihre Schwerter zum Angriff erhoben. Doch sie erreichten Alvoc nicht.

Adern aus Feuer durchzogen sein Gesicht. Und dann schien es für einen Moment so, als würde der ganze Saal brennen. Die Explosion war heftig. Die Gefangen konnten sich nicht schützen. Nur die meisten Feuermenschen schafften es zu fliehen.

Ich bin endgültig am Ende meiner Kräfte!, stöhnte die Stimme Navajos in ihren Köpfen. *Ihr seid nicht mehr magisch geschützt!*

Das war schlimm, denn bis jetzt hatten sie sich ja vor magischem Feuer dank Navajo nicht fürchten brauchen. Doch keiner hatte Zeit darüber nachzudenken, denn als sie wieder zu Alvoc hinsahen, stand er in Flammen, oder besser: er *bestand* aus ihnen!

Das war selbst für einen Feuermenschen nicht normal.

Hustend rappelten sich Eric und Jan auf. Sie waren von der Explosion nach hinten geschleudert worden.

„Ich sagte mir immer, Aggressivität ist das letzte Mittel, um ein Ziel zu erreichen!“, erklärte Alvoc. „Wenn man die große Wut bekommt, ist man meist blind! Doch man ist auch stärker. Ich zum Beispiel bin gerade viel stärker. Und es wird wehtun, meine lieben Freunde!“

Außer den Umrissen eines Mannes blieb Alvoc nur noch ein einziges menschliches Merkmal: Dort, wo früher seine Augen gewesen waren, waren nun zwei kohlschwarze Punkte im Feuer.

Die richtete er auf Jan und Eric, als sie ein zweites Mal auf ihn zu rannten.

Kurz bevor die beiden Kämpfer ihn erreichten, zog Alvoc ein Schwert aus Feuer.

Ein Paco und ein Edan, wie sie sich selbst nannten, kämpften gemeinsam und als Alessio das sah, begriff er: Nicht jeder Feuermensch war böse! Im Gegenteil.

Die Feuermenschen waren an sich weder gut noch böse. Und die meisten gegen Alvocs Pläne.

Mit weitaufgerissenen Augen sah Alessio, wie die beiden von Alvoc immer mehr nach hinten getrieben wurden.

Jans Gesicht war versteinert, ausdruckslos, während das von Eric erschrocken und ängstlich aussah. Eric rief den anderen Feuermenschen zu, mitzukämpfen.

Und zuerst sah es auch so aus, als würden sie sich ins Geschehen mit einmischen! Aber dann hielten sie sich doch zurück.

Scheu, wie Rehe.

Als Alessio zu Ivan schielte, sah er, wie der Drache an seinen Fesseln zerrte.

Das Feuerschwert war größer und länger als die Schwerter von Jan und Eric. Und es war schneller. Es flitze hierhin und dorthin.

Jan und Eric waren schon geschwächt.

Dann schrie Eric auf.

Das Feuerschwert hatte seinen Arm geschnitten.

Eric fiel auf die Knie und hielt sich den Arm. Alessio konnte Brandwunden erkennen! Brandwunden! Das Feuer des Schwertes war so heiß, dass sich selbst ein normaler Feuermensch daran verbrannte!

Und dann tat Jan etwas wirklich Dummes.

Er rannte los, das Schwert auf Alvoc gerichtet. Alvoc hielt sein Feuerschwert ebenfalls auf ihn gerichtet.

Jan würde sich selbst aufspießen!

Er würde auch Alvoc aufspießen. Doch ob das überhaupt einen Effekt haben würde? Konnte Alvoc in diesem Zustand überhaupt Schmerz empfinden?

Jan würde sich sinnlos opfern!

Doch bevor Jan Alvoc erreichte, sackte der Feuermenschenkönig in sich zusammen.

Nox zog sein Schwert aus Alvocs Körper.

36

DER AUFSCHREI

Falk sah wie die Amulette von Marco und Alessio aufleuchteten.

Er wusste einfach, dass gleich etwas Großes passieren würde. Und dass es vorbei war – das ganze Elend und die Grausamkeit in dieser Angelegenheit. Es würde jetzt zu Ende gehen.

Das Feuer, das Alvoc beim Kämpfen so schützend umhüllt hatte, ließ ihn auch diesmal nicht im Stich: Es leitete das Wiederbelebungsritual ein. Einige Feuermenschen schrien und wollten zu Alvoc rennen, doch andere hielten sie zurück. Sie versuchten stattdessen, mit ihren Mänteln, die sie vor der Morgenkälte geschützt hatten, das Feuer Alvocs zu ersticken. Einige Feuermenschen begannen, die Fesseln der Gefangenen mit ihren Dolchen zu durchschneiden – Auroras Räuberbande half ihnen.

Bei Falk, Marco und Alessio war das nicht nötig: Ihre Stricke verpufften einfach zu Luft. Endlich begann es einigen aufzufallen, was mit den Dreien geschah: Falk spürte nicht, wie seine Fesseln abfielen oder dass er aufstand. Das Geschehen um ihn herum wirkte verschwommen – das Einzige, was er sah, waren die drei Amulette. Aus dem Augenwinkel bemerkte er, wie Marco und Alessio ebenfalls aufgestanden waren und dass sie zusammen mit ihm einen Kreis um den brennenden Alvoc bildeten. Aber eigentlich waren es nur die Amulette, die sich durch die drei Kinder Alvoc näherten.

Falk durchzuckte es, als er merkte, wie sich sein Amulett von der Kette riss. Er wollte es auffangen, doch da sah er, dass sein Amulett – genau wie die von Marco und Alessio – nachdem sie sich losgerissen hatten, nicht zu Boden fielen, sondern weiter auf Alvoc zu schwebten. Gleichzeitig erreichten die drei Amulette den König der Feuermenschen.

Und dann blitzte es. Falk wurde geblendet und schloss die Augen. Und für die wenigen Augenblicke, in denen er die Augen geschlossen hatte, hörte er drei Männerstimmen etwas rufen. Vielleicht waren es nur die Feuermenschen oder die anderen Pacos um sie herum, doch Falk glaubte, die vertraute Stimme von Nial herausgehört zu haben.

Als Falk die Augen wieder aufschlug, war Alvoc verschwunden, genau wie die drei Amulette.

37

DIE FEUERMENSCHEN

Die Sonne stieg über die Gipfel der umliegenden Berge und der Morgen wurde schnell sehr heiß. Doch niemand beachtete die Hitze auch nur im Geringsten. Seit Alvocs Tod waren ein paar Stunden vergangen.

Jeder suchte nur noch nach seinen Angehörigen, um zu sehen, ob sie noch lebten und gesund waren. Die Leichen von denen, die es nicht geschafft hatten, lagen zum Teil immer noch auf dem Schlachtfeld.

Die Feuermenschen hatten sie still gehen lassen.

Sie waren nach all den Ereignissen der letzten Nacht ziemlich wortkarg. Jan konnte sie nur zu gut verstehen.

Sie brauchten einen Neuanfang. Sie hatten mitgeholfen, ihren eigenen König zu besiegen und waren von seiner Herrschaft befreit, aber was jetzt?

Jan kickte einen Stein fort. Die Pacos, die nicht auf dem Schlachtfeld waren, gingen zurück zu ihrem Zeltlager und ruhten sich aus, oder ließen sich verarzten.

Auch er hatte einige Verbrennungen abbekommen und seine Beine drohten einzuknicken. Aber er war der Häuptling, er durfte sich noch keine Pause gönnen.

Da kam einer seiner Männer auf ihn zugerannt. Er sah ziemlich erschüttert aus.

„Jeremiah ist tot!"

...

Eric keuchte.

„Es ist gleich vorbei!" Das Mädchen strich sich durch ihre schwarzen Haare. „Ich muss nur noch einen Verband darum wickeln."

Er wusste nicht, wie ihr Name war, aber es hieß, sie mache ihre Arbeit gut, deswegen war Eric zu ihr gegangen. Sie holte einen langen, weißen Stoffstreifen aus der Tasche und begann damit, seinen Oberarm zu umwickeln.

Er zuckte zusammen, als sich der Verband über seine mit Salbe beschmierte Wunde legte. Das Mädchen verknotete den Verband und war dann fertig.

Eric bedankte sich und bezahlte mit dem Geld was er besaß. Dann verließ er die kleine Hütte und begab sich ins Innere der Festung.

Es war nicht leicht, das Chaos zu leiten, doch als Oberhaupt des Widerstandes erwarteten alle von ihm Befehle.

Zum Glück gab es kaum jemanden, der wegen seiner Aufgabe protestierte. Man hatte beschlossen alle, die wegen Alvocs Niederlage randalierten erst einmal festzunehmen. Später würden alle Mitglieder des ehemaligen Widerstands gemeinsam entscheiden, ob sie wieder freigelassen würden oder nicht.

Die meisten seines Volkes waren verwirrt und durcheinander und zogen sich in ihre Hütten zurück, sofern diese vom Beben des Vulkans verschont worden waren.

Sie hatten verloren. Zum Glück hatten sie verloren! Endlich hatte sein Traum Geschichtenerzähler zu werden wieder eine Zukunft.

Der Widerstand war aufgelöst.

Jetzt war die Zeit gekommen, ein ganzes Königreich neu zu erfinden.

Da kam ein Mann auf Eric zu.

„Hallo Sir." Er reichte ihm die Hand hin. Eric nahm sie. „I-Ich bin Kic. Ich war der höchste General Alvocs."

Eric nahm seine Hand sofort zurück und schaute ihm prüfend in die Augen. „Du bist es!"

Kic lächelte verlegen. „Ich wollte fragen, ob ich mich anschließen darf!"

„Wobei?"

„Beim Widerstand, also ich meine…"

„Du willst helfen?"

Kic nickte heftig.

Eric atmete scharf ein. „Ah, und warum sollte ich dir glauben?"

„Sie können gar nicht anders! Wenn ich immer noch auf Alvocs Seite wäre… Er ist tot. Jetzt da er tot ist, was für einen Nutzen hätte ich dann noch, an ihm festzuhalten? Ich habe mich gebessert. Ehrlich." Zufrieden mit seinem Argument, nicke Kic.

„Mir wurde die Information überliefert, dass du gestern Nacht einen unserer Männer bewusstlos geschlagen hast."

Kics Züge entgleisten. „A-Also ich…"

„Wie willst du dich nützlich machen?", fragte Eric im kühlen Ton.

Die Augen seines Gegenübers glänzten. „Ich habe eine Idee! Unser Volk steht doch gerade zwischen Trümmern und ist ziemlich am Boden. Wir bräuchten dringend Geld, richtig?"

Eric nickte langsam.

„Doch es ist eher unwahrscheinlich, dass wir nach all dem noch große Hilfe bekommen. Deshalb hätte ich einen Plan, wie wir uns selber weiterhelfen können!"

„Du willst irgendetwas stehlen oder überfallen?", unterbrach Eric Kic misstrauisch.

„Könnten Sie mich aussprechen lassen, Sir?"

Eric wandte sich zum Gehen. „Tut mir leid, ich bin nicht interessiert."

„Nein! Warten sie Sir! Die Schatzkammer!"

„Was?" Langsam drehte sich Eric um.

„Alvocs geheime Schatzkammer! Kurz bevor er die Phönixe freigelassen hat, hat er mir von ihr erzählt! Es gibt sie wirklich!"

„Soso!"

„Dort ist der erste Geysir zum Vorschein gekommen!"

„Der erste Geysir? Hm…"

„Geben Sie mir ein paar Männer und wir retten das Gold und den Schmuck! Das ist sicher einiges wert!“

„Das könnte aber gefährlich werden, wenn du sagst, dass…“

Kic zuckte die Schultern. „Wenn wir die Kammer erst einmal im Keller der Festung gefunden haben, dann werden wir das meiste sicher retten!“

„Wenn du das sagst… Wir brauchen das Geld wirklich!“

„Heißt das, ich bin in der Gruppe?“

Eric nickte noch einmal langsam. „Warum nicht…“

…

„Pass auf!“ Eric wandte sich an Kic. „Hohle Frec, *Cara* Birani und Vaac! Sie sind beim Widerstand schon ganz von Anfang an dabei.“

Kic legte die ausgestreckten Finger an die Schläfe und machte den Militärgruß. „Zu Befehl, Chef!“

Kurz darauf kam er mit dem untersetzten Vaac, der düster schauenden Birani und dem muskulösen Schmied Frec zurück.

„Wir haben unserem König ein Ende gesetzt!“, begann Eric. „Doch es waren nicht nur wir! Das meiste haben die Pacos und diese Räuberbande gemacht.“

Alle nickten. Auch Kic, wenn auch ein wenig widerwillig.

„Sie haben mit mindestens so großen Problemen zu tun wie wir. Sie haben viel mehr Männer verloren und viele wurden verletzt. Auch wenn die meisten von uns eigentlich gar nicht kämpfen wollten, sie mussten es.

Und seien wir ehrlich: In der Schlacht haben sie verloren und ohne den Drachen oder die Räuberbande wären auch alle gestorben."

Kic nickte zustimmend.

„Es ist so!", beharrte Eric. „Wir sind eigentlich trotz allem auf einer Seite gewesen. Deswegen ist es nur recht und billig, den Häuptling der Pacos zu fragen, ob er sich mit uns beratschlagen will."

Kic schnappte nach Luft und auch die anderen wirkten skeptisch.

„Ich weiß nicht, ob das eine so gute Idee ist…", warf Frec mit einer Stimme, rau wie Schmirgelpapier, ein.

„Sie werden uns lieben!", rief Vaac grinsend. „Aber im Ernst: Nur weil sie beim Kampf auf unserer Seite waren… Die meiste Zeit wussten sie ja gar nicht, dass wir auf ihrer Seite waren und…"

„Keine Diskussion!", unterbrach sie Eric schneidend. „Wir fragen sie sofort, bevor sie weiterziehen! Doch da wäre noch etwas…"

„Ja?", Birani hob eine Augenbraue.

„Wir müssen beratschlagen, wer der neue König wird und die nächsten Entscheidungen trifft!"

„Na, wer wohl!", fragte Vaac aufgebracht. „Du natürlich!"

Doch Eric schüttelte lachend den Kopf. „Nein! Das geht nicht! Ich war das Oberhaupt des Widerstandes. König zu sein, ist etwas völlig anderes! Ich werde Geschichtenerzähler! Meine Familie ist berühmt wegen ihrer Geschichten!“

…

Jan zuckte zusammen als plötzlich der Feuermensch vor ihm stand, mit dem er zuvor gegen Alvoc gekämpft hatte. Er hatte dort an seinem Arm, wo Alvoc ihn getroffen hatte, einen Verband.

„Womit kann ich helfen?“, fragte Jan.

„Womit?“, fragte der Feuermensch. „Ich wollte dich eigentlich fragen, ob du daran interessiert bist, dich mit uns an einen Tisch zu setzen!“

…

Jan musste sich bücken, um durch die niedrige Tür zu gehen. Er hatte das Angebot angenommen, aber darauf bestanden, dass einer seiner Männer ihn als Wache begleiten durfte.

Innerhalb der Hütte zu der er geführt worden war, waren alle Vorhänge zugezogen und die Decke war, genau wie der Türrahmen, sehr niedrig.

Sie folgten dem Feuermenschen, der sich als Eric vorgestellt hatte, zu einem breiten Tisch, an dem bereits vier weitere Feuermenschen saßen.

Eine Frau, die ziemlich ernst blickte und eine Kapuze aufhatte. Ein Mann der ziemlich verkniffen aussah und am Ende des Tisches saß. Der Mann neben ihm hatte keine Haare. Er war groß, hatte ein grobes Gesicht und, da sein Gewand keine

Ärmel hatte, konnte man ihm die vielen Tage des Gewichthebens ansehen.

Nur einen erkannte Jan wieder: Vaac, der dicke Folterknecht, der eigentlich Koch war. Er hatte einen etwas zu breiten Mund, den dieser aber gerade zu einem Lächeln verzog.

„Setzt euch doch!“, forderte Eric Jan und seine Wache auf. Jan zögerte, doch dann setzte er sich dazu. Seine Wache hinter ihm machte keine Anstalten, es ihm gleich zu tun.

So zuckte ihr Gastgeber mit den Schultern und setzte sich auch.

„Es ist alles ziemlich kompliziert“, fasste Eric zusammen. „Weder wir Edans, noch ihr Pacos seid allein an dem Geschehen schuld. Unser König plante Rae zu überfallen, diese Botschaft hat man euch heimlich gebracht. Und es stimmte auch. Allerdings hat Alvoc Wind davon bekommen und sich auf euch vorbereitetet. Denn er ließ euch beobachten und wusste somit, dass ihr euch auf den Weg zu ihm gemacht hattet.“

Jans Gedanken überschlugen sich. Das war neu! Aber irgendetwas in der Art musste es ja gegeben haben!

Die Frau mit der Kapuze erklärte weiter. „So habt ihr als Erstes angegriffen, bevor wir uns überhaupt schuldig gemacht haben. Ihr hattet schon einen guten Grund, aber ihr habt das Ganze nun mal angefangen. Allerdings seid ihr in einen Hinterhalt geraten – Alvoc hat euch ins offene Messer laufen lassen.“

Langsam nickte Jan. Es tat weh, beschuldigt zu werden, doch er wusste nicht, wo er widersprechen sollte.

„Nun, wir alle müssen größere Verluste einstecken“, brachte Eric sie wieder zum jetzigen Standpunkt zurück. „Nicht nur von euch sind Leute gestorben. Viele unschuldige Leute von uns kamen ums Leben!“

Jan runzelte die Stirn.

Doch Eric nickte ernst und fuhr fort. „Glaub mir, viele haben nicht freiwillig gekämpft. Sie wurden von Alvoc gezwungen, euch gegenüber zu treten und als sie angegriffen wurden, haben sie sich verteidigt. Du kannst dir nicht vorstellen, wie es ist, unter einer solchen Herrschaft zu stehen!“

„Doch!“, sagte Jan leise. „Ich kann es.“

Vaac räusperte sich. „Wir sind ein sehr kleines Volk, das sich eigentlich immer im Hintergrund gehalten hat.“

„Na, da muss ich euch sagen: Jeden den ihr fragt, weiß wer ihr seid. Über den Namen Feuermensch weiß die ganze Bevölkerung Raes nichts Gutes zu berichten!“, stellte Jan in den Raum.

„Edans! Nicht Feuermenschen. Bitte nennt uns Edans, so nennen wir uns untereinander. Feuermenschen trifft nicht zu!“, betonte Eric.

Vaac nickte traurig. „Leider gibt es immer wieder einzelne unter uns, deren Gedanken blutrünstig und grausam sind. Einige von uns sind der Meinung, wir und unsere Kräfte sind dazu da, zu herrschen.“

„Und vor Alvoc und dem Kampf mit den Hütern wart ihr anders?“

„Wir hatten andere Könige, ja“, antwortete Eric. „Ich kann es immer noch nicht begreifen, wie es dazu gekommen ist, dass plötzlich Elvaac unser König wurde. Und nach ihm Alvoc, aber… wollt ihr die Geschichte hören?“

Als Jan bejahte fing Eric an zu erzählen.

38

EINE GRAUSIGE TRADITION

Wie konnte es dazu kommen, dass aus unserem friedlichen Volk, der größte Erzfeind der Hüter wurde? Nun, ich weiß es auch nicht genau und kann nur Vermutungen anstellen.

Doch wahrscheinlich war diese Aggressivität schon immer da gewesen. Nicht in allen von uns, aber in einigen. Vielleicht hat es etwas damit zu tun, dass wir eine Verbindung zum Feuer haben. Und das Feuer ist nun mal zornesrot.

Der König drei Generationen vor uns musste das gewusst haben. Er war ein alter, kleiner Mann, dessen schwarzes Haar sich weiß gefärbt hatte. Er war gutmütig und eigentlich ganz beliebt unter unsereins. Er übernahm aber noch eine wichtige Aufgabe: Er achtete darauf, dass sich die Energie des Feuers nie in Wut verwandelte. Er konnte selbst die Feurigsten unter uns beruhigen. Ein Kampf gegen die Kaiserstadt Rae konnte nicht gut ausgehen!

Doch wie gesagt, er war schon alt und es dauerte nicht lange, dann starb er. Zurück ließ er nur seinen Sohn. Der Name könnte euch bekannt vorkommen: Elvaac.

Ja, Elvaac war sein Sohn und man kann es nicht glauben: Er war von der ganz anderen Sorte! Sobald er auf dem Thron saß, verordnete er selbstgefällige Gesetze, wie zum Beispiel die Steuern: Es ist jedem Feuermenschen angeboren, dass er auf wertvollen Schmuck und Reichtum steht, heißt es. Und Elvaac war geldsüchtig. Bald waren fast alle arm. Doch wenn es allein das gewesen wäre… Ihn kümmerte es so gut wie nicht, wenn einer einen anderen umbrachte. Er ermöglichte sozusagen der Aggressivität, zu wachsen und zu gedeihen. Auch bei ihm selbst wuchs und wuchs sie. Und dann hielt er plötzlich diesen Plan im Kopf: Elvaac war es, der zum ersten Mal beschloss Rae anzugreifen.

Alle in denen das Feuer schon länger höher geschlagen hatte unter uns waren davon so überzeugt, als hätten sie selbst den Vorschlag gemacht. Und die Vielen, die anderer Meinung waren, wagten es nicht, zu widersprechen.

Als schließlich auch noch Elvaacs Sohn – Alvoc – als kleines Kind verschwand, wurde er sehr wütend und dachte in seinem Zorn, die Hüter hätten sein einziges Kind verschleppt.

Damals lebten wir noch nicht hier, sondern nordöstlich von Rae. Von dort aus zogen unsere Krieger los und der erste Kampf gegen die Hüter war im Gange.

Doch das Unterfangen war wohl etwas zu stürmisch angegangen worden. Man hatte nicht erwartet, wie gut die Hüter waren. Drei riesige Armeen, gegen unsere… Wie ihr wisst, endete die Schlacht damit, dass Niall Elvaac tötete.

Eingeschüchtert und verwirrt über den plötzlichen Tod, ließen sich diejenigen, die noch lebten, zurücktreiben.

Nun, danach schien erst einmal der Spuk vorbei zu sein. Alvoc, Elvaacs Sohn war immer noch verschwunden. Man wusste nicht, ob er von den Hütern gefangen gehalten wurde und weil er nicht da war, musste ein anderer das Amt des Königs antreten.

Man traf eine gute Wahl. Obwohl wir alle gut mit der Feuermagie umgehen können, gab es ähnlich wie bei euch Magier, die sich damit noch intensiver auseinandersetzen.

Einen dieser Magier wählten wir und er war ein ehrlicher und gewissenhafter Mensch.

Er regierte einige Jahre lang, bis Alvoc wiederkam. Keiner hatte es erwartet und damit begann der Terror erneut. Auf einem pechschwarzen Phönix kam er angeritten. Die anderen beiden hatte er zu dieser Zeit schon in der, von ihm endeckten, Festung eingesperrt.

Alle waren voller Schrecken. Auch wenn wir von den Phönixen abstammten, so hatten wir doch alle enorme Furcht vor den riesigen Vögeln. Doch er beruhigte uns, gab sich sogar den Anschein, als hätte er gar kein Interesse daran König zu werden. Aber er umschmeichelte unseren Magier-König, ob er ihm etwas von seiner Magie beibringen wolle. Der Magier, der sich sowieso schon unwohl fühlte, auf dem Thron zu sitzen, der eigentlich Alvoc zustand, willigte ein.

So lernte Alvoc Feuersachen, die keiner von uns einfachem Gefolge je können würde. Und dann fragte er den Magier eines Tages, wie man es denn schaffen könne, wie die Phönixe unsterblich zu werden.

Zögernd erzählte ihm der Magier, dass man das Blut eines Feuermenschen und eines Phönixs vermischt trinken müsse. Nichts, was der König je getan hatte, doch damit hatte er sein eigenes Schicksal besiegelt.

Alvoc schnitt eine kleine Wunde in das Bein eines seiner Phönixe, und ließ ein wenig Blut in einen Becher tropfen. Dann verband er das Bein, so dass es wieder verheilen konnte.

Doch er brauchte auch noch Feuermenschenblut…

So starb unser Magier-König. Alvoc trank aus einem Kelch das Blut des Magiers und seines Phönixes und wurde unsterblich.

Schnell war klar: Er hatte doch Interesse am Amt des Königs. Alvoc wurde König und zwang uns, unsere Heimat zu verlassen und hier her zu kommen, zur Festung, in der er auch seine anderen Phönixe schon eingesperrt hatte.

Er hat nie jemandem verraten, was er getan hatte, als er als kleines Kind verschwand, aber er muss wohl die beiden Phönixe gezähmt und diese Festung gefunden haben. Die Festung ist alt und muss einst eine, jetzt vergessene, Verteidigungsanlage von Rae gewesen sein.

Die ganze Zeit über plante er den Überfall auf Rae. Es sollte nicht so ausgehen, wie das letzte Mal bei seinem Vater. Diese Idee ließ ihn abends nicht schlafen und er redete über fast nichts anderes. Einigen der Edans gefiel das, was er redete, aber die meisten schreckten nur davor zurück, ihre Meinung zu sagen. Danach lebte man nicht mehr lange.

Zum Glück jedoch habt ihr ihn aufgehalten. Danke dafür. Viele von uns würden sich gerne bei euch bedanken…

…

Marco und Aurora begannen als Letzte den Aufstieg. Es war mühselig und Marco wünschte sich schon, er wäre mit den anderen Kindern auf Ivan zum Pacos-Lager geflogen. Als sie endlich oben waren, setzte sich Marco im Schneidersitz ins Gras.

Sein Magen knurrte. Er stöhnte. „Kannst du mich den Rest ziehen?"

Aurora schüttelte grinsend den Kopf und ließ sich neben ihm ins Gras nieder. „Ehrlich, ich bin kein Packesel!"

Mit Aurora konnte man sich gut unterhalten, fand Marco. Man konnte zwar nicht wirklich behaupten, dass sie offen wäre und keine Geheimnisse hätte. Doch auf seine Frage, wie die anderen Kinder ihrer Bande zum Kampf gelangt waren rückte sie endlich mit der Wahrheit raus: „Du erinnerst dich doch daran, wie Alessio erzählt hat, dass alle aus meiner Bande mit wollten oder?“

„Ja!“

„Sie haben keine Ruhe gegeben, bis ich ihnen erlaubt habe uns zu folgen. So sind sie, nachdem ich mit Ivan und Alessio aufgebrochen war, sofort losgelaufen.“

„Aber… Sie mussten uns doch lange suchen, so ein Gebirge ist groß! Wir selbst sind ja nur langsam vorangekommen!“

Aurora lächelte: „Es klingt komisch aber, dass sollte dir lieber Alessio oder Ivan erzählen.“

Ja, geheimnisvoll war Aurora schon, aber war das nicht jeder manchmal?

„Schau“, sagte sie und rückte ihm noch ein Stück näher. „Man sieht über den ganzen Krater!“

Tatsächlich sah die Festung, die gestern noch so bedrohlich gewirkt hatte, jetzt ganz nett aus. Und nicht nur, weil sie größtenteils eingestürzt war. Das Abendlicht ließ sie wie aus einem Märchenbuch erscheinen. *Wie alt sie wohl, ist?*, dachte er. *Sicher ist es schon sehr lange her, seit sie gebaut worden ist. Was sie alles schon gesehen hat? Früher lebten ja darin Ritter. Sicher hat sie schon mehr als diese Schlacht erlebt.*

Das Abendlicht spiegelte sich auch in drei kleinen Seen. Diese Seen waren davor noch nicht da gewesen. Sie waren durch die Geysire entstanden. Manchmal stiegen große Luftblasen aus ihnen auf.

Lange saßen die Beiden einfach so da.

Doch irgendwann stand Aurora auf. „Komm, ich will noch vor Sonnenuntergang wieder im Lager sein."

So sprang auch Marco auf die Füße und sie machten sich weiter auf den Heimweg durch den Wald. Es war Abend und es war still. Nur der kühle Abendwind blies durch die Blätter und in der Ferne hörte man einen Specht.

...

Dann vernahmen sie plötzlich Schritte durch den Wald und kurz darauf erschien Falk zwischen den Bäumen.

Falk schnaufte: „Ah, da seid ihr ja! Ich habe euch schon gesucht. Wo ist Jan?"

„Der ist noch unten. Den kannst du jetzt nicht holen", meinte Aurora.

Und Marco fragte besorgt: „Was ist denn mit dir los? Was rennst du so?"

„Nox! Ich weiß nicht wie lange er noch lebt!"

39

VERSPRECHEN

Marco stolperte regelrecht durch den Wald. Sie waren noch nicht den halben Weg gerannt und Marco fühlte sich bereits als wäre er ein siedender Topf Wasser. Einmal wäre er fast hingefallen, doch es interessierte ihn nicht. Was hatte Falk gesagt? Nox läge im Sterben? Nein! Das konnte nicht sein, fuhr es ihm durch den Kopf. Er hatte Marco versprochen, dass er sich aus dem Kampf raushalten würde! War seine Verletzung an der Schulter wirklich so schlimm? Marco musste wissen was los war. Sicher hatte sich Falk nur verhört. Nox war nicht tot! Nicht Nox. Er musste sich verhört haben! *Er musste!*

Nach einiger Zeit kam schließlich Noxs Zelt in Sicht. Viele hatten sich um sein Zelt versammelt. Marco warf einen Blick nach hinten. Aurora und Falk waren nicht zu sehen. Er war ihnen schon lange davongelaufen.

Die Menge wich ein Stück zurück, als er an ihr vorbei in Noxs Zelt stürmte.

Die schwere Lederschicht verschloss sich, sobald er durch sie hindurchgekommen war und dämpfte somit auch jegliche Geräusche von draußen. Es roch etwas stickig im Inneren. Nur oben durch eine schmale Öffnung fiel das letzte Licht der Dämmerung herein, bevor die Nacht begann.

Es lag etwas Trauriges in der Luft, das Marco nicht ertasten konnte. Nicht erriechen oder erschmecken. Es war einfach da. Wie ein Gefühl…

Ja, er fühlte sich traurig, als er Nox so sah.

Mit geschlossenen Augen, die Hände über der Brust gefaltet, lag er auf einem Bett. Ganz ruhig, als könnte ihm niemand etwas anhaben. Doch es war wohl zu spät für ihn. Überall hatte er Schrammen. Er hatte zu Marcos Verwunderung nicht nur an der Schulter Verbände, sondern auch an Armen, Beinen, Kopf und Hals. Marcos Lippen bewegten sich lautlos. *Nox.*

Mit Tränen in den Augen setzte er sich an die Bettkante. Er berührte vorsichtig eine Strähne seines gelb-goldenen Haars.

„Marco?“, hörte er plötzlich und Nox schlug seine Augen auf.

„Du lebst!“, rief der Gefragte erleichtert auf.

Noxs Augen suchten träge sein Gesicht. Ein verstohlenes Lächeln lag auf seinen Lippen. „Ja, doch ich weiß, dass es nicht mehr lange dauern wird, bis du dies nicht mehr rufen wirst.“

„Wieso?“, fragte Marco scherzend. „Was willst du denn jetzt noch machen? Zu der Feuermenschenfestung runterspringen?“

Nox lachte tonlos. „Oh, wirklich, das wäre ein reizendes Erlebnis… Nein, Marco. Ich werde wegen dem hier… sterben.“

Er deutete mit dem Kopf auf seine ganzen Verletzungen, dann ließ er ihn kraftlos sinken.

Marco schwieg und ihm kamen wieder die Tränen. *Du darfst nicht sterben!*

Nox versuchte aufmunternd zu schauen.

„Aber, warum?“, fragte Marco verzweifelt. In seinen Inneren hallten Falks Worte: *Ich weiß nicht, wie lange er noch lebt!*

„Wegen eines Fehlers!“, antwortete Nox. „Ich hätte auf dich hören sollen! Ich hätte, wie du gesagt hast, zurückkehren sollen. Das wäre das einzige Vernünftige gewesen.“

„Du hast Alvoc besiegt.“

„Ja. Aber das hätte auch jemand anderes geschafft.“ Er schwieg kurz. „Ich hatte mich zu dem Zeitpunkt wo Alessio den Stein warf schon aus dem Kampf herausgekämpft und machte mich an den Aufstieg, da kam mir der Rest von Auroras Räuberbande entgegen. Sie wollten als ihr abgeführt wurdet, sich in die Festung schleichen und euch befreien. Da ich sie nicht aufhalten konnte, musste ich sie begleiten. Das verstehst du doch, oder?“

Marco antworte nicht.

„Ja, ich weiß“, brummte Nox. „Ich weiß, ich hätte das nicht tun sollen. Deinetwegen nicht. Meinetwegen nicht. Doch ich glaube, ich hatte auch da schon die schlimmsten Verletzungen.“

„Navajo hätte mehr Zeit gehabt dich zu heilen.“

Nox schüttelte den Kopf. „Er war doch noch beschäftigt, euch zu schützen! Ich hätte ihn nur abgelenkt. Außerdem findet ihn gerade keiner.“

„Ich, ich liebe dich!“, flüsterte Marco.

„Hör jetzt mal gut zu!“, Nox richtete sich vorsichtig auf. „Sei nicht traurig meinetwegen. Du weißt schon: Mir geht es fast gut. Ich werde es ja nicht mitbekommen. Am schlimmsten ist immer für die, die bleiben. Aber das muss es nicht! Schaut, dass es meinem Vater nicht das Herz bricht!“

„Du bist alle *Hüter* zusammen“, murmelte Marco.

Nox ignorierte ihm. „Du bist ein feiner Kerl, mach was aus deinem Leben. Und jetzt lass mich allein. Ich will die letzten Minuten alleine verbringen.“ Und damit schloss Nox wieder die Augen.

…

Als Marco wieder draußen war, schien alles um ihn herum gedämpft. Ihm stiegen schon die Tränen in die Augen, doch er hielt sie zurück. Er wollte nicht, dass sie jemand sah. Da bahnte sich Aurora einen Weg durch die Menge und kam auf ihn zu. Sie lächelte ein trauriges Lächeln und wollte ihn umarmen, doch er sagte:

„Bitte, nicht!“

Und dann lief er einfach in den Wald davon. Er konnte die Tränen nicht mehr zurückhalten und sie kamen in Strömen.

Schließlich setzte er sich am Fuß einer Tanne hin, um sich zu beruhigen. Und irgendwann sank er in den Schlaf. Das erste Mal wurde er wach, als er spürte, wie sich jemand zu ihm legte.

„Marco? Schläfst du?“ Eine Hand berührte seine Schulter. Der Stimme nach war es Alessio. Marco brummte irgendetwas und der Fürstensohn rollte sich neben ihm zusammen, wie er es immer beim Schlafen tat.

Das zweite Mal wurde er wach, als er daran dachte, dass Nox nicht mehr lebte. Er begann zu schwitzen. Ein Tag voller Sieg und Traurigkeit.

„Marco?", hörte er den verschlafenen Alessio fragen.

„Hm?"

„Ich, Ivan und Aurora hatten ein Geheimnis vor euch in letzter Zeit."

Schweigen.

„E-Es stimmt nicht, dass wir dachten, Auroras restliche Bande würde zurückbleiben. Wir wussten von Anfang an, dass sie auch kommen würden. Aber… ohne Hilfe hätten sie es nicht geschafft, uns zu folgen."

„Wer hat ihnen geholfen?"

„Ivan hat Edward silberne Augen gegeben."

Marco richtete sich auf. Ihm fiel wieder ein, was Aurora auf seine Frage, wie ihre Bande es geschafft hatte, das Gebirge zu überwinden, geantwortet hatte: *Dass sollten dir lieber Alessio oder Ivan erzählen.* Jetzt erzählte es Alessio von sich aus. „Was ist das?", fragte Marco.

„Ich weiß es nicht. Als es noch mehr Drachen gab, früher, gab es das wohl öfter. Aber Drachen verliehen diese Gabe nur an Jemanden, der wirklich Hilfe brauchte. Wenn man Silberauge ist, weiß man immer, wo sich der Drache befindet.

Als Silberauge schläft man nie und ist so stark wie ein Drache. Sie haben schon seltsame Dinge vollbracht."

„Und Edward?"

„Edward wurde vom normalen Jungen zum Silberauge. Jetzt hat er aber wieder normale Augen. Silberaugen kann man sich nur ausleihen. Man muss sie nach einer bestimmten Zeit wieder an den Drachen zurückgeben. Bei Edward war es so ausgemacht, dass es passiert, wenn er Ivan wiedersieht."

„Wieso? Ich meine, Edward hätte diese Augen bei dem Kampf gegen Alvoc heute Früh gut gebrauchen können, oder? Warum hat er nicht alle von uns zu Silberaugen gemacht?"

„Keine Ahnung", antwortete Alessio. „Alles wollte mir Ivan auch nicht verraten. Doch wahrscheinlich hängt das damit zusammen, dass die Kraft eines Silberauges nie gegen jemanden eingesetzt werden darf."

Marco musste erst einmal verdauen, was er da gehört hatte. Vermutlich gab es noch viele andere Wunder, von denen er bis jetzt noch gar nichts gehört hatte.

Irgendwann suchte er Alessios Hand und so schliefen sie dicht aneinandergeschmiegt wieder ein.

40

ALESSIOS VATER

Etwa eine Meile von dem Lager der Pacos entfernt, in einem entlegenen Waldstück geschah etwas Seltsames. Nicht, dass Nebel morgens etwas Besonderes wäre. Im Frühling hing er oft in den Bäumen. Tau bedeckte dann das Gras auf der Lichtung. Doch so ein Tag war heute nicht. Die Sonne schien, die Tannen leuchteten ein dunkles, saftiges Grün und die Vögel sangen.

Bis der Nebel kam. Irritiert hielten die Singvögel inne. Man konnte nicht recht beschreiben, was an dem Nebel seltsam war, aber irgendwie schien er nicht in das morgendliche Bild hinein zupassen…

Gespenstisch sammelte er sich knapp zwei Meter über dem Waldboden, verdichtete sich und breitete sich aus.

Es schien als hätte jemand der Luft einen Stromschock versetzt. Alles begann zu surren, ja zu zittern!

Alle Tiere in der Umgebung zuckten zusammen, als der ganze Nebel oder Rauch – was auch immer es war - in sich zusammenfiel. Er sog sich zusammen bis er die Form einer Kugel hatte. Einer Kugel, die sich über einer kleinen Lichtung in der Luft schwebend, drehte.

Nein, das *war wirklich nicht normal!*

Energieblitze knisterten um sie herum und die Kugel aus Nebel färbte sich bläulich. Langsam erhoben sich die Vögel in die Luft. Jede Wühlmaus verließ ihre Höhle. Eine Eidechse und eine Blindschleiche krochen rückwärts.

Ein Dachs der in der Nähe gedöst hatte, hob den Kopf. Ein Eichhörnchen setzte zum Sprung an.

Es folgten ein paar entsetzlich lange Sekunden - die Luft hätte vor lauter Anspannung zerreißen können. Dann passierte es:

Der knisternde Ball zerbarst und, wie Wasser, überschwemmte der Nebel den Wald. Das Getier war schon über alle Berge, aber wenn eines doch noch geblieben wäre, dann hätte es miterleben können, wie die wogenden Wellen des Nebels langsam zum Stillstand kamen, der Nebel sich langsam erhob - und verblasste.

Graue Umrisse von Gestalten wurden sichtbar…

…

Marco blinzelte. Und schlug die Augen auf. Tannennadeln rieselten auf ihn herab. Der Wald war hell und es duftete nach Harz und frischem Holz. Einen Moment lang wusste er nicht, wo er war. Doch dann fiel ihm schlagartig alles wieder ein. Er wollte aufspringen, aber er schaffte es nicht. Der Grund war, dass ein gewisser Alessio eines seiner Beine im Schlaf fest umklammerte. Die Brust des kleinen Adligen hob und senkte sich gleichmäßig. Eine Träne glitzerte in seinem rechten Augenwinkel, doch sonst sah sein Gesicht friedlich und ruhig aus.

„Armer Alessio", murmelte Marco traurig. Er hatte viel zu viel für einen Sechsjährigen durchgemacht. Viel Kummer und Leid hatte er ertragen müssen. *Und sein Vater wird nie zurückkehren,* dachte er weiter. Denn um ihn zurück zu holen, so erinnerte Marco sich, musste Derjenige umgebracht werden, der den Vermissten, in diesem Fall Alessios Vater, vernichtet hatte – und dass war unmöglich.

Erstens wusste man nicht genau, wer ihn umgebracht hatte und selbst wenn: Wie man hörte hatten die meisten Feuermenschen in Alessios Burg Torquil gegen ihren Willen gekämpft. Es wäre mutwilliger Mord. Selbst wenn… Nein! Es ging nicht!

Doch nicht nur Alessio hatte einiges durchgemacht! Auch Marco selbst hatte es nicht immer leicht gehabt! Es war eine Zeit gewesen, die hoffentlich nun vorbei war. Auch wenn er es gerade im Moment nicht wahrhaben wollte – der Schmerz wegen Noxs Verlust war noch zu groß – hatte das Abenteuer auch seine schönen Seiten gehabt!

Nox, Falk, Derek, Aurora, Alessio mit Ivan und alle anderen hätte er nicht kennengelernt. Er hatte viel über seinen Großvater erfahren und schöne Orte gesehen. Viele Wunder hatte er kennen gelernt, zum Beispiel hatte er erst am vorherigen Tag erfahren, was ein Silberauge war.

Marco überlegte, was er getan hätte, wenn er nicht in jener Nacht Alessio mit Ivan gefunden hätte. Wahrscheinlich läge er jetzt noch faul im Bett und schliefe.

Nun, das war nicht der Fall. Er lag auf dem harten Waldboden und sein Rücken schmerzte wegen einer hölzernen Wurzel unter ihm. Marco beschloss, aufzustehen und zu den anderen zurück zu gehen.

Vorsichtig löste er sich aus der Umklammerung Alessios und stand auf. Sofort war Alessio hellwach und sprang auf die Beine. Als hätte er auf diese Reaktion gewartet. Innerlich seufzte Marco. Alessio entging nichts.

„Ich war schon die ganze Zeit wach“, behauptete Alessio statt einem: „Guten Morgen.“

...

Bald erreichten sie das Pacolager. Dort schien man aber nur mit Verarzten beschäftigt zu sein. Navajo war spurlos verschwunden – er wurde, als man nach der Schlacht in das Zeltlager zurückkehrte, nicht gefunden. Mika, die während der Schlacht als eine der Wenigen zurückblieb, um öfter nach ihm zu schauen, meinte, dass sie ihn auch nicht hatte weggehen sehen.

Als sie Ivan dann auf einem Hügel oberhalb des Lagers sahen, kamen sie zu ihm hoch und setzten sich zu ihm. Außer Ivans gelegentlichem Schnauben, wobei kleine Flammen aus seinen Nüstern emporstiegen und wieder verschwanden, passierte nichts.

„Alessio, Marco! Da seid ihr!“, Falk kam den Hügel hochgelaufen.

Marco blinzelte. Falk setzte sich zu ihnen. „Ihr habt eure Amulette auch nicht gefunden, oder?“, fragte er.

Alessio schüttelte betrübt den Kopf. „Es is‘ irgendwie mit Alvoc mitgegangen.“

„Ich habe wirklich lange danach gesucht!“, Marco ließ den Kopf hängen.

„Oh Mann! Ihr seid vom König losgeschickt worden, um eure zwei Amulette durch ein Drittes zu ergänzen und kommt mit gar keinem zurück“, meinte Falk. „Was meint ihr, was wir alles Großartiges hätten tun können, wenn wir alle drei Amulette zusammen hätten? Wir – die neuen Hüter – unbesiegbar."

„Die Amulette *haben* Großartiges vollbracht!", betonte Marco. „Oder würdest du lieber dein Amulett *und* Alvoc noch hier haben wollen?"

Falk schüttelte entsetzt den Kopf. „Nein… Außerdem… Seid ihr nicht auch der Meinung, dass wir keine Amulette brauchen, um Hüter zu sein?"

Da leuchteten Alessios Augen auf. Er streckte seine Hand in die Mitte. Langsam legten Marco und Falk ihre Hände auf seine. Hüter.

Eine neue Stimme drang den Hang hoch, die Derek gehörte. „Marco! Marco! Ich habe es dir prophezeit!"

Derek kam in Sicht und nickte fröhlich. „Ich habe es dir prophezeit, dass…", er zerrte noch jemanden hinter sich her. Dieser Jemand hatte ein Kleid an, das einmal weiß gewesen war, und die blonden Haare flatterten im Wind.

Marco stöhnte, als ihm ein Licht aufging, was sein Räuberfreund da eigentlich meinte.

„…, dass wenn wir uns noch einmal begegnen, Miriam und ich dann ein Paar sind!"

Derek hatte Miriam den Arm kumpelhaft um den Hals gelegt und hatte sie unfreiwillig hier hoch zu ihnen gezerrt. Mariams Gesicht war ziemlich rot angelaufen, widersprach aber nicht.

Marco rollte belustigt mit den Augen, als er sah, dass Derek aus zwei alten Nägeln Ringe für sich und Mariam gebogen hatte.

„Die ganze Hochstimmung ist dahin!“, murmelte Falk missmutig und klatschte sich mit der Hand an die Stirn.

Doch Marco sah, wie er grinste.

…

Der Alte richtete sich stöhnend auf. Er fand sich auf einer Lichtung zwischen Bäumen wieder. Das passierte also danach? War er jetzt pulverisiert worden oder nicht?

Doch wahrscheinlich träumte er nur. Anders konnte er es sich nicht vorstellen. Ja, er träumte. Das war gut. Denn im Traum konnte einem nichts passieren.

Er berührte den Stamm eines Baumes. Es fühlte sich echt an. Dennoch schien hier etwas nicht zu stimmen, denn kein Tier war zu sehen. Nun, er war lange nicht mehr in einem Wald gewesen. Vielleicht gab es einfach nicht so viele Tiere in einem Wald. Ein Stück grünes Gras war verbrannt – vielleicht war da ein Blitz eingeschlagen?

Er begann loszulaufen, nach einem Weg suchend.

Da knackte etwas neben ihm. Er wirbelte herum. Er wurde von drei, vier Paaren brauner Kinderaugen angeschaut. Ihre Haare waren schwarz und ihre Haut leicht gebräunt. Ihre Kleider waren aus Leder und sie schienen sich, genauso wie er, nicht am rechten Platz zu befinden. Sie wichen vor ihm zurück und der Alte ging weiter, als wäre nichts passiert.

In einem Traum war alles möglich.

Schließlich sah er in der Ferne eine Stelle, ab der nichts mehr wuchs. Der Waldrand. Er hielt inne. Ein verärgertes Schnauben war hinter ihm zu hören gewesen. Er drehte sich langsam um.

Knapp fünf Meter hinter ihm stand eine Dame in weitem Kleid. Sie sah ihn missbilligend an.

Er blinzelte und schlich weiter.

In einem Traum war alles möglich.

Er trat aus dem Wald heraus und befand sich zwischen Zelten. Viel, ihm fremde Leute liefen hin und her.

Dann wurde er aus seinem seltsamen Traum gerissen, als jemand seinen Namen rief.

Aber er befand sich noch immer zwischen den Zelten.

Ein Junge stand vor ihm. Irgendwie kam er ihm bekannt vor…

„Nick!“, keuchte der Junge noch einmal und rannte auf ihn zu.

„Marco, alter Junge!“, rief Nikola. Und rannte ebenfalls auf den Jungen zu. Und umarmte ihn.

„Was machst du denn hier?“, fragte Marco außer Atem.

…

„Tja, tut mir leid mein Kleiner!“, sagte der Feuermensch und hob die Hand. „Das ist wohl dein Ende.“

Es blitzte. Der Junge war zur Seite gesprungen und der Wandteppich hinter ihm brannte. Doch der Feuermensch schoss noch einmal. Das blaue Licht fuhr direkt in seine Brust. Er konnte zusehen, wie sein eigener Körper zu Staub zerfiel. Seine letzten Gedanken waren: „Es ist aus. Alessio wird sterben!“

Und dann brauchte er eine Weile um festzustellen, dass er kauernd auf dem Waldboden kniete.

Jemand schrie. Er blickte auf. Ein Stück weiter vor ihm saß Noah, der Bibliothekar.

Der Stallbursche schaute ihn lange an, Noah erwiderte seinen Blick. „Oh!“, sagte er. „Es ist vorbei, richtig?“

„Scheint so.“

Noah wollte nach etwas greifen, das nicht da war. Er stöhnte. „Mein armes Buch. Ich habe es im Burghof fallen lassen!“

Die beiden wanderten herum. Alle waren da. Jeder von der Besatzung Torquils war da. Natürlich auch ihr Herr.

Aber auch viele andere. Aus den verschiedensten Ecken, des Landes. Es gab ein Volk, das sich Chartoons nannte und aus der Wüstenregion kam. Aber es gab auch andere Fürsten und Fürstinnen. Baroninnen und ihre Barone. Alle mit ihrem ganzen Hofstaat.

Auch ein Ehepaar, das ein Wirtshaus betrieb. Ralph und Babara hießen sie.

Alle wurden sie eingesammelt.

Vom wem sie eingesammelt wurden? Von den Pacos, die anscheinend die Chartoons kannten. Und von einem Drachen. Den kannten der Stallbursche und der Bibliothekar nur zu gut.

Sie wurden zu einem Zeltlager geführt. Dort kursierten viele Gerüchte um. Eine davon war das es eine Kraft der *Edans* war:

Wenn jemand durch den Feuerblitz eines Edans zu Staub zerfällt, muss der Edan nicht sterben, damit dieser jemand zurückkommt. Nein, es reichte, wenn der Edan bereut.

Der Stallbursche verstand das zwar nicht was damit erklärt werden sollte, aber er war sich sicher: So musste es sein!

Dann beobachtete er den Sohn des Fürsten. Er war größer geworden, als er ihn in Erinnerung hatte. Jedenfalls sah er, wie Alessio auf seinen Vater, dem Fürsten Sebastian, zulief und ihn umarmte.

Es war so viel los und alles schnatterte durcheinander, so dass der Junge nicht alles verstand. Er sah nur, wie die beiden redeten.

Und weil er ein sehr neugieriger Stallbursche war, schlich er sich näher an die beiden heran.

Das bekam er noch mit, bevor die laute Menge von aufgeregten Erwachsenen und Kindern ihre Stimmen wieder verschluckte:

„Jetzt freuen wir uns ja schon wieder auf zu Hause, oder?", fragte Alessios Vater Sebastian.

Alessios lächeln erstarrte. „Entschuldigung, aber ich kann nicht mitkommen!"

Auch Sebastian hielt inne: „Wieso?"

Alessio strahlte seinen Vater an. „Ich lebe jetzt bei einer Räuberbande!"

• • •

EPILOG

VERGANGENHEIT UND ZUKUNFT

Marco blieb stehen. Von hier aus konnte er gut auf Larid hinunterschauen, dem Dorf, das, seit er sich erinnern konnte, seine Heimat gewesen war.

Es waren einige Wochen vergangen, seit die Menschen, die von den Feuermenschen zu Staub verwandelt worden waren, wieder in die Nähe der Festung zurückgekommen waren.

Die Chartoons, die Fürstinnen und Barone, sie alle wollten wieder nach Hause. So machten sie sich schnell auf den Weg. Schließlich waren nur die, die am Kampf gegen die Feuermenschen beteiligt gewesen waren, zurückgeblieben: Die Pacos, Auroras Räuberbande und natürlich Nick, Marco und Alessio samt seinem Vater und ein paar Bediensteten, die noch in seiner Begleitung waren und nicht, wie die anderen Burgbewohner zurückgekehrt waren, um sich um die Burg und ihre Familien zu kümmern.

Doch auch diese Gemeinschaft hielt nicht lange, weil die Pacos zu ihren Angehörigen zurückwollten, die im Zeltlager auf ihre Rückkehr warteten.

Da alle Übrigen auf einer anderen Seite des Gebirges in Richtung Rae absteigen wollten, verabschiedeten sie sich von den Pacos und machten sich auf den Weg.

Als sie die Berge hinter sich gelassen hatten, hatte sich Nick verabschiedet und war alleine den restlichen Weg nach Rae gegangen. Die Verabschiedung war herzlich gewesen:

„Mach's gut mein Junge!", hatte sich Nick von Marco verabschiedete.

„Auf Wiedersehen Nick!"

„Na, hoffentlich!", hatte Nick ihm schräg lächelnd geantwortet. Darauf hatte er Marco einen Brief gegeben. „Nimm den mit für deine Mara! Gib ihn ihr. Aber wehe du öffnest ihn! Ich will nicht, dass du schon weißt was drinsteht, bevor du ihn Mara gibst! Soll sie dir selbst sagen!"

Alle anderen waren in Richtung der Burg Torquil gezogen, die auf dem Weg nach Larid lag.

Ja, auch Auroras Räuberbande würde dorthin gehen. Alessio durfte nicht bei der Bande im Wald leben. Aber die Bande durfte auf der Burg leben!

Alessios Vater hatte die Bande gefragt und alle hatten eingewilligt. Derek hatte grinsend gesagt: „Vor Tagen noch ein Räuber, in ein paar Tagen Fürst? Wenn meine Berufslaufbahn so weiter geht, könnt ihr euch schon mal auf was gefasst machen…"

Dort in der Burg Torquil würde die Bande unterkommen, Essen haben und lernen. Der Fürst hatte darauf bestanden, dass jeder einen anständigen Beruf lernte.

Schließlich hatte sich Marco in aller Morgenfrühe auch von dieser Reisegemeinschaft verabschieden müssen, denn Larid wartete. Diesen letzten Tag der Reise ging er alleine.

Jetzt nahte der Abend und die Sonne ließ sein Dorf in goldenem Licht erstrahlen. Lange blieb Marco einfach so stehen. Er betrachtete die Hütten und Häuser, sowie die Leute, die auf den Wegen dazwischen herumhasteten und ein normales Leben führten. Und da war es, Maras Haus. Wie friedlich es dalag. Es kam Marco sehr vertraut vor und gleichzeitig sehr fremd. Langsam ging er bergab und wanderte durch die Gassen des Dorfes. Schließlich blieb er vor der Haustür stehen. Er zögerte. Was würde Mara sagen, wenn sie ihn jetzt sah? Einen Moment überkamen ihn Zweifel, ob sie ihn noch aufnehmen würde. Doch da wurde schon die Tür aufgerissen und eine stämmige, kleine, dunkelblonde Frau stand da. Sie hatte noch mehr Falten im Gesicht bekommen.

„Marco! Mein kleiner Marco!"

Nun, das stimmte nicht mehr ganz. Marco war mittlerweile einen halben Kopf größer als sie. Das zeigte sich umso mehr, als sie ihn umarmte. Doch Marco genoss die Umarmung. Sie freute sich zweifellos! Endlich war er wieder *zuhause*.

„Wo bist du nur gewesen, mein lieber Marco?", wiederholte sie.

„Tja, ähm", grinste Marco. „Das ist eine bisschen längere Geschichte…"

„Du meine Güte, hast du Hunger?", fragte Mara. „Ich brate mir und Chiara gerade ein bisschen Reis an. Aber wenn du willst, schütte ich für dich noch etwas drauf. Hm?"

Marco musste noch mehr grinsen. Er hatte bei der Wanderung hauptsächlich erlegtes Wild und das Brot gegessen, das ihnen die Feuermenschen als Proviant geschenkt hatten. „Äh, gerne!"

In diesem Moment kam auch schon Chiara die Treppe herunter gestürmt, um ihn stürmisch zu begrüßen.

So kam es, dass, während der Reis vor sich hin köchelte, die drei um den Tisch saßen und Marco alles erzählte.

„Ich versuche alles zusammenzufassen…, begann Marco. Es war schwer alles zu erzählen. Es war so viel passiert! Dauernd warfen Chiara und Mara Fragen ein und als er schließlich fertig war, fragte Chiara grinsend: „Aha und was hast du *wirklich* erlebt?"

Marco schaute sie irritiert an. „Na das, was ich gerade gesagt habe!"

Chiara lachte. „Das, was du gerade gesagt hast? Die Feuermenschen? Ihr habt gegen die gekämpft? Schon vergessen, die sind unsterblich!"

Mara setzte eine Miene auf, die Chiara zum Schweigen bringen sollte. „Lass Marco doch erst einmal in Ruhe. Er ist wohlmöglich etwas erschöpft…"

Marco wollte gerade wieder empört das Wort ergreifen, als Mara aufsprang. „Oh nein! Der Reis ist angebrannt!"

Es zischte. Wieso erinnerte Marco das an einen Geysir? Aber es war nur die Pfanne mit dem Reis. „Nichts zu machen!", murmelte Mara verärgert. „Vor lauter Abenteuer ist uns der Reis angebrannt!" Wieder unter lautem Zischen schüttete sie den Reis weg. Er war schwarz.

„Dann gibt es heute Abend halt nur Brot!“, entschied Mara und machte sich daran, Scheiben zu schneiden.

„Habt ihr den Brief von mir nicht bekommen?“, fragte Marco.

„Wenn du den meinst, wo du irgendetwas von Amuletten, Fürstensöhne, Könige und Prinzen erzählst…“, sagte Chiara und grinste.

Marco wartete, bis sie fertig war und sich wieder hingesetzt hatte. Dann gab er Mara den Brief von Nick. Er war zwar etwas zerknittert, aber das machte nichts. Das Kuvert war noch versiegelt. Er hatte ihn noch nicht aufgemacht.

„Hier“, sagte er lächelnd. „Hier, wenn ihr mit nicht glaubt!“

Mara musterte das Kuvert neugierig und öffnete es. Stumm überflog sie die Zeilen. „Ah, daran habe ich auch schon gedacht…“, murmelte sie einmal während des Lesens. Schließlich blickte sie auf. Sie wandte sich Chiara zu. „Was er uns da erzählt hat…“

„Ja?“

Mara räusperte wieder und las vor:

Sehr geehrte Frau Mara,

Marco wird ihnen einiges zu erzählen haben. Er hat wirklich Erstaunliches erlebt, was ich nur bestätigen kann. (Die Suche nach dem Amulett, der Kampf gegen die Feuermenschen…) Ich verstehe natürlich, dass sie sich freuen, ihn wieder zu sehen, doch möchte ich ihnen folgendes Angebot machen. Da er in einem guten Jahr 16 ist und somit volljährig sein wird, sollte er sich eine Lehrstelle besorgen, wo er einen Beruf erlernt. Wenn Sie auch dieser Meinung sind und sonst nicht wissen, wo er hin gehen kann, so würde ich ihn herzlichst in meine Schmiede in Rae einladen. Nur allzu gern würde ich ihn als meinen Lehrling und Assistenten aufnehmen.

Mit freundlichen Grüßen:

Nickola, Königlicher Hofschmied.

...

„Gute Reise!“, rief Nick.

„Ja, bis wann anders!“, antwortete Marco und hob die Hand, bevor er in der Menge verschwand. Es waren wieder fast eineinhalb Jahre verstrichen. Marco hatte Larid verlassen. Schon ein ganzes Jahr hatte Marco für Nick gearbeitet. Nach und nach hatte Nick ihm alle möglichen Grundlagen des Schmiedens beigebracht. Marco gefiel sein Handwerk.

Doch jetzt war Hochsommer und er hatte für ein paar Wochen frei. Nick hatte einfach gesagt: „Solange du kein ganzes Jahr wegbleibst, mein Junge, kannst du so lange Pause machen, wie du willst! Dafür musst du halt danach ein ganzes Jahr schwer schuften!“

Und als Marco alarmiert aufblickte, hatte Nick nur gekichert und gesagt: „War nur'n Scherz! Kann jetzt erst einmal auf deinesgleichen verzichten!“

Marco stolperte über die hölzernen Stege. An diesem Tag war viel los in Rae. Es roch nach Fisch. Viele Besucher waren im Sommer hier. Daher liefen die Geschäfte ganz gut. Auch sie hatten den ganzen Tag viel Kundschaft gehabt. Und an einem so herrlich warmen Tag in der heißen Schmiede zu stehen und auf irgendetwas einzuschlagen, konnte einen ganz schön ins Schwitzen bringen. Umso glücklicher war Marco, endlich frei zu haben.

Freiheit! Er würde auf eigene Faust losziehen. Er war jetzt schon volljährig und somit ein anerkannter junger Mann!

Viele waren mit ihren Wasserkutschen unterwegs, die im Sonnenlicht glitzernden Walrösser eingespannt. Manche Kutschen jedoch waren angebunden und schaukelten in sachten Wellen. Mit ihren Besitzern und vielen Reisenden drängelte Marco sich hier auf den schmalen Stegen.

„Hey, Marco? Wohin des Wegs?"

Marco wandte sich um. Ein gleichaltriger, rothaariger Junge steuerte auf ihn zu. „Robin!", freute sich Marco. „Hab jetzt frei. Du auch?"

„Nee", traurig schüttelte der Junge den Kopf. „Meine Schneiderei gibt mir erst in zwei Wochen frei! Obwohl…" Robin fing an zu grinsen. „Bei euch ist es eh viel anstrengender, oder? Bei mir ist es relativ entspannt."

Marco nickte. Robin war ein Freund, den er aus Larid kannte. Auch er war nach Rae gekommen, um in die Lehre zu gehen. „Wo geht es denn hin?", fragte Robin.

„Mhm… Zu Freunden."

„Ah, geht es um deine Räuberfreundin?", erkundigte sich Robin mit schrägem Lächeln.

„Auch. Tschüss. Bis nächsten Herbst!" Eilig sah Marco, dass er davonkam zur nächsten Haltestelle, damit Robin nicht sein rot angelaufenes Gesicht sah. Ja, er würde nach Torquil gehen. Aurora wiedersehen. Und Derek. Und Alessio.

Nach einiger Zeit würde er dann mit Auroras Räuberbande - zu der selbstverständlich auch Alessio gehörte - weiter nach Larid ziehen. Dann würden sie weiter wandern zu Falk bei den Pacos. Dort würde er den Rest seiner freien Zeit verbringen. Mit Alessio, Falk, Aurora und ihrer Bande.

„Wollen Sie einsteigen?“, riss ihn eine Stimme aus seinen Gedanken. Vor ihm hatte ein Wasserkutschen-Taxi gehalten. Marco nickte und stieg ein.

„Wohin darf es denn gehen?“, fragte ihn der Mann hinter dem Steuer.

„Zur großen Brücke!“

„Alles klar! Geht es in den Urlaub?“

Marco bejahte die Frage und lehnte sich nach hinten auf die lederbezogene Sitzbank. Der Taxikutscher knallte mit der Peitsche und schon begann die Fahrt zum anderen Ende der Stadt. Marco sah die Häuser vorbeigleiten. Als Erstes große, prunkvolle Villen, dann kamen normale Häuser bis hin zu den kleinen Schuppen, die einem so vorkamen, als wären sie schwimmende Kisten und nur mit Stricken aneinandergebunden.

Nichts war hier groß und imposant, nichts außer den Walrössern glitzerte, bis die große Brücke, die sich zum Festland hinüberschwang, in Sicht kam. Sie glänzte wie immer golden und Marco fragte sich nicht zum ersten Mal, wie sie überhaupt allen standhalten konnte, die über sie hinweggingen. So ohne jede stützende Säule sah sie aus, als würde sie durch Zauberhand gehalten.

Der Kutscher hielt an und fütterte seine zwei Rösser mit kleinen Zuckerstücken. „Da wären wir.“

Marco zählte dem Kutscher sein Geld ab. Dann verließ er die Kutsche und ging über die Brücke.

Als er auf der Mitte der Brücke angekommen war, wandte er sich um und sah zur Stadt zurück. Rae war die schönste Stadt im Land, fand er. Im Wasser schwimmend mit den vielen goldenen Spitzen an den Hausdächern. Nicht zu vergessen natürlich das Schloss, das schön und mächtig über allem hervorragte. Lange hatten die Fahnen an den Masten schwarz im Wind geweht. Alle waren bestürzt über die Nachricht, dass das Land seinen besten Krieger verloren hatte! Doch jetzt waren die schwarzen Fahnen verschwunden und den üblichen gewichen. Drei Männer waren darauf abgebildet… Die Hüter. Doch eines war neu: Auch eine große Abbildung von Nox flatterte im Wind.

Plötzlich fiel Marco wieder der Augenblick ein, wo er das erste Mal auf diese Dächer geschaut hatte. An der Seite eines damals sechsjährigen Jungen, auf der Suche nach jemandem, der ihnen erklären konnte, warum sie beide die gleichen Amulette besaßen…

Unwillkürlich fasste Marco dorthin, wo früher sein Amulett gehangen hatte. Und… fand etwas! Ja, er hatte als lernender Goldschmied schon erste Erfolge gehabt! Das Amulett war einer davon. Es sah dem Alten zum Verwechseln ähnlich. Ob es magisch war, wusste er allerdings nicht.

Lange betrachtete er es und die Stadt, tief in Gedanken an ihre vergangenen Abenteuer…

Schließlich drehte er sich um und marschierte in Richtung Festland. Er freute sich schon auf Aurora. Aber vor allem auf den inzwischen achtjährigen Alessio und auf Falk, der sein Bruder sein könnte. Die drei Amulett-Träger würden wieder vereint sein!

Er schritt in seine Zukunft!

LANDKARTE

WER IST WER?

Charaktere, Gruppierungen, Wesen und Orte – ein kleines Glossar

Achak	Einer der Hüter. Großvater von Alessio.
Alessio	Kommt aus der Burg *Torquil.* Fürstensohn. Sechsjahre alt.
Alvoc	König der Feuermenschen. Anders wie bei einem Feuermensch entsteht er nach seinem Tod jedes Mal wieder neu auf.
Aurora	Anführerin einer Kinderräuberbande.
Auroras Räuberbande	Eine Kinderräuberbande die in einem Wald wohnt.
Ceores	Alvocs Sohn. Verstoßener Feuermensch.
Chartoons	Befreundeter Bruderstamm der Pacos.
Chiara	Marcos Stiefschwester. Die Tochter von Mara.
Der König	König des Landes. Regiert von Rae aus.
Derek	Mitglied von Auroras Räuberbande. Befreundet mit Marco.
Die Feuermenschen	Menschen die die magischen Fähigkeiten von Phönixen besitzen. Sie haben zwei Leben. Wenn sie das erste Mal sterben, verbrennen sie

	und endstehen aus ihrer Asche wieder neu.
Die Hüter	Drei berühmte Kriegshelden. Leod, Achak und Niall. Beschützten das Land des Königs früher vor einigen Angriffen. Trugen als erstes die magischen Amulette.
Edward	Mitglied von Auroras Räuberbande. Späher der Bande.
Eric	Feuermensch. General für den äußersten Verteidigungsring. Wäre lieber Geschichtenerzähler. Leitet den Widerstand.
Falk	Lebt bei den Pacos. Waisenkind.
Ivan	Burgdrache von *Torquil.*
Jan	Häuptling der Pacos.
Jeremiah	Paco. Wache und Berater von Jan.
Kesc	Aus groben Holz geschnitzter Feuermensch. Er und sein Bruder Zec vergöttern Alvoc.
Kic	Hoher General der Feuermenschen. Alvocs Berater. Goldgierig.
Larid	Heimatdorf von Marco, Mara, Chiara. An der Grenze eines Waldes.
Lenox	Sohn des Königs. Es heißt er sei der beste Kämpfer des Landes.
Leod	Einer der Hüter.

Mara	Stiefmutter von Marco. Hat ihn aufgenommen als Leod starb. Alleinerziehende Mutter von Chiara.
Marco	Dorfjunge. Elternlos. Lebt bei Mara in *Larid.* Vierzehnjahre alt.
Max	Mitglied aus Auroras Räuberbande. Guter Freund von Alessio.
Mika	Frau von Jan.
Miriam	Mitglied von Auroras Räuberbande. Gute Kämpferin. Trägt immer ein weißes Kleid.
Navajo	Magier der Pacos. Berater von Jan.
Niall	Einer der Hüter. Einer der Pacos.
Nick	→ Siehe *Nikola*
Nikola	Königlicher Hofschmied aus Rae. Sein Vater hat die Amulette der Hüter geschmiedet.
Noah	Bibliothekar von Torquil und Alessios Lehrer.
Nox	→ Siehe *Lenox*
Pacos	Volk das am Rande der Prärie zur Wüste hin in Zelten wohnt. Unterstützten die Hüter beim Kampf gegen die Feuermenschen.
Phönix	Übermenschengroße schwarze Vögel. Beherrschen Feuermagie: Wenn man sie tötet fangen sie augenblicklich zu brennen an.

	Aus ihrer Asche entstehen sie wieder neu. Jedes Mal.
Rae	Hauptstadt. Von dort aus regiert der König. Auch Wasserstadt genannt, weil sie ein Stück im Meer steht. Stadt Straßen gibt es dort Kanäle.
Sebastian	Vater von Alessio. Fürst von Torquil.
	Sie können unter Wasser atmen und beherrschen ein wenig Wassermagie.
Torquil	So heißt die *Burg* als auch die kleine *Stadt* darum herum. Auf der Burg herrscht die *Familie* Torquil.
Vaac	Folterknecht von Alvoc. Wäre lieber Koch.
Wasserkutsche	Boote die Kutschenartig aussehen und von Walrössern gezogen werden. Die Walrösser haben bunte, schildernde Schuppen. Die Wasserkutsche ersetzt die normale Kutsche in Raes Kanälen.
Wasserschrat	Kleine koboldartige Wesen die im Gebirge in der Nähe von Flüssen leben.
Yavatermorgana	Verwandt mit Vatermorganen. Doch sie stellen Illusionen noch realer da und verschlingen jeden, der zu ihnen läuft.
Zec	Aus groben Holz geschnitzter Feuermensch. Er und sein Bruder Kesc vergöttern Alvoc.

NACHWORT, ANMERKUNGEN UND DANK

„Die Große Arbeit nach Maria Montessori " soll jeder 8-Klässler meiner Schule absolvieren. Man erhält die Chance, eine große Arbeit, die man sich selbst überlegt hat, Wirklichkeit werden zulassen.

Hat man eine Idee gefunden, sucht man sich eine*n Mentor*in und setzt mit ihr oder ihm alles in die Tat um. Eine Mappe zu schreiben und eine Präsentation, vor einer Jury, über sein Projekt zu halten ist der krönende Abschluss.

Obwohl ich noch Jahre Zeit hatte, begann ich mich schon in der 4. Klasse zu fragen, was ich mal machen wolle. Ich sah Vorträge von Schülern die Hundehütten gebaut oder ein Lied komponiert hatten. Da ich aber weder sehr handwerklich begabt war, zwar Klarinette spielte, allerdings vom Komponieren aber sehr weit entfernt bin, kam das also nicht in Frage. Für was ich mich dann entschied, man ahnt es schon, ist dieses Buch, das du, liebe Leserin und lieber Leser, gerade in den Händen hältst.

Und ja, was ich in diesen 3 Jahren geschafft habe: Darauf bin ich *wahnsinnig* stolz. Es war ein sehr weiter Weg. Von der fünften Klasse bis zu dem Zeitpunkt wo dieses Buch gedruckt worden sein wird. Dass ich diesmal durchgehalten habe – ich hatte schon früher einige Fantasyromane angefangen, aber nicht beendet – ist dem Ansporn, den die Große Arbeit mir gab, zu verdanken.

In den 3 Jahren habe ich mich ja auch weiterentwickelt und so würde ich heute ganz andere Sachen schreiben. Damals hatte ich gerade *Eragon* gelesen – eine wohl sehr dramatische, bombastische Fantasy-Reihe. Klar war ich so begeistert, dass ich auch so etwas schreiben wollte. Auch heute bin ich immer noch Fan von den vier Büchern doch ich habe vieles andere gelesen, so dass sich viele andere Buchideen in mir aufgestaut haben.

Durch *Die Feuermenschen* wurden mir viele Schreiberfahrungen geschenkt.

...

Klar habe ich Dinge von meinem wirklichen Leben in die Geschichte mit einfließen lassen. Von Büchern, die ich in der Zeit gelesen habe mal abgesehen:

Ja, Rae und Venedig haben durch aus Parallelen. Zwar war ich bis jetzt noch nie in der italienischen Stadt, dafür konnte ich Marco und Alessio durch die Straßen von Rae begleiten.

Im Kapitel *Gewitter* kommt ein steiler Geröllhang vor – mitten im Wald. Solche Steinfelder habe ich schon beim Wandern gesehen und überquert. Aber natürlich nicht während einem Gewitter.

Natürlich waren es die Ureinwohner von Amerika, die mich zu den Pacos inspirierten. Dass sollte jeder Leser gemerkt haben – ich finde die schöne, und am Ende doch sehr traurige Geschichte der Indianer sehr spannend. Trotzdem sollte man die Pacos und die Indianer nicht zu eng verknüpft sehen! Die Pacos haben noch nie von Amerika gehört und sollen auch nicht die Indianer in meinem Buch ersetzten.

Tatsächlich habe ich, als ich mir den Feuermenschen ausdachte ihn mir ein wenig wie den Vulkanier Spock aus *Star Treck* vorgestellt. Aber ich habe versucht, dass dann im Roman wieder ein wenig zu verfremden. Hoffentlich hast du, liebe Leserin lieber Leser, nichts von Spock mitgekriegt. Damals fand ich Spock einfach total cool, aber in meinem Roman sollten eigentlich keine Vulkanier vorkommen…

Die wohl nächste Inspiration aus meinem Leben: Alessio. Ja, Alessio gibt es wirklich. Den Drachen und der Fürst als Vater habe ich ihm nur für meine Geschichte angedichtet. Und ich werde nicht den Namen von dem Alessio nennen, den es in dieser Welt gibt.

…

Als erstes möchte ich meinen Eltern danken. Sie haben mich bei der Finanzierung meines Laptops unterstützt, ohne den das ganze Projekt nicht möglich gewesen wäre. Ich möchte mich für die vielen Abende bedanken, an denen ich meiner Mutter das ganze Manuskript vorlesen durfte. Deine Kommentare waren sehr hilfreich, ich fürchte nur dass ich nicht gut im „kommentieren lassen" bin. Dann möchte ich mich für die vielen Vormittage bedanken, an denen mein Vater große Teile der Geschichte noch mal auf Rechtschreibung korrigiert hat.

Danke an meine Tante Babsi, die wirklich sehr fleißig meine Geschichte auf Rechtschreibung und Grammatik korrigiert hat. Ich weiß, bei einem Autor, der oft mit Kommas nichts anfangen kann, ist es nicht ganz einfach.

Vielen Dank auch an meine Tante Susan die, trotz zwei kleiner Kinder, ebenfalls mein Manuskript auf Rechtschreibung und Grammatik unter die Lupe genommen hat.

Großes Lob und großen Dank für den Zeitaufwand an meinen Cousin Pius. Das Cover, dass er für mich gestaltet hat ist wirklich fantastisch gut gelungen. So hatte ich es mir vorgestellt!

Dieses Buch ist meiner ehemaligen Lehrerin Angelika Baumgartner gewidmet die schon als ich bei ihr in die 1. Klasse ging, behauptet hat eines Tages ein Buch von mir in den Händen zu halten. Tja, es hat sich bewahrheitet. Vielen Dank für das Vertrauen!

Vielen Dank an meinen Freund Bennet, der mir die Idee zu Rae, der Wasserstadt, zusteckte! Und der mir zu helfen wusste, als mir das Finale meines Romans zu unspektakulär vorkam.

Vielen Dank an meinen Freund Fredi, mit dem ich über gefährliche Phönixe debattierte.

Vielen Dank an meinen Freund Oskar, vor dem ich, bevor er zu Besuch kam, das Manuskript verstecken musste. *„Ja, ja! Du wirst das Buch schon noch kriegen. Aber ich bin noch nicht fertig! Dann darfst du es lesen!“*

Danke hier auch an alle anderen Freunde und Familie, die immer wieder nach dem Buch gefragt haben! Jetzt ist es fertig!

Mein aller, aller, größter Dank geht jedoch an meine Mentorin Cornelia Neudert, die nicht nur meine Mentorin, sondern auch Lektorin und beruflich Autorin ist. Ohne dich wäre die

Geschichte noch lang nicht das, was sie jetzt ist. Vielen Dank für die guten Ratschläge, Tipps, für die Besprechungen rund um das Projekt und nicht zuletzt für die vielen, vielen Anmerkungen im Manuskript. Das war sicher *sehr* viel Arbeit. Denn ja, das Buch ist tatsächlich *sehr* lang geworden und ich habe dir so einiges zugemutet…

Vielen Dank an Marco, Alessio, Nox, Ceores, Nick, Aurora, Falk, Jan und alle anderen Charaktere aus meinem Buch, denen ich auch einiges zugemutet habe! Ich hoffe für euch, das der Rest eures Lebens von Grausamkeiten und dergleichen nicht belästigt wird! Speziell für Falk hoffe ich, dass er nie, nie wieder ein solch unangenehme Gebirgsreise zu bestehen hat.

Als letztes möchte dir, liebe Leserin, lieber Leser, danken, dass du mein erstes, richtiges, Buch gelesen hast! Und vielleicht siehst du ja ein paar Jahre später, mal wieder ein Buch, dass ein gewisser Jonathan Falke geschrieben hat.

ISBN 978-3-7531-6335-2
www.epubli.de